Début d'une série de dessins,
en couleur

BIBLIOTHÈQUE COSMOPOLITE. — N° 61

RUDYARD KIPLING

Chez les Américains

Traduction *ALBERT SAVINE*

— DEUXIÈME ÉDITION —

PARIS. — Ier

P.-V. STOCK, ÉDITEUR
155, RUE SAINT-HONORÉ, 155

—

1912

BIBLIOTHÈQUE COSMOPOLITE

OUVRAGES PARUS

BIBLIOTHÈQUE COSMOPOLITE (Suite)

BIBLIOTHÈQUE COSMOPOLITE (Suite).

Imprimerie Générale de Châtillon-sur-Seine. — A. Pichat.

Fin d'une série de documents
en couleur

Chez les Américains

DU MÊME AUTEUR ET DU MÊME TRADUCTEUR :

Simples Contes des Collines. — Nouveaux Contes des Collines. — Trois Troupiers. — Autres Troupiers. — Au Blanc et Noir. — Sous les Déodars. — La Cité de l'Epouvantable Nuit. — Au Hasard de la Vie. — Lettres de Marque. — Brugglesmith.

DU MÊME TRADUCTEUR :

OSCAR WILDE. — Le Crime de Lord Arthur Savile.
— Le Portrait de monsieur W. H.
— Poèmes.
— Le Prêtre et l'Acolyte.
— Théâtre I. : Drames.
— Théâtre II. : Comédies, 1er volume.
— Théâtre III. : Comédies, 2e volume.
— Une Maison de Grenades.
TH. ROOSEVELT. — La Vie au Rancho.
— Chasses et parties de chasse.
— New-York.
— La Conquête de l'Ouest.
ROBERT-L. STEVENSON. — Enlevé !
PERCY BYSSHE SHELLEY. — Œuvres en prose.

En préparation :

OSCAR WILDE. — La Maison de la Courtisane.
— Essais de critique et d'esthétique.
RUDYARD KIPLING — Chez les Cheminots des Indes.

BIBLIOTHÈQUE COSMOPOLITE. — N° 61

RUDYARD KIPLING

Chez les Américains

Traduction ALBERT SAVINE

— DEUXIÈME ÉDITION —

PARIS. — Ier

P.-V. STOCK, ÉDITEUR

155, RUE SAINT-HONORÉ, 155

1912

Il a été tiré à part

dix exemplaires sur papier de Hollande

numérotés à la presse.

CHEZ LES AMÉRICAINS

I

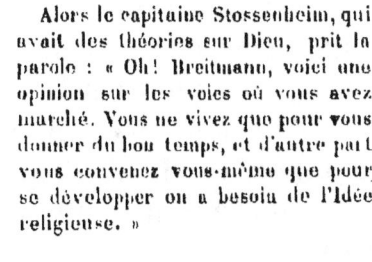

Alors le capitaine Stossenheim, qui avait des théories sur Dieu, prit la parole : « Oh! Breitmann, voici une opinion sur les voies où vous avez marché. Vous ne vivez que pour vous donner du bon temps, et d'autre part vous convenez vous-même que pour se développer on a besoin de l'Idée religieuse. »

Ceci, c'est la terre d'Amérique.

On le nomme la *Ville de Péking* et il appartient à la Pacific Mail Company, mais à tous les points de vue pratiques, c'est le sol des Etats-Unis.

Nous sommes divisés en deux groupes : les missionnaires et les généraux, des généraux qui étaient à Vicksburg et à Shiloh, Allemands de naissance, mais plus Américains que les Américains, qui vous disent confidentiellement qu'ils

1

ne sont pas du tout généraux, mais simplement majors commissionnés du corps de milice.

Les missionnaires forment peut-être la partie la plus bizarre de la cargaison.

Avez-vous jamais entendu un ministre anglais faire une conférence d'une demi-heure sur les recettes du transport des marchandises, et sur la marche générale de la ligne Midland pour prendre un exemple?

Le Professeur était assis aux pieds d'un homme au regard perçant, à la barbe drue, au teint de suie, qui lui expliquait des mystères de cette sorte avec une prolixité, une précision, qui eussent excité l'envie d'un rédacteur en chef de la Cité.

— Qui est donc votre ami, l'homme si fort en finances, et qui sait ses chiffres jusqu'au bout des doigts, demandai-je?

— Missionnaire, mission presbytérienne pour les Japonais, dit le Professeur.

Je mis ma main sur ma bouche et fus frappé de mutisme.

Comme contrepoids aux missionnaires, nous transportons des gens de Manille, Écossais dégingandés qui se risquent une fois par mois à la Loterie d'État de Manille et ramassent parfois des atouts.

Du moins il y en eut un qui gagna, en décembre dernier, un lot de dix mille dollars, et qui s'en va faire la fête dans le Nouveau-Monde.

De ce côté-ci du continent, il n'y a pas un membre du corps d'officiers d'un steamer américain qui n'ait l'air de jouer régulièrement à cette loterie.

Au fumoir la conversation ne roule guère que sur les lots gagnés par le fait du hasard, ou qu'un instant de retard a fait perdre.

Les billets sont vendus plus ou moins ouvertement à Yokohama et à Hong-Kong, et les tirages, — de l'avis unanimes des perdants et des gagnants, — sont irréprochables de correction.

Nous sommes résignés à l'infinie monotonie d'un voyage de vingt jours.

La Pacific Mail fait des annonces mensongères.

C'est seulement quand le vent et la vapeur sont dans les conditions les plus favorables que ses navires aux machines trop faibles couvrent la distance en quinze jours.

Notre *Cité de Péking*, par exemple, a fait jusqu'ici tant bien que mal ses dix nœuds à l'heure, sans se presser, allure tout à fait hors de proportion avec sa masse.

— Quand nous aurons du vent, dit le Capitaine, nous marcherons mieux.

La *Cité de Péking* est un quatre mâts qui peut porter une quantité illimitée de toile. Il n'est pas prudent de lancer des steamers à la traversée sous les vergues des paquebots de l'Atlantique.

La monotonie de la mer vous paralyse.

Nous avons passé devant l'épave d'un petit schooner pour la chasse au phoque, la quille en l'air, et couverte de muettes.

Elle se balançait à l'aube glaciale, aussi laide

qu'un cadavre humain et ces oiseaux sauvages nous saluèrent de leurs grêles pépiements tout en la gouvernant à travers les vagues.

Le pouls du Pacifique n'est pas chose à dédaigner, même dans les moments où la mer est de l'humeur la plus calme. Il donnait à notre avant une vibration, un mouvement de montée et de descente, avant même que nous fussions à un jour de distance de Yokohama, et cependant nulle part ne s'apercevaient une saillie, un panache de vague.

— Nous allons très vite, et notre navire est bien sec, dit le capitaine. Il a son chic pour passer par-dessus les difficultés. Mais nous n'aurons pas besoin de les mettre à l'épreuve, ce voyage-ci.

∴

Le capitaine se trompait.

Pendant quatre jours, nous avons eu à subir la maussade bouderie du Pacifique septentrional, et le tout a fini par une fort mauvaise nuit.

D'abord ce furent une mer grise, des nuages mobiles, et un vent debout qui diminuait de cinquante nœuds notre trajet journalier.

Puis, des vagues nous assaillirent par le travers, ce qui ne s'expliquait par aucun vent perceptible sur les eaux dans notre voisinage, et nous fûmes seize mortelles heures à nous traîner dans le creux.

Dans la tranquillité du port, au moment où l'homme aux journaux lunche dans le salon, où le canot à vapeur tourne autour de ses flancs, un navire, qui a de l'amour-propre, est « un imposant paquebot. » Mais en pleine mer, quand l'horizon vous est masqué par la crête dentelée d'une vague il devient le « vieux sabot » « un bateau bien revenant » et autres appellations qu'il importe peu de rappeler bien qu'elles soient nécessaires pour se rendre l'Océan propice.

— Il y a une tempête au sud-est, dit le capitaine, voilà ce qui donne des coups de pied à la mer.

La *Cité de Péking* ne démentit pas sa réputation.

Elle fendit la mer de la manière la plus preste, sans embarquer un seau d'eau tant... qu'elle n'y fut pas forcée. Mais alors elle en embarqua jusque par-dessus les bossoirs à la grande édification d'au moins un passager, qui jusqu'alors n'avait jamais vu les dalots pleins.

Puis, plus tard dans la journée, la farce commença.

— Oh! c'est un vrai charme, pour le roulis, murmura le maître d'hôtel en chef jeté comme une étoile de mer sur une table au milieu de sa verrerie.

— Il a un peu de roulis, dit une apparition noire, qui venait de surgir de la chambre de chauffe.

— Est-ce que le roulis va augmenter? demandèrent les dames, groupées dans le local qui aurait dû être le salon des dames, mais qui, selon l'usage américain, portait cette inscription : « Salon de compagnie ».

Dans le demi-jour passa le premier lieutenant, figure ruisselante et barbue.

— Reverrai-je le plancher de vache ? dit-il.

Et il gagna l'arrière par des faux pas, poursuivi par la langue d'une vague.

— Elle va avoir ses gardes sous l'eau, avec ce roulis, dit un Louisianais, dans le pays de qui les steamers fluviaux ne connaissent pas le mot de bastingages.

Nous dînâmes avec accompagnement précipité de vaisselle, des cruches de bières s'émancipant, faisant des bonds plus alertes que leurs bouchons, et parmi les clameurs du gong déchaîné, qui prenait sur lui de lancer les appels à table.

Après le dîner, le roulis commença pour tout de bon.

Les *gardes* passèrent sous l'eau, ainsi que l'avait prophétisé le Louisianais.

Toutes les trente-cinq minutes, à une seconde près, arrivait un paquet de mer.

Les lampes électriques disparaissaient presque. L'hélice délirait.

Les assauts de la mer faisaient trembler le pont.

En ces moments-là, il nous fallait quitter nos chaises, non point doucement, mais de la façon la plus discourtoise.

A d'autres moments, il suffisait que nous nous retenions des deux mains.

Ce fut alors que j'étudiai la Peur, la Terreur

reliée en soie noir, et luttant de toute sa force contre elle-même.

Pour des motifs que l'on comprendra parfaitement, il y avait parmi les passagers une tendance à s'attrouper et à adresser des questions à tout officier qui traversait le salon d'un pas mal assuré.

Personne n'éprouvait d'alarme, — oh! mon Dieu, non! — mais tous étaient âprement désireux de se renseigner.

Cette anxiété redoublait après un coup de roulis plus méchant que les autres.

La Terreur, c'était une fort belle dame très cultivée, qui connaissait au juste la valeur de la vie humaine, la profondeur de *Robert Elsmere*, la poésie la plus récente, — en un mot tout ce que peut savoir une femme intelligente.

Quand le roulis s'accentuait pour empirer, elle se mettait à parler vite.

Je ne crois pas un instant qu'elle ait su de quoi elle parlait.

Le roulis augmentait : elle s'appliquait avec effort à soutenir la conversation.

A voir le soulèvement laborieux du buste, le mouvement incessant des doigts sur la nappe, et l'agitation ingouvernable des yeux toujours tournés vers le bas de l'escalier voisin, il me fut facile de me rendre compte de son extrême frayeur.

Et pourtant ses propos étaient d'une certaine frivolité, d'une certaine banalité; ils coulaient sans interruption, ponctués de petits rires, de contorsions, comme le sont d'ordinaire les propos de femme.

Bientôt une des personnes de son groupe proposa d'aller se mettre au lit.

Non, elle tenait à rester debout; elle tenait à parler à jet continu, et tant qu'elle réussirait à garder un être humain auprès d'elle, elle était satisfaite.

Quand l'absence totale de compagnie la força à gagner sa cabine, elle le fit à contre-cœur, et en jetant par-dessus son épaule un coup d'œil sur le salon éclairé.

Le contraste entre l'abondance banale de ses propos et la tension forcée de ses yeux et de sa main était chose singulière à voir.

Je sais maintenant de quelle façon il faudrait peindre la Peur.

Personne ne dormit d'un profond sommeil cette nuit-là.

On n'avait pas trop de ses deux bras pour se retenir à sa couchette.

Au-dessous, les malles roulaient en écorchant les tapis et heurtaient rudement les boiseries des cabines.

A un certain moment, il me sembla que tout l'édifice branlant, qui contenait nos fortunes illusoires, se dressait verticalement et faisait un bond énorme dans cette attitude dépourvue de dignité.

Je sais que deux fois je fus lancé hors de ma couchette parmi les malles égarées sur le parquet.

Cent fois le claquement de la vague contre les

flancs du navire fut suivi par le grondement de
l'eau qui balayait les ponts et assaillait furieuse-
ment les dunettes.

Pendant une accalmie, j'entendis le pas d'un
homme qui courait, un cri et un chœur lointain
de damnés chantant le requiem de quelqu'un.

.˙.

24 Mai, (anniversaire de la naissance de la
Reine). — Si jamais vous rencontrez un Américain, soyez bon pour lui.

Ce jour-là, le navire était orné de drapeaux de
l'avant à l'arrière et l'Union Jack prédominait
dans ce pavoisement.

On n'avait pas dit un mot d'avance aux Anglais,
qui furent d'autant plus charmés.

A dîner, un ex-commissaire de la division de
Lucknow (ma parole! l'Inde anglaise s'étend jusqu'aux confins de la terre!) se leva et nous porta
la santé de Sa Majesté et du Président.

Ce fut après que l'ennui commença.

Un petit Américain parqua dans un coin une
demi-douzaine d'Anglais et leur fit une sévère leçon sur... leur manque de patriotisme!

— Qu'est-ce que cette façon d'Anniversaire de
la Reine, tourna-t-il. Pourquoi avez-vous bu à la
santé de notre Président? En un jour pareil, que
vient faire chez vous le Président? Bon, vous êtes
en minorité, n'est-ce pas? Ce n'est qu'une raison
de plus pour soutenir votre pays. Ne me dites pas

1.

un mot. Vous autres Anglais, vous mettez tout
cela pêle-mêle, vous en faites un vaste gâchis.
Pour être Américain, certes je le suis, mais s'il n'y
a personne pour porter un toast à Sa Majesté autrement qu'en vous jetant ce toast à la tête, je
vais essayer.

Et séance tenante il prononça un petit discours
remarquablement bien tourné, bien ordonné, bien
débité.

Ce fut donc ainsi que la santé de la Reine fut
le mieux portée par un Américain.

Nous autres Anglais, nous fûmes éblouis.

Je me demandai combien d'Anglais, qui ne sont
pas exercés à haranguer leurs citoyens, auraient
montré la moitié de la facilité d'élocution dont fit
preuve le gentleman de « Frisco ».

— C'est que, voyez-vous, dit niaisement l'un de
nous, elle est notre Reine, et... et... elle l'est depuis cinquante ans. Pas un de nous ici présents
qui ne soit resté sept ans sans voir l'Angleterre,
et nous n'allons pas prendre feu sur cette affaire.
Nous avons vécu assez pour nous voir traîner sur
les charbons ardents par un Américain pour défaut de patriotisme ! Nous serons plus attentifs la
prochaine fois.

Et la conversation dévia tout naturellement sur
la question du gouvernement des hommes, Anglais, Japonais (nous avions à bord plusieurs Japonais qui avaient vu du pays) et Américains, se
renvoyant la balle de l'un à l'autre.

Nous avions **présente** à l'esprit la règle d'or :

« Ne vous liez jamais avec un homme qui injurie son pays, » et cela marcha assez bien.

— Le Japon, dit un petit gentleman qui était riche dans ce pays, le Japon se divise en deux partis. D'un côté les restes d'un despotisme très rigoureux et très oriental; de l'autre, une masse de... comment appelez-vous cela?... de bureaucratie à laquelle les fonctionnaires même qui la pratiquent n'entendent rien. Nous copions des paperasses, et quand nous les avions copiées, nous croyons administrer. C'est là le vice de toutes les nations orientales. Nous sommes Orientaux.

— Oh! non, dites : les plus Occidentaux des Occidentaux, ronronna l'Américain d'un ton conciliant.

Le petit homme fut charmé.

— Merci! Nous arriverons à le croire, j'espère, mais jusqu'à présent, il n'en est point ainsi. Voyez plutôt : dans mon pays, un fermier cultive une pente de montagne divisée en petites terrasses. Il faut que chaque année il fournisse au Gouvernement un état de la surface et du revenu produit non point par toute la pente, mais par chacune des terrasses. L'état complet forme une pile de trois pouces de hauteur, et quand il est terminé, il sert uniquement à occuper des milliers de fonctionnaires qui pointent les chiffres. Est-ce cela, l'administration? Par Dieu, nous l'appelons ainsi, mais nous multiplions les fonctionnaires par vingtaine, et, les fonctionnaires, ce n'est pas l'administration. Est-il un pays qui soit aussi bête? Regardez les bureaux de notre Gouvernement bondés d'employés. Un jour, je vous le dis, tout cela craquera.

C'était nouveau pour moi, mais j'aurais pu le deviner. Dans tous les pays où l'épée et l'uniforme sont la caractéristique d'une fonction civile, il existe une tendance naturelle à accroître sans réflexion la classe fonctionnaire.

— Vous devriez bien venir faire un tour dans l'Inde, dis-je. Vous verriez, je crois, que notre pays a sa part de vos ennuis.

Sur ces mots, un gentleman japonais attaché au ministère de l'Instruction publique me fit mille questions sur les affaires de sa spécialité dans l'Inde, et en un quart d'heure, tira de moi tout le peu que je savais sur les écoles primaires, l'instruction secondaire et la valeur d'un diplôme de Magister Artium.

Il apprit exactement ce qu'il tenait à savoir et ne me lâcha que quand « la dent du désir eut proprement dépouillé l'os de l'ignorance. »

Alors vient un Américain, jouant sur une corde qu'on avait déjà trop souvent fait chanter à mon oreille : ce qu'il en adviendra en Amérique.

— Le système entier est pourri du faîte à la base, dit-il, aussi pourri qu'il peut être pourri.

— C'est vrai, dit le Louisianais, en appuyant d'une bouffée de fumée son affirmation.

— On nous qualifie de République. C'est possible. Je ne le crois pas. Vous autres Anglais, vous vous êtes donné la seule république que mérite ce nom. Vous avez jugé à propos de lancer votre navire gouvernemental avec une figure dorée à la proue, mais je sais, comme le sait quiconque a réfléchi sur ce point, que votre Reine ne vous coûte pas la moitié de ce que nous coûte notre système de pure démocratie. La politique en Amérique? Cela n'existe pas. La seule question du jour, ce sont les « dépouilles. » Tout est là. Nous nous battons de toute notre âme à propos d'adjudications pour des trains, d'adjudications pour le gaz, pour les routes, pour tout ce qui peut nous faire gagner malproprement un dollar, et nous appelons cela de la politique. Il n'y a que des gens tarés qui se présentent pour le Congrès et le Sénat.

— Le Sénat du peuple le plus libre de la terre est l'esclave docile de quelques maudits monopoles. Si j'étais assez riche, je pourrais acheter le Sénat des Etats-Unis, l'aigle et le drapeau des étoiles et des bandes au complet.

— Y compris les voix irlandaises? dit quelqu'un, un Anglais, je suppose.

— Certainement, si je consentais à faire le Yahoo dans la rue, derrière la queue du lion britannique, avec n'importe quelle saleté on peut acheter les voix irlandaises. Voilà pourquoi notre politique est sale. Un beau jour, vous autres Anglais, vous accorderez le Home Rule à la vermine de nos couvertures. Alors les véritables Américains inviteront les Irlandais à se lever et à repartir pour le pays d'où ils sont venus. Je voudrais que vous vous dépêchiez cette fois, avant que nous n'ayons une autre crise. Nous avons les mains et les pieds liés, par les voix irlandaises, ou du moins cela sert d'excuse à toute gabegie extraordinaire que nous commettons. Je vous le dis, il n'y a de bon, dans l'Irlandais, que le lutteur. Il ne sait ce que c'est que travailler. Il a un talent naturel pour la parlotte, et il est capable de boire jusqu'à en perdre les yeux. Ces trois qualités font de lui un politicien de premier ordre.

Et les Américains présents se mirent de concert à casser du sucre sur l'Irlande et sa population et chacun d'eux commença son discours comminatoire par ces mots :

— Je suis Américain de naissance, Américain de père en fils.

Il doit être bien terrible de vivre dans un pays où vous êtes obligé d'affirmer que vous en êtes réellement.

La clameur se fit plus bruyante, les opinions plus tranchées.

— Si nous n'étions pas entourés d'Américains, je dirais que nous sommes en compagnie de Russes, me dit à l'oreille un de mes compatriotes.

— Ils ne veulent pas dire ce qu'ils disent, murmurai-je. Ecoutez celui-ci.

— Et je sais, car j'ai fait trois fois le tour du monde, et habité la plupart des pays du Continent, que jamais il n'y eut un peuple capable de se gouverner lui-même.

— Allah ! Et c'est un Américain !

— Qui pourrait en savoir plus long qu'un Américain ? répliqua-t-on. Pour l'ignorant, — c'est-

à-dire pour la majorité, — il n'existe qu'un ar-
gument, la crainte, la crainte de la mort. En
ce qui nous regarde, nous donnons au premier
vaurien qui arrive de l'autre côté de l'eau les
mêmes privilèges que nous avons conquis pour
nous-mêmes. En cela nous commettons une faute.
Ils nous en remercient en faisant les imbéciles.
Alors nous tirons sur eux. Vous ne pouvez espérer
de faire d'honnètes citoyens avec la racaille de
tout pays. S'ils se conduisent mal, qu'on les fu-
sille. J'ai vu lancer à Chicago des bombes qui ont
réduit notre police en miettes. J'ai vu porter des
drapeaux dans le cortège qui a lancé les bombes :
toutes les devises en étaient allemandes. Ces gens-
là étaient des étrangers parmi nous, et on les a
abattus à coups de fusil comme des chiens. J'ai
assisté à des émeutes ouvrières et vu la milice
entrer dans un rassemblement comme le doigt à
travers du papier de soie.

— J'étais à la Nouvelle-Orléans lors des émeutes, dit le Louisianais. Nous avons pointé les
Gatlings sur le rassemblement et cela l'a dégoûté
de continuer son sabbat.

— Peuh! je me demande ce qui serait arrivé si
on avait eu recours aux Gatlings quand les échauf-
fourées du West-End étaient en pleine efferves-
cence, dit un Anglais. Si la police tuait un seul
émeutier dans une ville anglaise, il y a tout à
parier que le policeman aurait à en répondre devant la justice comme d'un meurtre et que le
ministère sauterait.

— - Alors, vos ennuis ne sont pas encore commencés. Plus vous donnez de pouvoir au peuple, plus il vous donnera de mal. Chez nous nos classes supérieures sont corrompues et nos classes inférieures sans frein. Il y a des millions de citoyens utiles, respectueux de la loi, et ils sont profondément excédés de cette situation. Nous faisons justice dans la rue. Les tribunaux légaux ne servent à rien. Prenez le cas des Anarchistes de Chicago. Tout ce que nous avons pu obtenir, c'est qu'ils fussent pendus, tandis que ceux qui gisaient dans les rues avaient été punis sur le fait. Nous étions sûrs du règlement de leur compte de la sorte. Je crois bien que c'est pour cette raison-là que nous sommes si prompts à tirer sur un rassemblement. Mais c'est peu loyal tout de même. Nous accueillons tout ce bétail, Anarchistes, Socialistes, gredins de toute espèce, et puis... nous tirons dessus. Les Etats sont aussi républicains qu'on les fait. A quoi bon un homme qui prétend procéder à de nouvelles expériences sur la Constitution ? Nous sommes la nation au territoire le plus vaste qu'il y ait sur la terre de Dieu. Tout l'univers le sait. Nous avons crié partout que nous sommes aussi le plus grand peuple. Personne, excepté nous-mêmes, ne se charge de nous contredire, et après cela nous nous demandons si nous sommes bien ce que nous prétendons être. N'importe, vous autres Anglais, vous aurez à traverser les mêmes épreuves. Vous commencez maintenant à vous décomposer. Vos Conseils de Comté hâteront votre décomposition, parce que vous mettez le pouvoir aux mains des gens inexpérimentés. Quand vous arriverez à notre niveau, — un vote par tête et le droit de le vendre, — le droit pour l'électeur de nommer des gens de son espèce pour noyer les hommes de valeur, — vous serez ce que nous sommes maintenant, — pourris, pourris, pourris !

La voix se tut, et personne ne se leva pour la contredire.

— Il nous faudra bon gré mal gré venir à bout de cela, dit le Louisianais. Ce qui nous rendrait un immense service, ce serait une grande guerre européenne. Nous devenons insouciants. Nous nous laissons aller. Une guerre, en dehors de nos frontières, nous obligerait à marcher tous ensemble. Mais c'est un luxe que nous ne nous offrirons pas.

— Ne pouvez-vous pas en faire éclater une sur votre propre territoire? dis-je d'un ton léger, pour écarter l'idée de la grande nation aveugle, qui dans son inquiétude, mettrait l'épée à la main.

Ma remarque fut des plus malheureuses.

— J'espère que non, dit un Américain avec un grand sérieux. Il nous en a coûté assez cher pour nous maintenir unis, avant ce jour, et il n'est guère probable que nous nous cassions en deux sans protester. Mais il y a des gens pour dire que nous sommes trop grands, et certains disent que Washington et les états de l'Est mènent tout le pays. Si jamais nous nous divisons — que Dieu nous aide quand nous le ferons, — ce sera l'Est et l'Ouest, cette fois.

— Nous avons bâti le vieux sabot trop en longueur, proportionnellement. Nous avons mis la chambre des machines à l'arrière. Ça lui casse les reins, dit un Américain qui n'avait pas encore parlé. Je me demande si nos ours d'ancêtres se doutaient qu'il arriverait à grandir à ce point.

— Un bien vaste pays! soupira l'interlocuteur, comme s'il avait sur les épaules le poids de tout le pays qui s'étend de New-York à Frisco. Si jamais nous nous divisons, c'en est fait de nous. Il n'y a pas place pour quatre Empires de première classe dans les Etats-Unis. Une séparation amènera à une autre, si la première réussit. A quoi sert-il de parler?

A quoi cela servait?

Voilà notre entretien tel qu'il eut lieu, le soir de l'Anniversaire de la Reine.

Que pensez-vous?

II

Sereine, indifférente au destin, tu
reposes à la porte d'Occident, tu vois
les blanches mers ployer leurs tentes, à gardienne de deux continents,
tu attires toutes choses petites et
grandes vers toi, en deça de la porte
d'Occident.

C'est Bret Harte, qui a écrit ces vers à propos de
la grande cité de San-Francisco, et j'ai passé la
dernière quinzaine à me demander ce qui les lui
avait inspiré.

On ne trouve par ici ni sérénité, ni indifférence,
et il serait à plaindre le Continent qui aurait pour
tuteur un gardien aussi écervelé.

Regardez-moi, jeté la tête la première, après
vingt jours de pleine mer, dans le tourbillon de la
Californie, privé de tout guide et réduit à tirer
moi-même mes conclusions.

Protégez-moi contre la colère d'un pays outragé,

si jamais ces lettres tombent sous les yeux d'A-
méricains.

San-Francisco est une ville enragée, peuplée en
grande partie de gens parfaitement fous, dont les
femmes sont d'une remarquable beauté.

Quand la *Cité de Péking* franchit à la vapeur la
Porte d'Or, je vis avec grande joie que le blockhaus
qui gardait l'entrée du « port le plus beau du
monde, monsieur » eût peut-être été réduit au silence sans péril, avec commodité, avec célérité,
par deux canonnières venues de Hong-Kong.

Alors un reporter sauta à bord, et avant que
j'eusse repris haleine, il m'enveloppa dans ses filets.

Il me vida à fond. ·   ant que je gagnais le
rivage, et me deman   comme s'il n'y eût que
cela au monde, des : « elles du journalisme de
l'Inde.

C'est chose terrib'   ue de faire son entrée dans
un nouveau pays   nouveau mensonge aux lèvres.

Je dis la vérité au douanier malintentionné qui
versa ma garde robe la plus intime sur un sol
formé de balayures d'écurie et d'éclats de pin,
mais le reporter me terrassa non pas tant par
son audace étourdissante que par sa magnifique
ignorance.

Maintenant je regrette de ne pas lui avoir dit
plus de mensonges, en entrant dans une ville où
se trouvent trois cent mille blancs.

Songez donc : trois cent mille blancs, hommes
et femmes, réunis sur un point, marchant sur du

vrai pavé, devant des magasins aux vitrines de vraies glaces, et parlant une langue qui ne différait pas beaucoup de l'anglais.

Ce fut seulement après m'être perdu dans un labyrinthe inextricable de maisonnettes en bois, de poussière, de détritus des rues, et d'enfants s'amusant avec de vieux bidons à pétrole, que je découvris en quoi les langues diffèrent.

— Vous voulez aller au Palace-Hôtel? dit un affable jeune homme, du haut d'un tombereau. Alors que diable faites-vous ici? C'est le quartier le plus sale de la ville. Suivez six îlots au nord jusqu'à ce que vous abattiez l'angle de Geary et de Marché, puis tournez jusqu'à ce que vous abattiez l'angle de Ruisseau et de Seizième. Alors vous y serez.

Je ne garantis pas la reproduction textuelle de ces indications, car je cite d'après des souvenirs en désordre.

— Amen! dis-je. Mais qui suis-je pour abattre les angles des gens que vous nommez? Peut-être ce sont des gentlemen de considération et qui me rendraient la pareille. Mettez les points sur les i, mon fils.

Je crus qu'il allait me battre, mais il n'en fit rien.

Il expliqua qu'on n'employait jamais le mot *rue*, que tout le monde était censé savoir la direction des rues, parce que parfois leur nom était sur les becs de gaz et parfois n'y était pas.

Fort de ces renseignements, je marchai et trouvai une vaste rue bordée de somptueux édifices de quatre ou cinq étages de hauteur, mais pavée de grossiers galets comme au temps de l'an un.

Un funiculaire, qui ne portait sur rien de visible, glissait sournoisement derrière moi, et faillit me frapper dans le dos.

Cent yards plus loin, il se fit une légère agitation dans la rue : un rassemblement de trois ou quatre personnes.

Un volumineux gentleman irlandais, dont le chapeau était orné de la ganse sacerdotale et qui avait un petit insigne nickelé sur sa large poitrine, soutenait un Chinois qui avait reçu un coup de couteau dans l'œil et saignait comme un porc.

Les assistants passèrent leur chemin, et le Chinois, avec l'aide du policeman, en fit autant.

Certes cela ne me regardait pas, mais je n'aurais pas été fâché de savoir ce qu'il advint du gentleman qui avait joué du couteau.

Cela en disait long en faveur de l'excellence de l'organisation municipale qu'une foule bruissante n'eut pas aussitôt barré la rue pour voir ce qui se passait au premier plan.

Je fus le sixième et le dernier de ceux qui assistèrent à cet exploit, et ma curiosité était six fois la plus forte.

A vrai dire, j'eus honte de la laisser voir.

Il ne se produisit plus d'incidents jusqu'à ce que je fusse arrivé au Palace-Hôtel, tapissière humaine à sept étages, avec son millier de chambres.

Tous les guides du voyageur vous renseigne-

ront sur la façon dont sont organisés les hôtels
dans ce pays.

Pour les apprécier, il faudrait les voir.

Sachez formellement, — et ceci est écrit après
une expérience d'un millier de milles — que dans
l'Ouest, on n'arrive pas à se faire servir, en payant.

Lorsque le secrétaire de l'hôtel, — l'homme
qui vous désigne votre chambre et qui est censé
vous donner des renseignements, — lorsque ce
resplendissant personnage s'abaisse à s'occuper de
vos besoins, il le fait en sifflant ou chantonnant,
en se curant les dents, où bien il s'interrompt
pour causer avec quelqu'un qu'il connaît.

Il en use aussi, à ce que je crois, pour bien vous
démontrer qu'il est un homme libre et votre égal.

A en juger par son ensemble extérieur et la
grosseur de ses diamants, il devrait être votre supérieur.

Il n'est nullement nécessaire d'affirmer sa personnalité d'une façon aussi fanfaronne.

Les affaires sont les affaires, et l'homme, qui est
payé pour s'occuper d'autrui, peut, en tout état
de choses, consacrer toute son attention à sa besogne.

Quarante ou cinquante hommes étaient assis
dans un vaste hall au pavé de marbre, sous la lumière crue de l'électricité. Des crachoirs d'une ca-
pacité immense et largement béants étaient disposés pour leur usage ou leur amusement.

La plupart des hommes étaient en habit et haut-
de-forme — nous les porterions à un déjeûner de

mariage dans l'Inde, si nous les possédions, — mais tous crachaient.

Ils crachaient par principes.

Il y avait des crachoirs sur les marches, dans chaque chambre à coucher, oui, et même dans des chambres plus sacrées encore.

Ils vous poursuivaient dans votre intimité, mais ils s'étalaient dans toute leur splendeur autour du comptoir, et ils servaient tous, du premier au dernier, ces objets puants.

Au moment même où j'allais défaillir de dégoût, un nouveau reporter me saisit au collet.

Ce qu'il tenait à savoir, c'était la surface exacte de l'Inde en mille carrés.

Je le renvoyais à Whitaker.

Il n'avait jamais entendu parler de Whitaker.

Il tenait à apprendre le chiffre de ma propre bouche, et je ne voulus pas le lui fournir.

Alors, comme l'autre, il s'égara à travers les détails la vie de la presse dans notre pays.

Je me hasardai à faire entendre que l'organisation intérieure d'un journal regardait surtout les gens qui le rédigeaient.

— C'est précisément cela qui nous intéresse, dit-il. Avez-vous des reporters comparables à nos reporters, dans les journaux indiens?

— Nous n'en avons pas, dis-je, en gardant pour moi le « Dieu merci » qui me vint aux lèvres.

— Pourquoi n'en avez-vous pas?

— Parce qu'ils mourraient, dis-je.

C'était exactement comme si l'on causait avec

un enfant, un petit enfant extrêmement impoli.

Il commençait presque toutes ses phrases par ces mots :

— Maintenant dites-moi quelque chose sur l'Inde.

Et il posait au hasard une question, puis une autre sans la moindre suite.

Je n'étais pas fâché, cela m'intéressait vivement.

Cet homme était une révélation pour moi.

A ces questions, je faisais des réponses mensongères et évasives.

Après tout, ce que je disais n'avait aucune importance : il était incapable de comprendre.

Je dois me borner à espérer, à prier pour qu'aucun des lecteurs du *Pioneer*[1] ne voie jamais cette étrange interview.

L'individu me transforma en un idiot bien des fois plus radoteur que ma destinée ne l'avait voulu, et la profondeur de son ignorance trouva moyen de défigurer, en mensonges énormes et compliqués, les pauvres petits faits que je lui fournis.

Alors je me dis :

— Nous nous occuperons plus tard de la question du journalisme américain. Pour le moment, je vais me donner de l'agrément.

Personne ne se leva pour me dire quels étaient les lions de la localité.

Personne ne m'indiqua un moyen de transport.

1. Le journal dont Kipling était le correspondant.

Je me trouvai absolument isolé dans cette vaste cité de blancs.

L'instinct me poussa à chercher des rafraîchissements, et je tombai dans un bar, plein d'exécrables peintures, où des gens, le chapeau sur l'arrière de la tête, mangeaient comme des loups la nourriture qu'ils allaient raffler sur le comptoir.

C'était sur un établissement de « lunch gratis » que j'étais tombé.

Vous payez un verre et vous avez à manger autant que vous voulez.

Pour un peu moins d'une roupie par jour, on peut ainsi se nourrir somptueusement à San-Francisco, fut-on un banqueroutier. Rappelez-vous cela, si jamais vous échouez sur cette côte.

Plus tard je commencerai une exploration des rues, vastes mais désordonnée.

Je ne demandai aucun nom.

C'était assez que le pavé fût couvert d'hommes blancs et de femmes blanches, que les rues fussent pleines d'une circulation bruyante, que le grondement reposant d'une grande cité ronflât à mes oreilles.

Les funiculaires glissaient vers toutes les directions de la boussole.

Je les pris l'un après l'autre jusqu'à ce que je ne puisse aller plus loin.

San-Francisco a été jeté pêle-mêle sur les bancs de sable du désert de Bikaneer.

Un quart environ de sa surface fut conquis sur la mer, tous les anciens du pays vous le diront.

Le reste se compose de collines de sable acci-
dentées, improductives, consolidées par les pilotis
des maisons.

Plaçons-nous au point de vue anglais.

On n'a pas fait la moindre tentative pour niveler ces hauteurs, et à vrai dire, on eut pu tout
aussi bien tenter de niveler les collines du Siud.

Les funiculaires ont fait de San-Francisco l'é-
quivalent pratique d'une vraie plaine.

Ils ne tiennent aucun compte des montées et
des descentes.

Ils suivent d'une allure égale la voie qui leur
est tracée, d'un bout à l'autre d'une rue de six
milles.

Ils tournent les coins presque à angle droit, ils
croisent d'autres lignes, et ils sont peut-être même,
à ce qu'il me semble, capables de grimper sur les
flancs des maisons.

On ne voit nulle part ce qui les met en mouvement.

Une fois de temps à autre, vous passerez peut-
être devant un édifice de cinq étages, rempli du
bourdonnement des machines, qui enroulent un
cable de fil de fer sans fin, et les initiés vous diront que là se trouve le mécanisme.

Je renonçai à questionner.

S'il plaît à la Providence de faire qu'un véhicule
monte et descende pendant bien des milles sur
une fente pratiquée dans le sol, si pour deux pence
et demi, je puis voyager dans ce véhicule, pourquoi chercher l'explication de ce miracle?

Je préfère regarder par les glaces jusqu'à ce que les magasins soient remplacés par des milliers et des milliers de maisonnettes en bois, chacune juste assez grande pour contenir un homme et sa famille.

Je préfère observer les gens dans les cars et tâcher de voir en quoi ils diffèrent de nous leurs ancêtres.

Ils se nourrissent de l'illusion qu'ils parlent anglais, — l'anglais! — et on m'a déjà pris en pitié, parce que je parle avec « un accent anglais. »

L'homme, qui eut pitié de moi, parlait, autant que je pus en juger, l'argot des voleurs.

Et tout le monde fait comme lui.

Partout où nous mettons l'accent au commencement, on le rejette à la fin, et *vice-versa*, là où nous employons l'*a* long, on met le bref, et des mots si simples qu'on ne peut se méprendre sur leur signification, on les prononce quelque part sous le dôme de la tête.

Comment cela se fait-il?

Oliver Wendell Holmes rend les maîtresses d'école yankees, le cidre et la morue salée responsables de ce qu'il appelle un accent nasal.

Un Hindou est un Hindou, un frère pour quiconque parle la langue courante, un Français est Français parce qu'il parle sa propre langue mais l'Américain n'a pas de langue.

Son langage est un dialecte, un argot, un provincialisme, un accent, et ainsi de suite.

Maintenant que je les ai entendus parler, toutes

les beautés de Bret Harte sont perdues pour moi, parce que je me surprend à saisir à travers le flot de sa pose rythmique la cadence de sa région natale.

Faites-vous lire par une dame américaine « Comment Santa-Claus alla au bar de Simpson » et vous verrez ce qui reste dans sa bouche de la beauté de l'original.

Mais je plains Bret Harte.

Voici comment cela se passa.

Un reporter me demanda ce que je pensais de la ville, et je répondis avec suavité, que c'était pour moi un lieu saint à cause de Bret Harte.

C'était vrai.

— Eh bien, dit le reporter, Bret Harte se réclame de la Californie, mais la Californie ne revendique point Bret Hart. Il a passé tant d'années en Angleterre qu'il est tout à fait anglais. Avez-vous vu nos fabriques de biscuits secs et les nouveaux bureaux de l'*Examiner?*

Il était incapable de concevoir que pour le monde, la ville avait une valeur bien inférieure à celle de l'homme.

.•.

La nuit se fit sur le Pacifique, et le blanc brouillard de mer emplit rapidement les rues, en noyant les splendeurs de l'éclairage électrique.

L'usage de cette cité veut que les hommes et les femmes se promènent entre huit et dix heures

2.

du soir, dans une certaine rue, dite Kearney-
Street, où se trouvent les plus beaux magasins.

C'est là qu'on entend le plus souvent sonner les
talons sur le pavé, là que les lumières sont le plus
éblouissantes, là que le grondement de la circulation est le plus accablant.

J'observai la jeune Californie et vis que tout au
moins elle s'habillait à grands frais, qu'elle avait
de l'entrain dans les manières et qu'elle savait
se mettre en valeur dans la conversation... et
aussi que les femmes ont le teint très clair.

Les jeunes filles étaient amplement construites,
fortes, bien étrillées, vêtues de toilettes qui parais-
saient, même à mes yeux inexpérimentés, avoir
coûté fort cher.

A neuf heures, Kearney-Street nivelle toutes les
distinctions de rang avec la même inpartialité que
la tombe.

A plusieurs reprises, je flânai sur les talons d'un
couple d'êtres resplendissants, et alors que je m'attendais à saisir la voix uniforme de l'être cultivé,
je ne pus surprendre autre chose que le débit sac-
cadé et le : « que je dis » le « qu'il dit » qui font
reconnaître la domestique de race blanche dans
le monde entier.

C'était décourageant, car en dépit de tout ce qui
prouve le contraire, un beau plumage devrait faire
de beaux oiseaux.

Il y avait de l'opulence, — une opulence illimitée, — dans les rues, — mais pas un détail qui
n'eût été payé trop cher au prix de cinquante *cents*.

Ainsi donc, me disant, à part moi, que ces gens-là étaient des barbares, je fus bientôt éclairé et dus reconnaître qu'eux aussi étaient héritiers de tous les siècles, et civilisés, après tout.

Un inconnu apparut devant moi, un inconnu affable à l'extérieur engageant, aux yeux bleus innocents.

Il m'adressa la parole en me nommant, assura qu'il m'avait vu à New-York, au Windsor, et j'acceptai ce dire avec quelque réserve.

Je ne me rappelais pas le fait, mais puisqu'il était si sûr... alors pourquoi ?...

J'attendis la suite.

— Et qu'avez-vous pensé de l'Indiana quand vous l'avez traversé?

Telle fut la question suivante.

Cela expliquait le mystère de notre première rencontre, et une ou deux autres choses.

Avec une négligence répréhensible, mon ami aux yeux bleu clair avait aperçu dans le registre de l'hôtel le nom de sa victime et lu « Indiana » au lieu de « India ».

Il ne pouvait comprendre qu'un Anglais traversât les Etats de l'Est à l'Ouest au lieu de suivre la route classique.

Je redoutais que, charmé de me trouver aussi accueillant, il ne fît au sujet de New-York et du Windsor des remarques que je ne pourrais pas comprendre.

Et, en effet, il se risqua de ce côté une ou deux fois.

Il me demanda ce que je pensais de telles ou telles rues, qui, d'après son ton, n'étaient rien moins que respectables.

Il est assez fatigant de parler de New-York inconnu dans un San-Francisco presque inconnu.

Mais mon ami fut compatissant.

Il déclara que j'étais tout-à-fait l'homme de son cœur et il m'obligea à accepter des boissons rares et curieuses dans plus d'un bar.

Il me montrerait la vie de la cité.

Comme je n'avais nulle envie de revoir une vieille et monotone comédie, j'esquivai l'invitation et reçus au lieu des leçons du Diable beaucoup de grossières flatteries.

C'est chose curieuse que la structure d'une âme humaine.

Je savais comment et sur quoi cet homme-là mentait, j'attendais à loisir le couplet final, j'avais une perception claire, pendant que le gazouillement de ses compliments m'arrivait à l'oreille, d'éprouver le doux frémissement de l'orgueil qu'on flatte.

— J'étais malin, dit-il. Il ne fallait qu'ouvrir la moitié d'un œil pour s'en apercevoir, sagace, versé dans les affaires du monde, une connaissance désirable, un homme qui avait goûté avec prudence à la coupe de la vie.

Tout cela me faisait plaisir et endormait jusqu'à un certain point la défiance tout-à-fait éveillée.

Ensuite, l'homme aux yeux bleus découvrit et

même affirma avec insistance, que j'aimais à jouer aux cartes (ce qui fut gauchement amené, mais ce fut par ma faute, car j'avais fait la moitié du chemin à sa rencontre et ne lui avais laissé aucune chance de bien jouer son rôle.)

Sur quoi, je penchai la tête de côté, je pris un air d'en savoir long dans le mal, je citai des mots empruntés au jeu de poker, tout cela grotesquement, à tort et à travers.

Mon ami garda un sérieux admirable, et il fit bien, car cinq minutes après, nous nous trouvâmes, par le plus pur des hasards, à un endroit où nous pourrions jouer aux cartes, et aussi nous amuser avec des billets de la loterie de l'Etat de la Louisiane.

Voudrais-je jouer ?

— Non, dis-je, car pour moi les cartes n'ont pas de sens, pas de suite, mais admettons que je vais jouer. Comment vous mettriez-vous à l'œuvre, vous et vos amis ? Joueriez-vous franc jeu ? ou bien me feriez-vous boire, ou bien... La vérité, c'est que je suis journaliste, et je vous serais fort obligé si vous m'appreniez quelque chose sur l'art de « plumer les pigeons ».

Mon ami aux yeux bleus appela sur ma tête la malédiction des Dieux, l'arcade de droite et celle de gauche.

Il maudit même les excellents cigares qu'il m'avait donnés.

Mais l'orage passa.

Il se calma et entra en des explications.

Je m'excusai de lui avoir fait perdre une soirée et nous passâmes un moment très agréable ensemble.

Inattention, provincialisme, hâte trop grande à courir aux conclusions, tels étaient les écueils sur lesquels il s'était brisé, mais il prit sa revanche, quand il dit :

— Comment j'aurais joué avec vous ? Mais après tout ce poppycock (en anglais cela veut dire les bourdes) que vous m'avez débité au sujet du poker, j'aurais joué franc jeu avec vous, et je vous aurais plumé. Je ne me serais pas donné la peine de vous enivrer. Vous n'avez jamais rien entendu au jeu, mais ce qui m'écœure, c'est de m'être ainsi trompé sur votre compte.

Et il me lança un regard furieux, comme si je lui avais fait une injure.

Maintenant je sais comment il se fait qu'une année après l'autre, une semaine après l'autre, le *bunco-steerer*, qui, sous d'autres cieux, en appelle le compère, prépare les cartes et s'assure de sa proie.

Il l'enduit de flatterie, comme le serpent enduit de salive le lapin.

L'incident m'humilia. Il me prouvait que j'étais loin de l'innocent Orient et que j'étais venu dans un pays où il faut se tenir sur ses gardes.

L'hôtel lui-même était tout couvert de placards avertissant de tenir sa porte fermée à clef, de déposer ses valeurs dans le coffre-fort de l'hôtelier.

Le blanc, pris en masse, est mauvais.

Je versai un pleur discret sur O-Toyo [1] (combien alors je me doutais peu qu'on m'arracherait encore une fois le cœur de la poitrine) et je m'endormis dans le vacarme de l'hôtel.

Le lendemain, je mettais le pied dans le futur héritage.

Il n'y a pas de princes en Amérique, — du moins ils n'ont pas de couronne sur la tête — mais un membre de quelque famille royale, animé de dispositions généreuses, prit connaissance de ma lettre d'introduction.

La journée n'était pas terminée que j'étais membre de deux clubs et que j'avais en vue bien des invitations à des dîners et à des fêtes.

Or, ce prince, dont les opérations financières ne cessent de s'étendre, n'avait aucun motif, non plus que ses amis, les autres princes, de se donner du mal pour un Anglais de plus ou de moins, mais il n'eut pas un instant de repos jusqu'à ce qu'il eût réalisé en ma faveur tout ce que pourrait rêver une mère pour sa fille *débutante*.

Connaissez-vous le club des Bohémiens de San-Francisco? On dit que sa renommée s'étend dans le monde entier.

Il fut créé sur un plan analogue à celui du *Savage* par des hommes qui écrivaient ou qui dessinaient, et il s'est épanoui avec un luxe qui n'a rien de républicain.

---

1. O-Toyo est une Japonaise rencontrée par Kipling à Nagasaki dans une maison de thé. (*Lettres du Japon*, 23-29).

C'est une chouette qui règne à cet endroit une chouette perchée sur un crâne et des os en croix ; farouche symbole qui représente la sagesse de l'homme de lettres et la fin où aboutissent ses espérances d'immortalité.

La chouette se dresse sur l'escalier, en une figure de quatre pieds de haut. Elle est sculptée dans les boiseries. Elle volète dans les fresques des plafonds. Elle est imprimée sur le papier à lettres. Elle est suspendue aux murs.

Elle est un ancien et honorable Oiseau.

Ce fut sous son aile que j'eus la faveur de lier connaissance avec des blancs dont l'existence n'était pas enchaînée terre à terre par un labeur routinier, des gens qui écrivaient des articles de revues, au lieu de les parcourir à la hâte dans les intervalles des heures de bureau, qui peignaient au lieu de se contenter de gravures à bon marché ramassées à la vente des effets d'autrui.

A moi tous les droits à des relations sociales que l'Inde, cette marâtre au cœur de pierre pour les collectionneurs. nous a dérobés.

Les pieds sur des tapis moëlleux, respirant l'encens de cigares supérieurs, j'allais de pièce en pièce, étudiant les tableaux où les membres du club avaient fait leur propre caricature, celle de leurs confrères et de leurs ambitions.

Il y avait dans le faire de ces hommes au labeur inflexible, une sorte de fini dans l'audace, qui était français, et qui allait au cœur du spectateur.

Et pourtant ce n'était pas tout à fait français.

Une sécheresse austère, dans l'exécution presque hollandaise, formait la différence.

Ces gens-là peignaient comme ils causaient, en gens sûrs de leur fait.

Le club se permet des débauches qu'il appelle des *jinks*, petites fêtes ou haute noce, de temps à autre, et chacune de ces réunions est fidèlement représentée en peinture à l'huile par des mains expertes.

Dans ce club on ne trouve pas d'amateurs abîmant de la toile, parce qu'ils se croient capables de manier les couleurs à l'huile sans rien entendre aux ombres ni à l'anatomie, — pas de gentlemen ayant des loisirs, qu'ils emploient à détériorer le caractère des éditeurs, et plonger dans le marasme un marché déjà ruiné, grâce à leur fantaisie d'écrire « parce que par le temps qui court, tout le monde écrit un peu. »

Mes hôtes travaillaient ou avaient travaillé pour gagner leur pain quotidien avec la plume ou le pinceau, et leurs propos étaient presque entièrement professionnels. Ils parlaient métier, ce qui était charmant.

Ils me tendirent largement la main de la bienvenue. Ils furent comme des frères. Et je rendis hommage à la Chouette, et j'écoutai leurs entretiens.

Un club indien, aux environs de la Noël, fournira à qui saura s'y prendre, une ample moisson de contes étranges, mais une réunion d'Américains, venus des extrémités les plus lointaines de leur propre continent, vous donnera des contes plus larges, plus substantiels, plus épineux, et même plus azurés qu'aucune variété indienne.

J'entendis des récits de la guerre faits par un ex-officier de l'armée du Sud, qui les contait en buvant, le soir, à un colonel de l'armée du Nord.

Mon introducteur, qui avait servi comme simple cavalier dans l'armée du Nord, y intercalait de temps à autre des rectifications.

D'autres conteurs leur succédèrent avec des récits non moins merveilleux sur des lancements de *riata* [1] au Mexique ou dans l'Arizona, des parties de cartes dans les postes militaires du Texas, de guerres de presse engagées dans l'impie Chicago, de morts soudaines et violentes dans le Montana et le Dakota, des amours des jeunes métisses dans le Sud, des chasses fantastiques à l'or dans le mystérieux Alaska.

Et avant tout, ils contèrent comment s'était bâti le premier San-Francisco, « la plus belle collection d'êtres humains qu'il y ait eu sur la terre de Dieu, monsieur. Ce fut elle qui lança cette ville, et l'eau arrivait jusqu'au bas de Market-Street. »

Certains de ces récits étaient vraiment terribles, d'autres d'un humour farouche, et les hommes vêtus de drap et en linge fin, qui les contaient, y avaient joué un rôle.

— Et de temps à autre, quand les choses allaient trop mal, on sonnait la cloche de la cité, le comité de vigilance sortait et pendait les personna-

---

1. Lazzo.

ges suspects. En ce temps-là, un homme ne commençait à devenir suspect que quand il avait commis au moins un assassinat sans provocation, dit un gentleman âgé, au regard calme, qui bedonnait un peu.

Je jetai un regard sur les tableaux qui m'entouraient, sur le garçon au pas discret, à l'uniforme de bonne coupe, qui était derrière moi, sur le plafond aux nervures de chêne, sur le tapis velouté que je foulais.

Il était malaisé de se rendre compte que, vingt ans auparavant, on eût pu voir pendre un homme en grande pompe.

Plus tard je trouvai des raisons de changer d'avis.

Ces récits me donnèrent la migraine et me firent réfléchir.

Comment donc était-il possible de s'assimiler seulement un millième de ce continent énorme, grondant, aux aspects multiples.

Le livre du Professeur Bryce sur la République Américaine reposait dans le silence de la somptueuse bibliothèque.

— C'est un présage, dis-je. Il a traité toutes choses avec le plus grand sérieux, et on peut l'acheter pour une demi-guinée.

Ceux qui désirent un renseignement indiscutable doivent le chercher dans ses pages.

A moi la tournée journalière du chemineau, la notation des incidents de la minute, la causerie avec le compagnon de voyage du jour.

Je ne « ferai » pas du tout ce pays.

Et j'oubliai pendant dix jours tout ce qui avait trait à l'Inde, en allant à des dîners, en observant les usages sociaux des peuples qui diffèrent entièrement de nos usages, et je fus présenté à des hommes qui possédaient de nombreux millions.

Ces personnages sont inoffensifs dans leurs premières phases.

Cela veut dire qu'un homme, qui vaut trois ou quatre millions de dollars, peut être un bon causeur, intelligent, amusant, un homme du monde.

Celui qui en possède deux fois plus est un homme à éviter, et celui qui possède vingt millions, — c'est vingt millions tout court.

Prenez un exemple :

Je parlais à un journaliste de voir le propriétaire de son journal.

Mon ami ronchonna d'indignation :

— Le voir, *lui !* Grands Dieux. S'il lui arrive de se montrer au bureau, je l'aborderai peut-être, mais Dieu merci ! en dehors de cela, je fréquente des milieux qui lui sont inaccessibles.

Et pourtant la première chose qu'on m'a appris à croire, c'était qu'en Amérique l'argent était tout.

III

Pauvres gens, — créatures de
Dieu, malgré tout.

Ce fut un triste épisode d'un bout à l'autre et je n'eus d'autre consolation que de me dire : c'est entièrement ma faute.

Quelqu'un m'emmena faire un tour dans le quartier chinois de San-Francisco, un quartier de Canton transporté dans le quartier de la ville le plus commode pour les affaires.

Le Chinois, avec son habileté ordinaire, est devenu possesseur de bonnes constructions en briques, à l'épreuve du feu, et a empilé dans chaque édifice des centaines d'âmes, tout cela vivant dans une saleté, une pourriture que vous seuls, gens de l'Inde, êtes capables d'apprécier.

Cette constatation, à première vue, aurait dû suffire, mais je tenais à savoir jusqu'à quelle profondeur l'homme à la queue de cochon a poussé ses racines.

Ainsi donc, j'explorai une seconde fois le quartier chinois, et je le fis seul. ce qui était une sottise.

Dans les rues sales (sans les bienfaisantes brises de mer, San-Francisco jouirait du choléra chaque été) personne ne s'occupa de mes allées et venues, bien que bon nombre de gens m'aient demandé le *Cumshaw* [1].

Je choisis une maison qui avait environ quatre étages de haut. pleine des abominations des Célestes, et je me mis à faire des fouilles souterraines.

J'avais entendu dire que ces édifices étaient construits d'après le système des icebergs, deux tiers au-dessous de la ligne visuelle.

Au bas des escaliers je traversai des Chinois couchés sur des lits de camp, fumeurs d'opium, habitués des lupanars et des tapis francs, et je finis par arriver à la seconde cave.

En somme. j'étais dans les méandres d'un terrier de lapins.

Grande est la prudence du Chinois. En temps d'émeute, cette maison eût pu être démolie au ras du sol par la populace et n'en abriter pas moins tous les habitants dans des galeries souterraines, aux murs de briques. étayées par des solives, défendues par des portes et des grilles aux montants de fer.

Sur le second palier souterrain, un homme de-

1. L'aumône, la *buona mane*.

manda le cumshaw et me conduisit plus bas dans une autre cave, où l'air était épais comme du beurre, où les lampes formaient de petits trous lumineux qui n'avaient pas plus d'un pouce carré.

Là était installé un club de poker, en plein fonctionnement.

Le Chinois aime le *pokel* et le joue avec grande habileté, en miaulant comme un chat, quant il perd.

La plupart de ceux qui entouraient la table avaient un costume à demi-européen, leurs queues de cochon roulées sous leurs chapeaux de feutre mou.

Un d'eux avait une figure d'Eurasien, d'où je conclus que c'était un sang mêlé du Mexique, — supposition que confirmèrent des renseignements postérieurs.

C'était une pittoresque collection de démons polis, mais leur jeu les absorbait trop pour qu'ils s'occupassent d'un inconnu.

Nous étions tous à une grande profondeur sous terre et on n'entendait d'autre bruit que le frou-frou d'une manche de robe, et le mystérieux murmure des cartes battues et jouées.

La chaleur était presque intolérable.

Une sorte de dispute s'éleva entre le Mexicain et l'homme qui se trouvait à sa gauche.

Ce dernier changea de place pour mettre la table entre lui et son adversaire et allongea une main maigre et jaune vers le butin du Mexicain.

Remarquez à quel point l'homme est une créature purement instinctive.

Je me suis trouvé rarement en face d'un pistolet, mais quand je vis le Mexicain se lever à demi sur sa chaise, au même instant, j'étais étendu de tout mon long sur le sol.

Personne ne m'avait appris que c'est l'attitude la meilleure quand il y a des balles dans l'air.

J'étais couché ventre à terre, avant d'avoir eu le temps de réfléchir.

J'étais tombé au moment même où la pièce s'emplissait d'une clameur intolérable, pareille à la décharge d'un canon.

Dans cet espace clos, la détonation d'un pistolet n'a pas la place nécessaire pour s'étendre plus loin que la fumée, — dont l'odeur me piquait les narines.

Il n'y eut pas d'autre coup de feu, mais il se fit un grand silence pendant lequel je me mis lentement à genoux.

Le Chinois était agrippé des deux mains à la table et regardait fixement une chaise vide en face de lui.

Le Mexicain avait disparu et un petit flocon de fumée montait au plafond.

Le Chinois, toujours cramponné à la table, dit « Ah! » du ton d'un homme qui, levant tout à coup les yeux de dessus son travail, aperçoit sur le seuil un ami bien connu.

Alors il toussa, se pencha sur son côté droit, et je vis qu'il avait reçu la balle dans l'estomac.

Je m'aperçus qu'à l'exception de deux hommes qui se penchaient sur le blessé, la pièce était vide,

et tout le flot d'une peur intense, endigué jusqu'alors par une curiosité plus intense encore,
passa sur mon âme.

J'éprouvai un ardent désir d'être en plein air.

Il pouvait arriver que les Chinois me prissent
pour le Mexicain, — les choses les plus horribles
semblaient possible à ce moment-là, et il était plus
possible encore que les escaliers fussent fermés
pendant qu'on ferait la chasse au meurtrier.

L'homme étendu à terre toussait, d'une toux
qui faisait mal.

Je l'entendis résonner, cette toux, pendant que
je prenais la fuite et un de ses compagnons étei-
gnit la lampe.

Ces escaliers me parurent interminables, et pour
ajouter à mon inquiétude, aucun bruit n'indiquait
qu'on se remuât dans la maison.

Personne ne m'arrêta, personne ne me regarda.

Pas la moindre trace du Mexicain.

Je trouvai la sortie, et tremblant sur mes jambes, je parvins à me mettre sous la protection de
la nuit claire et fraîche, du brouillard et de la
pluie.

Je n'osais courir, et quand il se fût agi de ma
vie, il m'était impossible de marcher.

J'ai dû prendre un moyen terme, car je me
souviens que la lumière d'un bec de gaz projeta
l'ombre de quelqu'un qui faisait comme des sauts,
caracolait sur le pavé, dans un état qui paraissait
celui de l'extase, du bonheur contenu.

Mais c'était la crainte, crainte mortelle. Crainte

3.

où il entrait la connaissance déjà acquise de l'Oriental, — et ce fait, que j'étais le seul autre blanc, — un témoin suffisant — à trois étages au-dessous du sol, — et que le Chinois toussait à environ quarante pieds au-dessous de mes talons de bottines, battant le sol.

Il faisait bon de revoir les devantures de magasins et l'éclairage électrique.

Pour rien au monde, je ne serais allé informer la police, parce que j'étais fermement convaincu que le Mexicain avait reçu son compte quelque part dans le troisième dessous, longtemps avant que je fusse arrivé au dehors, et de plus, dès que je me fus échappé de ce coupe-gorge, il m'eût été impossible, quelque effort que je fisse, de dire où il se trouvait.

Ma fuite irréfléchie me conduisit je ne sais où, à un mille de distance de l'hôtel.

Le grincement d'un ascenseur qui me transporta vers un lit, à six étages au-dessus du sol fut une musique pour mes oreilles.

C'est pourquoi je tiens à vous le dire, à vous qui viendrez après moi : ne vous hasardez pas seuls et pendant la nuit dans le quartier chinois.

Vous tomberiez peut-être sur une tranche pittoresque de vie humaine, qui vous agiterait les nerfs pendant une demi-journée.

.·.

Et ceci m'amène par un enchaînement naturel à la grande question des boissons.

Ainsi que vous le savez, l'Américain ne boit pas en mangeant, comme devrait le faire un homme raisonnable.

Il emploie dix minutes, trois fois par jour, à se gaver.

En outre, il n'a garde de se préoccuper indécemment si le soleil est au-dessus du bout de vergues ou au-dessous de l'horizon. Il déverse en lui-même sa vanité à des heures indues. et à vrai dire, il ne saurait faire autrement.

Vous ne vous faites aucune idée de ce que *régaler* signifie sur le versant occidental.

C'est plus qu'une institution, c'est une religion. bien qu'on me dise que ce n'est rien, comparativement au temps jadis.

Prenons un exemple des plus fréquents.

A dix heures et demie du matin, un homme est pris du besoin de stimulants.

Il est en compagnie de deux amis.

Tous trois se rendent au bar le plus proche, qui est rarement à plus de vingt yards de distance, et prennent tout de suite trois whiskys.

Ils causent deux minutes.

Alors le second et le troisième offrent successivement une tournée.

Après quoi chacun regagne la rue, plus pauvre de trois verres de whisky qu'il a sous la ceinture. et l'un d'eux avec deux verres de plus qu'il ne voulait en boire.

L'étiquette ne permet pas de refuser une tournée.

Le résultat est remarquable.

Je n'ai pas encore vu, je l'avoue, un homme ivre dans les rues, mais j'ai entendu plus qu'ailleurs parler de l'ivresse chez les blancs, et j'ai vu plus de gens convenables excités ou déprimés par la boisson que je ne tiens à me le rappeler.

Et le vice a envahi tous les milieux sociaux.

Jamais je ne fus plus étonné qu'un jour, à un dîner charmant, où j'entendis une paire de jolies lèvres dire sans autre précaution oratoire, au sujet d'un gentleman de leur connaissance, dont elles parlaient : « Il était ivre ».

Le fait était simplement énoncé, sans émotion : c'était là ce qui me faisait tressaillir.

Mais le climat de Californie se montre indulgent pour les excès, il en couvre perfidement les traces.

Dans cet air sec, l'homme n'a point le teint injecté, ne se ratatine point ; il continue à offrir sur ses joues les couleurs trompeuses de la santé, il a l'œil calme, les lèvres fermes, la main assurée, jusqu'au jour du règlement de compte.

Alors il s'affaisse, atteint à la tête.

Il meurt et ses amis font son oraison funèbre.

Pourquoi des gens incapables dans la plupart des cas de supporter leur boisson jouent-ils avec elle avec autant de témérité?

C'est ce que je laisse à d'autres le soin de décider.

Ce malheureux état de choses a toutefois produit un bon résultat que je vais vous confier.

Au cœur même du quartier des affaires, où les banques et les banquiers sont le plus denses, il existe un bar à demi-souterrain tenu par un Allemand aux longues boucles blondes et à l'œil de cristal.

Allez-y tout doucement, en marchant sur la pointe des pieds, et demandez-lui un « Button Punch ».

La préparation prendra dix minutes, mais le résultat est le produit le plus sublime, le plus noble du siècle.

Aucun autre homme ne sait ce qu'il y entre.

A ce que je crois, c'est un composé de rognures d'ailes de chérubins, de la splendeur d'une aurore tropicale, des nuages rouges d'un coucher de soleil, et des fragments d'épopées de maîtres inconnus.

Mais goûtez-y vous-même et arrêtez-vous pour me bénir, moi qui ai toujours à cœur les plus vrais intérêts de mes frères.

Mais en voilà assez sur les bars-rooms souillés de crachats. Détournons-nous en pour contempler l'auguste spectacle d'un gouvernement du peuple, par le peuple, pour le peuple, tel qu'on l'entend dans la ville de San Francisco.

L'ouvrage du professeur Bryce vous apprendra que tout citoyen américain, qui a plus de vingt et un ans, est électeur.

Il est peut-être incapable de diriger ses propres

affaires, de gouverner sa femme, d'inspirer quelque respect à ses enfants.

C'est peut-être un indigent, un homme que la boisson a rendu à moitié fou, un banqueroutier, un débauché, ou un simple imbécile de naissance, mais il est électeur.

Si cela lui plaît, il peut passer presque tout son temps à voter — (élection du Gouvernement de son État, élection de fonctionnaires municipaux, referendum sur l'administration locale, cahier des charges de l'adjudication des égoûts) bref trancher une foule de question dont il n'a aucune connaissance spéciale.

Une fois tous les quatre ans, il vote pour un nouveau Président.

A ces moments perdus, il élit ses propres juges, les gens qui lui rendront justice.

Leur réélection dépend de la faveur publique, car ils ne sont nommés que pour un certain temps, deux ou trois ans je crois.

Évidemment une telle situation est bien faite pour créer des administrateurs indépendants et impartiaux !

Or, cette masse d'électeurs est divisée en deux parties : les Républicains et les Démocrates.

Tous deux sont d'accord pour affirmer que le parti adverse va mettre en feu la création (c'est-à-dire l'Amérique).

En outre le Démocrate, en tant que parti, boit plus que le Républicain, et quand il a bu, on peut l'entendre parler d'une chose qui se nomme le Tarif douanier, à laquelle il ne comprend rien, mais qu'il se représente comme étant le boulevard du pays, à moins qu'elle ne soit l'engin le plus efficace pour le détruire.

Il dit tantôt une chose, tantôt une autre, rien que pour contredire le Républicain, qui se contredit lui-même sans cesse.

Voilà le tableau fidèle et clair de ce qui se voit au premier plan de la politique américaine.

Quand on regarde par derrière, on voit tout autre chose.

Puisque tout homme est électeur et peut voter sur toutes les choses imaginables, il s'en suit qu'il existe certains hommes malins qui connaissent à fond l'art d'acheter les votes en détails et de les revendre en gros à quiconque en a un besoin pressant.

Or, un Américain, qui s'occupe de se bâtir une maison, n'a pas le temps de voter pour des tourneurs de robinets, des attorneys de district, et autres oiseaux de ce genre, mais les gens désœuvrés ont beaucoup de temps à eux, et on les a toujours sous la main dans la rue.

On les appelle « les garçons » et ils forment une classe à part.

Les *garçons* sont des jeunes gens. Ils n'entendent rien à la guerre. Ils se savent aucun métier. Ils n'ont ni tué un homme, ni volé des bestiaux, ni creusé un puits.

En bon anglais, ce sont les gens qu'on trouve dans la rue, et sur lesquels on peut toujours comp-

ter, s'il s'agit de se rallier autour d'une cause qui
a pour insigne visible un verre de boisson.

Ils attendent, ils sont sous la main, et être sous
la main, voilà le couronnement, le triomphe de
la politique américaine.

Le malin, c'est celui qui tenant un débit de
boissons, et sachant distribuer judicieusement
des verres, sait tenir à portée de son bras une
masse d'hommes prêts à voter pour ou contre
n'importe quoi sous la voûte des cieux.

Il n'est pas donné au premier débitant venu de
savoir le faire.

Il faut, pour cela, avoir étudié à fond la politique de la ville. Il faut du tact, le talent de la con-
ciliation, une provision inépuisable d'historiettes
amusantes, pour tenir réunie sa foule pendant
plusieurs soirs de suite et arriver à faire du *Sa-
loon* un salon.

Et par-dessus tout, il faut exercer le métier de
débitant sans se préoccuper du profit immédiat.

Les *garçons*, qui boivent largement, finiront
par rapporter à leur hôte mille fois plus.

L'Irlandais surtout s'entend à manœuvrer un
pareil parlement de débitant.

Etudiez un instant le plan d'opérations.

Les simples soldats ont à boire et un peu d'argent, et ils votent.

Celui qui dispose de dix votes est récompensé
proportionnellement; celui qui gouverne mille votes est digne de respect, et ainsi de suite jusqu'à
ce que nous arrivions au meneur le plus heureux

des *saloons* publics, à l'homme qui s'entend le mieux à tenir son monde en mains et à s'en servir au moment opportun.

Un tel homme gouverne la ville aussi absolument qu'un roi.

Tous les services publics de la ville (à l'exception d'un très petit nombre, où la compétence technique est indispensable) sont des emplois à court terme distribués selon les tendances « politiques. »

Que voulez-vous ?

Une grande ville a besoin d'un grand nombre d'employés.

Chaque emploi comporte un salaire, et une influence qui rapporte deux fois ce salaire.

Les emplois sont pour les représentants des hommes qui marchent ensemble et qu'on a sous la main pour le vote.

L'inspecteur des égoûts, par exemple, est un gentleman qui a été choisi pour cet emploi par un vote républicain.

Il ne s'entend guère à la question des égoûts, et s'en soucie moins encore, mais il a encore assez de bon sens pour placer aux pompes et aux balayeuses les gentlemen qui l'ont élu.

Le commissaire de police doit son poste en grande partie à l'influence des « garçons » de tel ou tel débit. Il veillera peut-être sur les mœurs de la ville, mais il ne va pas permettre à ses subordonnés de forcer ce débit à fermer de bonne heure et d'interdire les jeux de hasard.

La plupart des emplois ne |durent que quatre
ans; il faut donc être bien sot pour ne pas tirer
de son emploi tout le profit possible pendant qu'on
le tient.

Les seules personnes qui souffrent de cette heu-
reuse organisation, sont, après tout, celles-là
même qui ont inventé ce charmant système. Et si
elles en souffrent, c'est parce que ce sont des
Américains.

Expliquons-nous.

Ainsi que vous le savez, ici toute grande ville
contient au moins une grande masse d'électeurs
étrangers généralement Irlandais, souvent Allemands.

A San Francisco, qui est un rendez-vous de r··
ces, il y a un groupement d'électeurs italiens don·
il faut tenir compte, mais le vote irlandais est le
plus important.

Pour ce motif-là, l'Irlandais ne se tue pas de
travail.

Il est créé pour verser des verres avec entrain,
pour dire perpétuellement des blagues, et il possède à un degré merveilleux le talent de pénétrer
le secret des faiblesses de la nature humaine inférieure.

En outre, il n'a aucune espèce de conscience.

La seule ferme conviction qu'il possède, c'est
une haine profondément enracinée contre l'Angleterre.

Il traîne dans les rues. On l'a sous la main. Il
vote avec joie.

Il passe ses journées à faire de folles dépenses, et en Amérique le temps est la marchandise la plus chère.

Aujourd'hui la ville de San Francisco est gouvernée par le vote irlandais.

Par l'influence irlandaise, elle obéit à un gentleman qui a mauvaise vue et qui a besoin d'un homme pour le conduire dans les rues.

On le nomme officiellement le « Boss Buckley », et en particulier le « Diable blanc aveugle ».

J'ai sous les yeux, en noir sur blanc, son charmant passé. Cela remplit quatre colonnes en petit texte, et peut-être le trouveriez-vous peu honorable.

On peut le résumer ainsi qu'il suit.

Boss Buckley, par son tact et par 'sa connaissance approfondie de l'envers de la cité, s'est acquis un corps d'électeurs.

Il n'a point recherché d'emploi pour lui-même ou ne l'a fait que rarement, mais son armée s'augmentant, il en a vendu les services au plus offrant, en prélevant sa part sur les produits de chaque emploi.

Il gouvernait le parti démocrate dans la ville de San Francisco.

Le peuple élit ses juges. Les gens de Buckley élisaient les juges.

Naturellement ces juges étaient la propriété de Boss Buckley.

J'ai été à des dîners et j'ai entendu des gens bien élevés, qui ne s'occupaient pas de politique, se conter les uns aux autres des histoires de « justice » tant civile que criminelle, qu'on avait achetée, donnant donnant, à ces juges-là.

On contait ces choses sans s'échauffer, comme on expose des faits.

Les contrats pour la réparation de routes, pour la construction des édifices publics, et autres objets analogues, sont sous le contrôle de Boss Buckley, parce que les gens envoyés au Conseil municipal par la troupe de Buckley signent ces contrats, et sur chacun sans exception, Boss Buckley prélève son tant pour cent pour lui et ses alliés.

Le parti républicain de San Francisco a aussi son Boss.

Ce n'est pas un génie aussi grand que Boss Buckley, mais je me refuse à le croire plus vertueux, si peu que ce soit.

Il dispose d'un nombre moindre de votes, voilà tout.

IV

J'ai observé la machine en repos après avoir lu comment la machine fonctionnait.

Un excellent gentleman, qui a un nom honoré dans les magazines, écrit, du même ton que Disraeli pérorait : sur « les sublimes instincts d'un peuple ancien » pour affirmer qu'on peut de toute confiance laisser à ces gens le soin de diriger leurs affaires à leur gré et qu'ils marchent au pas accéléré vers tous les idéals qu'on peut souhaiter.

Voilà ce qu'il appelait un exposé, une vue d'ensemble de la politique américaine.

J'allai presque immédiatement après dans un débit où se réunissent chaque soir les gentlemen qui s'intéressent à la politique de clocher.

Ce n'étaient pas de jolis messieurs.

Quelques-uns d'entre eux avaient la figure couperosée et tous juraient avec tant d'entrain que

les grosses chaînes de montre en or se soule-
vaient et s'abaissaient sur leurs bedaines.

Mais tout en buvant, ils causaient en personnages qui ont du pouvoir, qui possèdent sans
conteste l'accès aux emplois de confiance et de
profit.

L'écrivain du magazine discutait des théories
de gouvernement; eux en discutaient la pratique.

Ils avaient été du bâtiment, ils savaient à quoi
s'en tenir.

Ils frappaient du poing sur la table et parlaient
de « coups de collier » politique, de votes vendus, et ainsi de suite.

Leurs propos n'étaient point des bavardages de
villageois réorganisant les affaires de la nation,
mais ceux de gens énergiques, grossiers, pleins de
vie, se battant pour le butin, et parfaitement au
fait des meilleurs moyens de mettre la main dessus.

Je prêtai longuement, attentivement, l'oreille à
des discours que je ne comprenais pas, ou que je
ne comprenais que par moments.

Mais c'était la langue des affaires.

J'eus assez de sens pour discerner cela et ré-
primer mes envies de rires jusqu'au moment où
je serais sorti.

Je commençai alors à m'expliquer pourquoi
mes hôtes charmants et bien élevés de San Francisco parlaient avec un amer mépris des devoirs
du citoyen, tel que celui de voter, de s'intéresser
à la distribution des emplois.

Des vingtaines de gens m'ont dit, sans faux amour-propre, qu'ils aimeraient tout autant ramasser du crottin que de s'occuper des affaires publiques de la ville ou de l'État.

Lisez ce qu'écrit sur la politique l'écrivain lettré que j'ai cité, et alors, seulement alors, présentez vos hommages aux gens qui mettent la main à la réalité toute noire.

J'en ai assez d'interviewer des journalistes qui, lorsque je leur demande des détails sur le passé d'un citoyen en vue, répondent :

— Eh bien, voilà, il a commencé par tenir un débit, etc.

J'aime mieux croire que mes informateurs me traitent de la même façon que dans l'Inde je traitais les globe-trotters, en ma folle jeunesse.

Ils affirment qu'ils disent la vérité, et les nouvelles qui me sont parvenues récemment, des débits de grogs, sur cette politique cynique, me portent à croire... mais j'aime mieux me taire... Les lecteurs sont bien trop chics pour leur parler argot avec autant de sans gêne que je l'ai fait.

En outre, je suis désespérément épris d'environ huit jeunes Américaines, dont chacune est absolument enchanteresse jusqu'au moment où une autre entre dans la salle. O-Toyo était une délicieuse enfant, mais il lui manquait plusieurs choses, notamment la conversation.

Dans la vie, des contorsions ne suffisent pas.

Elle est donc restée impassible à Nagasaki, pendant que je fais griller ce qui me reste de cœur devant l'autel d'une grosse blonde du Kentucky, laquelle a eu pour bonne, quand elle était petite, une « mammy » négresse.

En conséquence de quoi, elle marie à la beauté de la Californienne les toilettes de Paris, la culture de l'Est, les voyages en Europe, et à l'ardente originalité de l'Ouest les étranges et rêveuses superstitions des milieux nègres.

Le résultat est capable de mettre une âme en morceaux.

Et elle n'est qu'une étoile dans une nombreuse constellation.

Item une jeune personne qui a foi en l'éducation, et qui la possède, avec quelques cent mille dollars par dessus le marché et un faible pour visiter les taudis.

Item la directrice d'une sorte de salon sans façon, où s'assemblent des jeunes filles, pour lire les journaux, discuter audacieusement des problèmes métaphysiques en grignotant du sucre candi, — c'est une jeune fille aux yeux couleur de prunelle, aux noirs sourcils, et impérieuse!

Item, une toute petite demoiselle, absolument insolente, qui sait, d'une phrase brève, fouler aux pieds et laisser tout ébaubis une demi-douzaine de jeunes gens.

Item, une millionnaire, ployant sous le poids de son argent, solitaire, caustique, avec une langue tranchante comme une épée, soupirant après une « sphère », mais enchaînée au rocher de sa vaste fortune.

Item une jeune dactylographe, qui gagne sa vie dans cette grande cité, parce qu'elle ne croit point qu'une jeune personne doive être une charge pour ses parents. Elle cite Théophile Gautier et va virilement à travers le monde, très respectée en dépit de l'inexpérience de ses vingt printemps.

Item, une femme du pays des Natés, qui n'a pas d'histoire dans le passé, mais qui est du temps présent avec discrétion, et s'efforce de s'attirer les confidences du sexe masculin, sous prétexte de « sympathie. » Ce type-là n'est pas absolument nouveau.

Item une serveuse de brasserie, douée d'une tête grecque et d'yeux qui ont l'air de dire tout ce qu'il y a au monde de meilleur et de plus doux. Mais malheur à moi, elle n'a pas d'autre préoccupation dans ce monde et dans l'autre, que de pousser à la consommation de la bière (elle touche par bouteille) et elle affirme qu'en chantant chaque soir les chansons que lui assigne le programme, elle sait tout juste si elles ont un sens.

Douces et avenantes sont les demoiselles du Devonshire ; délicates et d'abord gracieux celles qui fréquentent les lieux de plaisir à Londres ; fascinantes, avec toute leur réserve, les jeunes filles françaises, qui se serrent de près contre leurs mères, et qui contemplent avec de grands yeux étonnés ce gredin d'univers, excellente, quand elle est à sa place, et pour ceux qui la comprennent,

4

la « vieille fille » Anglo-Indienne dans son arrière-saison.

Mais les jeunes Américaines sont bien au-dessus, bien au-delà de toutes.

Elles sont intelligentes; elles savent causer et même on dit qu'elles pensent.

Il est certain qu'elles ont l'air de le faire.

Elles sont originales, elles vous regardent entre les sourcils d'un air plein d'assurance, comme une sœur regarderait son frère.

Elles en savent long sur la folie et la vanité de l'esprit masculin, car elles ont vécu avec les garçons depuis leur petite enfance, et savent se prêter avec discernement aux deux vices, ou tenir leur possesseur à distance avec grâce.

En outre, elles se sont fait une existence entre elles, où elles ne dépendent plus de la fréquentation des hommes.

Elles ont des sociétés, « des clubs » un nombre illimité de thés-discussions où ne sont invitées que des jeunes filles.

Elles sont maîtresses d'elles-mêmes, sans rien perdre des tendresses qui sont le privilège de leur sexe.

Elles comprennent : elles savent se faire respecter; elles sont superbement indépendantes.

Si vous leur demandez ce qui les rend aussi charmantes, elles disent :

— C'est que nous sommes mieux élevées que vos jeunes filles, et... que nous sommes plus sensées en ce qui regarde les hommes. Nous savons partout prendre nos libertés, mais on ne nous dresse pas à regarder tout homme comme un mari possible et on n'exige pas que cet homme-là épouse une jeune fille à qui il fait des visites régulières.

Oui, elles ont de bons moments, elles jouissent d'une grande liberté et n'en abusent pas.

Elles peuvent faire des promenades en voiture avec des jeunes gens. Elles peuvent recevoir des jeunes gens avec une liberté qui ferait sourciller d'horreur une mère anglaise, et ni celui qui conduit la voiture, ni celle qui est conduite, ne songent à autre chose qu'à s'amuser franchement.

Ainsi que l'a dit un de leurs poètes :

> L'homme est de feu ; la femme, d'étoupe
> Et le Diable... vient et se met à souffler.

En Amérique, l'étoupe est imbibée d'une solution qui la rend incombustible, et qui est la liberté absolue et une instruction étendue.

Il en résulte que les accidents ne dépassent pas le tant pour cent normal que le Diable a fixé pour chaque classe, chaque climat, sous les cieux.

Mais la liberté de la jeune fille a ses désavantages.

Elle est... je le dis avec hésitation — insolente — depuis son chapeau de quarante dollars jusqu'aux boucles de ses souliers à dix-huit dollars.

Elle parle avec désinvolture à ses parents, à un homme assez âgé pour être son grand-père.

Elle a droit, de par les lois du monde, à la société de l'Homme qui Vient.

Les parents l'admettent.

C'est parfois embarrassant, surtout quand vous rendez visite à un homme où à sa femme pour avoir un renseignement, le premier étant un homme instruit, la seconde une femme du monde.

Au bout de cinq minutes, votre hôte s'est éclipsé.

Au bout de cinq autres minutes, sa femme l'a suivi, et vous voilà en tête à tête avec une jeune personne qui, sans doute, est charmante, mais enfin qui n'est point celle que vous êtes venu voir.

Elle babille, et vous vous efforcez de sourire, mais vous vous en allez en emportant la sensation très nette d'avoir perdu votre matinée.

J'ai fait cette expérience-là une ou deux fois.

J'ai même dit avec toute la netteté que j'osais montrer :

— Je suis venu vous voir.

— Alors vous aurie· mieux fait de venir me trouver à mon bureau. a maison appartient aux femmes, c'est-à-dire à ma fille.

Il disait vrai.

L'Américain opulent est la propriété de sa famille. On l'exploite pour en tirer de la menue monnaie, et parfois il me semble que son existence est bien solitaire.

Les femmes attrapent les demi-pence ; les ruades sont pour lui seul.

Rien n'est trop bon pour la fille d'un Américain (je parle ici des classes riches).

Les jeunes filles reçoivent tous les cadeaux comme s'ils leur étaient dûs. Toutefois elles déploient une grande énergie quand arrive une catastrophe, quand l'homme aux nombreux millions s'éclipse ou dégringole, et que ses filles se font sténographes ou dactylographes.

J'ai entendu raconter force traits d'héroïsme de jeunes filles qui comptaient parmi leurs amis les gens les plus huppés.

L'écroulement survenu, Mamie, ou Hatie ou Sadie renonçaient à leur femme de chambre, à leurs voitures, à leur sucre candi, et armées d'une Remington numéro 2, et d'un cœur vaillant, se mettaient à gagner leur pain quotidien.

— Et l'ai-je rayée de la liste de mes amies? Non, monsieur, disait une vision aux lèvres écarlates, en dentelle blanche. Il pourrait m'en arriver autant un jour.

Il se pourrait bien que ce soit cet instrument du désastre possible qui donne à la société de San Francisco cette allure rapide, vertigineuse, si captivante.

La témérité est dans l'air.

Je ne saurais expliquer d'où cela vient, mais c'est comme cela.

Et pour commencer, il y a les vents grondants du Pacifique qui vous enivrent.

Le luxe provocant qui s'offre à vous de tous côtés ajoute à l'enivrement, et tant que l'argent dure, vous voilà à faire tinter vos écus. Pour le dire en passant, il n'y a pas de menue monnaie à San Francisco.

On opère largement, on dépense avec prodiga-

4.

lité; ainsi font non seulement les riches, mais encore les artisans, qui paient un complet près de cinq livres, et les autres objets de luxe à proportion.

Les jeunes gens s'amusent aux jours de leur jeunesse.

Ils jouent, pratiquent le yacht, les courses, se divertissent aux combats de boxeurs, aux combats de coqs, les premiers publics, les autres clandestins.

Ils créent des clubs somptueux, ils se cassent les reins sur des chevaux, et... autre chose.

Ils sont prompts aux querelles.

A vingt ans ils ont l'expérience des affaires ; ils se lancent dans de vastes entreprises, prennent des associés aussi expérimentés qu'eux et s'écroulent avec autant d'éclat que leurs voisins.

Rappelez-vous que les hommes qui peuplèrent la Californie dans l'an cinquante étaient l'élite de la terre au point de vue physique, et au point de vue de l'énergie.

Les incapables, les faibles succombèrent *en route*, ou disparurent dans la période d'organisation.

A ce noyau s'ajoutèrent toutes les races du Continent, le Français, l'Italien. l'Allemand, et naturellement aussi, le Juif.

Le produit, qui en résulta, vous le voyez dans ces femmes à la nature forte, à la poitrine large, aux mains fines, dans ces jeunes gens au corps allongé, élastique, bien bâti.

Le fils authentique de l'Ouest doré, né dans la Californie même, n'a plus besoin, pour être reconnu, du petit insigne en or suspendu à sa chaîne de montre.

Lui, je l'aime parce qu'il ignore la peur, parce qu'il a le port viril, et le cœur aussi grand que ses bottes.

Je me figure aussi qu'il jouit largement des bonnes choses de l'existence, que son univers lui fournit si abondamment.

Du moins j'entendis un petit bout d'homme aux épaules tombantes dire qu'en affaires un homme de Chicago était capable d'arracher la dent de l'œil à un Californien.

Eh bien, si j'habitais au pays des Fées, où les cerises sont grosses comme des prunes, les prunes grosses comme des pommes, avec ... fraises à discrétion, où la procession des primeurs ressemble à un défilé de pantomime à Drury-Lane, où l'air sec est du vin, j'enverrais promener les affaires, et je m'amuserais avec entrain en compagnie de camarades.

Le détail des ressources de la Californie, en végétaux et minéraux, est comme un conte de fées.

Les livres content tout cela. Vous ne me croiriez jamais. On peut acheter au plus bas prix toute sorte de nourriture substantielle, depuis le poisson de mer jusqu'au bœuf, et les gens sont bien constitués et ont un estomac solide.

Ils demandent dix shillings pour raccommoder la serrure faussée d'une malle. Ils reçoivent seize shillings par jour pour travailler comme charpentiers.

Ils mettent bien des pièces de six pence à se payer de très mauvais cigares et un match les passionne jusqu'à la folie.

Quand ils se chamaillent, la querelle finit tragiquement, avec des armes à feu, et sur la voie publique.

Je sortais à peine de la rue de la Mission quand un désaccord surgit entre deux gentlemen, dont l'un perfora l'autre.

Lorsqu'un policeman, dont j'ai oublié le nom « eut le malheur de tuer d'une balle Ed. Kearney, » pour avoir tenté de s'échapper, j'étais dans la rue voisine.

Ce sont des choses qui font plaisir.

Il fait bon voyager avec un policeman dans un car, et pendant qu'il relève les basques de son habit pour s'asseoir, d'apercevoir un revolver chargé.

Il fait bon savoir que cinquante pour cent des gens que l'on rencontre dans les débits de boisson portent des pistolets sur eux.

Le Chinois attire son adversaire à l'écart et le coupe méthodiquement en morceaux avec sa hachette. Et alors la Presse de crier à la sauvage férocité du Païen.

L'Italien saigne son ami avec un long couteau. Et la Presse de crier à la perfidie des étrangers.

L'Irlandais et le Californien de naissance jouent du revolver non pas une fois, mais six fois dans leurs heures de mécontentement. La Presse enregistre le fait, et dans la colonne suivante, demande si le monde peut offrir un progrès comparable à celui de San Francisco.

L'Américain, qui aime son pays, vous dira que ces choses-là ne se voient que dans les classes inférieures.

En ce moment même, un ex-juge, qui fut envoyé en prison par un autre juge (sur ma parole je ne saurais dire si ces titres signifient quoique ce soit) jette feu et flamme contre son ennemi.

Les journaux ont interviewé l'un et l'autre et attendent avec confiance une issue fatale.

Qu'on me permette maintenant de reprendre haleine et de maudire le « garçon » nègre, et dans sa personne tous les domestiques nègres.

On a fait d'eux des citoyens électeurs ; en conséquence les deux partis politiques en jouent. mais ils ne sont ni chair ni poisson.

Le garçon de race noire commettra en un seul repas autant de bêtises que peut en commettre un laveur de vaisselle qui vient de quitter la charrue, et il refera indéfiniment ces fautes.

Il reste aussi lourdaud d'allure, incapable de comprendre, maladroit de ses mains qu'aucun des gens qu'une memsahib aura jamais engagé à son service en Orient.

Mais d'après la loi, c'est un citoyen libre et indépendant, — et dès lors au-dessus du blâme et de la critique.

Lui, — lui seul, consentira à servir à table dans cette folle cité. Le Chinois ne compte pas.

Il n'est pas dressé, il est incapable, mais il occupe l'emploi et reçoit le salaire.

Or, Dieu et le Kismet de son père ont fait de lui un être intellectuellement inférieur à l'Oriental.

Il tient à faire croire qu'il ne sert à table que par hasard, en quelque sorte pour s'amuser. Il voudrait bien vous faire connaître ce petit détail.

Vous tenez à manger, et si cela est possible, à ce que vos plats soient servis convenablement.

C'est un gros baby noir et un homme confondus en une seule personne.

Un gentleman de couleur, qui s'entêtait à m'offrir du pâté, quand je demandais autre chose, voulut avoir des renseignements sur l'Inde.

Je lui en donnai quelques-uns au sujet des gages.

— Oh! par l'enfer! dit-il gaîment, je n'aurai pas de quoi acheter mes cigares pendant un mois.

Puis, il me fit des courbettes pour avoir une pièce de dix cents.

Ensuite il se mit en tête de plaindre les indigènes de l'Inde, des « païens » ainsi qu'il les nommait, cet homme à la chevelure laineuse dont la race avait servi de cible aux plaisanteries sur tous les théâtres de comédie de l'Asie.

Je fis demi-tour, et je vis d'après la tête qu'il avait sur les épaules, qu'il était de race yoruba, si les caractères ethmologiques ne sont pas trompeurs.

Il pensait en anglais, mais c'était un nègre yoruba, et le type de sa race avait persisté à travers son ascendance.

Et la salle était pleine d'autres races.

Quelques-uns avaient exactement les traits des Gallas (pourtant la traite n'a jamais exploité ce côté de l'Afrique) ; d'autres étaient des reproductions fidèles des têtes du Cameroun ; d'autres des Kroumen, si jamais Kroumen portèrent l'habit de soirée.

L'Américain ne fait nulle attention aux mêmes questions de descendance, bien qu'actuellement il doive être renseigné sur l' « abominable hérédité ».

En règle générale, il se tient à fort grande distance du nègre et ses propos à son sujet n'ont rien de joli.

Il y a aux Etats-Unis six millions de nègres, un peu plus, un peu moins, et leur nombre augmente.

Les Américains, ayant une fois fait d'eux des citoyens, ne peuvent revenir sur cette mesure.

L'Américain dit, dans ses journaux, qu'il faudrait les élever par l'éducation. Il s'y efforce, mais ce sera une besogne de longue durée, parce que le sang noir est beaucoup plus adhérent que le blanc, et qu'il reparaît avec une obstination désagréable.

Quand le nègre se fait une religion, il retourne, aussi directement qu'une abeille à sa ruche, aux premiers instincts de son peuple.

En ce moment même, une vague de religion passe sur quelques-uns des Etats du Sud. Jusqu'à ce jour, il est apparu deux Messies et un Daniel, et plusieurs sacrifices humains ont été offerts à ces incarnations.

Daniel a trouvé le moyen de s'attacher trois jeunes hommes, qu'il prétendait être Shadrach, Meshach et Abednego, et de les décider à entrer dans une fournaise ardente, en leur garantissant qu'ils ne seraient pas brûlés.

Ils n'en sont point revenus.

Je n'ai rien vu de ce genre, mais je suis entré dans une église nègre.

L'assistance reçut de l'Esprit l'inspiration de gémir et de pleurer, et un nègre parcourut l'aile du Temple divin en dansant jusqu'au banc de celui qui menait le deuil. Les mouvements du corps agité ressemblaient à ceux de la danse des bâtons de Zanzibar tels qu'on les voit à Aden sur les navires charbonniers.

Pendant que j'observais ces gens, les fils qui les rattachaient à l'homme blanc se cassaient l'un après l'autre ; et j'eus sous les yeux le *hubshi* (le Laineux) priant le Dieu qu'il ne comprenait pas.

Ces gens bien vêtus, assis sur des bancs, et le vieillard à tête blanche, qui se tenait près de la fenêtre, étaient des sauvages, ni plus ni moins.

Qu'est-ce que l'Américain fera du nègre ?

Le Sud ne veut pas d'alliance avec lui. Dans certains états, les unions mixtes sont un délit légal.

Le Nord a chaque année moins besoin de ses services.

Et il ne disparaîtra pas. Il persistera à l'état de problème.

Ses amis affirmeront qu'il vaut autant que le blanc.

Ses ennemis... Il ne fait pas bon'être nègre dans le pays des hommes libres et sur la terre des braves.

Mais cela n'a rien à voir avec San Francisco et ses joyeuses jeunes filles, ses hommes vigoureux et vantards, et sa richesse en or et en orgueil.

On me traîna à un banquet, — en l'honneur d'un brave lieutenant, Carlin, de la *Vandalia*, — qui tint ferme sur son bord pendant le grand cyclone d'Apia et se comporta comme doit le faire un soldat.

En cette circonstance, — c'était au Club des Bohémiens, — j'entendis de l'éloquence avec le plus rond des *o* et avalai un dîner dont le souvenir me restera jusqu'au tombeau.

On y prononça une quarantaine de discours dont aucun ne fut banal ou médiocre.

Ce fut pour la première fois que je fus présenté à l'Aigle Américain au moment où il poussait les plus aigüs de ses cris.

L'héroïsme du lieutenant fut le prétexte pour toutes ces langues d'argent de se déchaîner, de se lancer dans tous les sens.

Elles mirent à contribution les nuages du soleil couchant, les foudres du Ciel, les abîmes de l'Enfer, les splendeurs de la Résurrection, pour en tirer des tropes, des métaphores, et lancer le résultat à la tête de l'invité de la soirée.

Jamais depuis que les étoiles du matin chantèrent de joie, jamais, à ce qu'on m'apprit, la création stupéfaite ne fut témoin d'une bravoure aussi surhumaine que celle que déploya la marine américaine lors du cyclone samoan, et jamais jusqu'au jour où la terre se dissoudrait dans le limon phosphorescent des étoiles et des raies, en ce monde prêt à périr, cette bravoure d'un Dieu ne serait oubliée.

Je suis désolé de ne pouvoir reproduire mot à mot ces paroles.

L'effort que je fais pour en rendre l'esprit est pâle, insuffisant.

Je restai immobile, ébloui devant un étincelant Niagara de loquace vantardise.

Ce fut magnifique, ce fut stupéfiant.

J'éprouvai un malicieux désir de me voiler la tête avec une serviette et de... rire.

Puis, conformément à la règle, on alla chercher les morts, on traîna à travers la nappe d'une blancheur neigeuse les cadavres de tous ceux qui avaient succombé dans la Guerre Civile, on jeta le défi « à notre ennemie naturelle. » (L'Angleterre, s'il vous plaît !) avec « la chaîne de forteresses dont elle ceint le monde. »

Sur quoi les orateurs recommencèrent à glorifier leur propre nation, depuis les origines, dans le cas où ils auraient oublié quelque détail, et cela m'inspira quelque inquiétude sur leur compte.

Comment en ce monde, un blanc, un Sahib de notre propre Sang, peut-il se lever et coller un éloge comme un emplâtre sur son propre pays ? qu'il en ait une idée aussi haute qu'il voudra, mais sa véhémence d'adoration à bouche que veux-tu me parut presque un manque de tact.

Mes hôtes parlèrent pendant trois heures au moins, et quand ce fut fini ils avaient l'air disposés à parler pendant trois autres heures.

Mais lorsque le Lieutenant — quel gros, brave, et bon géant! — se leva, il prononça un speech qui me fit l'effet d'être le speech de la soirée.

Je me le rappelle presque en entier.

C'était quelque chose dans ce genre-ci.

— Gentlemen, c'est une très grande bonté de votre part de m'offrir ce dîner, mais ce que je tiens à vous faire comprendre... Le fait est que ce qu'il nous faut, et ce que nous devons acquérir sans retard, — c'est une marine, — plus de navires... des tas de navires...

Alors nous hurlâmes à faire crouler le plafond, et pour ma part, je devins séance tenante amoureux de Carlin.

Ah! ah! En voilà un homme!...

Le Prince des Marchands m'avertit de ne faire aucune attention aux sentiments chauvins de quelques-uns des vieux généraux.

— Ce sont des fusées qu'on lance pour faire de l'effet, dit-il, et toutes les fois que nous nous redressons sur nos pattes de derrière, nous exprimons le désir d'avaler l'Angleterre. C'est en quelque sorte une tradition de famille.

Et en effet, quand on y songe, l'Américain, qui parle en public, n'a pas d'autre pays à se mettre sous la dent.

La France a l'Allemagne, nous avons la Russie,

l'Autriche est réservée à l'Italie, et l'humble Pathan lui-même a un ennemi héréditaire.

L'Amérique est seule à manier la raquette. Aussi pour être à la mode, elle se fait de la mère patrie un ballon de sable, sur lequel elle tape quand l'occasion l'exige.

L'homme « à la chaîne de forteresses » causeur charmant, m'expliqua plus tard qu'il était forcé de lâcher de la vapeur.

Tout le monde s'y attendait.

Quand nous eûmes chanté, huit fois seulement. le « drapeau semé d'étoiles » nous nous dispersâmes.

L'Amérique est un très grand pays, mais elle n'est pas le Ciel éclairé à l'électricité et meublé de meubles en peluche, auquel les orateurs prétendent croire.

Mon esprit attentif se souvint des politiciens de débit de boissons, qui ne perdaient pas leur temps à parler de liberté, mais qui s'arrangeaient sans bruit pour imposer leur volonté aux citoyens.

Le juge est un grand personnage, mais c'est au greffier qu'il faut offrir les présents, comme dit le proverbe.

Et que reste-t-il à dire ?

Il m'est impossible d'écrire d'une manière suivie, parce que je suis amoureux de toutes les jeunes filles dont il a été question ci-dessus, et de quelques autres qui ne figurent pas sur la liste.

La demoiselle dactylographe est une institution qui fait encaisser aux journaux comiques beaucoup d'argent, mais c'est une jeune fille des plus convenables.

Elle et une compagne louent une chambre dans un quartier de commerce, et elles copient des manuscrits à raison de six annas la page.

Seule une femme peut se servir d'une machine à écrire, parce qu'elle a fait son apprentissage avec la machine à coudre.

Elle peut gagner jusqu'à cent dollars par mois, et regarde ce gagne pain comme sa destinée naturelle. Mais comme elle le déteste dans le tréfond de son cœur!

Quand j'eus dominé la surprise de traiter d'affaire et de donner de l'ouvrage à une jeune personne à l'air froid, aux façons d'employé de bureau retranché derrière des lunettes d'or, je m'informai au sujet des charmes de l'indépendance.

Elles l'aimaient. Pour cela, oui, elles l'aimaient.

C'était le sort naturel de presque toutes les jeunes filles, — c'était l'usage admis en Amérique, — et j'étais un barbare de ne pas voir la chose sous ce jour-là.

— Oui, et après? demandai-je. Qu'est-ce qui arrive?

— Nous travaillons pour gagner notre pain.

— Et ensuite quel avenir attendéz-vous?

— Ensuite nous travaillerons pour gagner notre pain.

— Jusqu'à ce que vous mouriez?

— Oui... A moins que...

— A moins que... quoi ? Un homme travaille jusqu'à sa mort.

— Nous ferons de même, je le suppose.

Ceci dit sans enthousiasme.

Et la camarade intervint audacieusement :

— Quelquefois nous épousons notre patron. Du moins c'est ce que disent les journaux.

La main s'abattit sur au moins une demi-douzaine de touches de la machine.

— Oh, je ne m'en soucie guère. Je *deteste* cela... je le déteste. Et vous n'avez pas besoin de regarder comme ça.

La principale associée regardait la rebelle d'un air grave de reproche.

— Je pensais bien que vous le détestiez, dis-je. Je ne suppose pas que par l'instinct les jeunes filles américaines diffèrent beaucoup des Anglaises.

— N'est-ce pas Théophile Gautier qui dit que les seules différences d'un pays à l'autre consistent dans l'argot et l'uniforme de la police ?

Au nom de tous les Dieux, que dire à une jeune dame (qui en Angleterre, serait une personne) qui gagne sa vie, qui a une aversion toute naturelle contre son emploi et vous lance à la tête des citations rares !

On en tombe amoureux, cela va sans dire, mais ce n'est pas assez.

Il faudrait établir une mission.

V

Je me promenais un soir solitaire,
qui était triste comme moi, et je
voyais jeunes gens et jeunes filles
passer gaîment.

San Francisco n'a qu'un défaut. Il est pénible de le quitter.

Lorsque, imitant le pieux Hans Breitmann, je brûlai la politesse « à la ville qui est sur la mer » ce fut en regrettant les endroits charmants que je laissais derrière moi, les hommes, qui étaient si intelligents, les femmes, qui étaient si spirituelles, les brasseries, les assommoirs, les enfers du poker, où l'humanité allait au diable à grand bruit de voix, de rires, de chansons et au tapage des cornets à dés.

Je serais volontiers resté, mais je craignais de faire une mauvaise fin quand tout mon argent serait dépensé et que je serais à la rue.

Une voix intérieure me dit :

— Pars d'ici. Va au Nord. En route pour Victoria et Vancouver. Repose-toi un jour sous l'ombre du vieux drapeau.

Ainsi donc je partis de San Francisco pour Portland dans l'Orégon.

C'était un voyage de trente-six heures en chemins de fer.

Le terminus de la ligne d'Oakland, d'où partent toutes les grandes lignes, ne possède rien qui ressemble à un quai.

Une surface grossièrement bitumée, traversée par une douzaine au moins de voies et le voyageur, chargé de valises, saute gaîment à travers les rails, à la recherche de son train.

Les cloches d'une demi-douzaine de locomotives changeant de voie font entendre à son oreille des sons suggestifs.

S'il est jeté dessous, tant pis pour lui.

Quand la cloche sonne, faites attention à la locomotive. Une longue habitude a rendu la nation familière et même dédaigneuse à l'égard des trains, à un point que Dieu n'avait jamais voulu.

Des femmes, qui en Angleterre relèveraient leurs jupes et franchiraient en tremblant un passage à niveau en rase campagne, causent ici toilette et enfants sous le nez même du chasse-pierres, et de petits enfants jouent autour de la locomotive de tête d'une façon horrible à voir.

Nous partîmes à la vitesse tout à fait insignifiante de vingt-cinq milles à l'heure, à travers les

rues d'un faubourg de cinquante mille habitants,
et dans notre marche parmi les véhicules et les
enfants, et les façades de magasins, nous ne tuâ-
mes personne, ce dont je ne fus pas peu déçu.

Quand l'homme d'équipe nègre m'eut indiqué
mon lit pour la nuit, et que j'eus résolu le problème de me déshabiller tout couché, je fus très
ragaillardi par la pensée que, s'il survenait quelque chose, je serais contraint de rester où je me
trouvais, et d'attendre que les lampes à pétrole
eussent mis le feu à la voiture et m'eussent fait
périr dans les flammes.

Il est plus facile de sortir d'un théâtre plein de
monde que de quitter à la hâte un pullman-car.

Au moment où j'avais découvert que la profusion du nickelage, de la peluche et du damas, ne
sont point une compensation pour l'air renfermé
et la poussière, le train courait aux splendeurs du
grand jour sur les bords du fleuve Sacramento.

Quelques fenêtres furent ouvertes avec hésitation, après que les couchettes eussent été recon-
verties en sièges, mais ce long véhicule-cercueil
n'était pas aéré du tout, et nous étions assis là en
bande barbouillée de poussière.

A six heures du matin, la chaleur était nette-
ment désagréable, mais voyant de mes yeux que
j'étais dans le pays de Bret Harte, je me réjouis.

C'étaient là les pins, les pentes revêtues d'ar-
bousiers parmi lesquelles ses mineurs avaient
vécu et lutté.

C'étaient là le sol rouge échauffé qui indiquait

7.

l'endroit d'ou l'on avait tiré de l'or par le lavage, la ravine sèche, la route rouge et poussiéreuse où Jack Hamlin avait l'habitude d'arrêter la diligence dans ses intervalles de loisir élégant et de savantes parties de cartes.

C'étaient là les arbres abattus, la résine suintant à l'éclat du soleil.

C'était là surtout cette chaleur vibrante, piquante, que Bret Harte fait entrer dans votre cervelle épaisse au moyen de sa plume magique.

Le nom de l'endroit avait quelque chose d'agressif, — Amberville ou Jacksonburgh, — mais il possédait une fontaine en fer fondu digne d'une ville de vingt mille habitants.

Près de la fontaine se trouvait un « hôtel, » haut d'au moins dix sept pieds, y compris la cheminée, et près de l'hôtel commençait la forêt, puis, chêne et taillis luxuriant dévalaient la pente de la côte.

Un petit ourson cannelle, baby Sylvestre en fourrure, était attaché à une souche d'arbre, en face de la fontaine ;

Une mule de bât sommeillait dans la buée poussiéreuse.

Un mineur en chemise rouge et chapeau mou s'appuyait sur la porte de l'hôtel. Un mineur à chemise bleue tourna l'angle et tous deux entrèrent pour prendre un verre.

Une jeune fille sortit de l'une des deux autres maisons, et abritant ses yeux sous une main brune, elle regarda fixement le train essoufflé.

Elle ne me reconnut pas, — mais je la connaissais, elle, je la connaissais depuis des années.

C'était M'liss.

Elle n'était jamais arrivée à épouser le maître-d'école.

Malgré tout, elle était restée, toujours jeune, toujours fraîche, parmi les pins.

Je reconnus aussi Chemise-Rouge.

C'était un des hommes barbus qui tinrent bon quand Tennessee arracha son associé aux mains de la loi.

Le Fleuve Sacramento, à quelques yards de là, criait que toutes ces choses étaient vraies.

Le train se remit en marche pendant que Baby Sylvestre se tenait debout sur sa tête velue, et que M'liss balançait par les brides son chapeau de paille.

— Qu'en pensez-vous ? me dit un homme de loi qui voyageait avec moi. C'est un monde nouveau pour vous, n'est-ce pas ?

— Non, il m'est tout à fait familier. Je ne suis jamais sorti de l'Angleterre. C'est comme si j'avais vu tout cela.

Prompte comme l'éclair arriva la réplique :

— Oui, on vivait ainsi à Venise, au temps où les mineurs étaient rois.

Pour le coup je me pris de sympathie pour cet homme de loi.

Nous bûmes à Bret Harte, qui, « comme vous le savez, se réclamait de la Californie, mais qui jamais ne fut revendiqué par elle. Il s'est fait Anglais. »

Je m'allongeai confortablement et j'attendis que les milles suivants tournassent dans leur vol les pages du livre que je connaissais.

Ils m'apportèrent tout ce que je désirais, depuis l'homme qui ne compte pas, assis sur une souche, et jouant avec un chien, jusqu'à ce personnage si sarcastique, le paisible Mister Brown.

S'élançant des bois, il prit le train à l'abordage.

Il avait sur la langue du venin et du soufre.

Il venait justement de perdre un procès.

Yuba Bill fut seul à ne pas se montrer : le chemin de fer lui avait fait perdre son emploi.

Un bandit anonyme m'accula dans un coin et se mit à m'entretenir des ressources du pays et de ce qu'il pourrait devenir un jour.

Le seul souvenir qui me resta de sa conférence fut qu'on pouvait prendre de la truite dans le Fleuve Sacramento, le cours d'eau que nous suivions si fidèlement.

Alors se leva un vieil homme rude et nerveux, à la chevelure grisonnante, qui s'enquit au sujet de la truite.

A lui s'ajouta le secrétaire d'une compagnie d'assurances sur la vie.

Je me figure qu'il voyageait pour ramasser au rateau les gens que le train tuait. Mais il était, lui aussi, pêcheur, et tous deux m'assaillirent.

La franchise de l'homme de l'Ouest est charmante.

On me dit que dans les Etats de l'Est je trouverai un autre type d'homme, et plus réservé.

Le Californien parle toujours des gens de la Nouvelle Angleterre comme de gens d'une race différente.

C'est comme chez nous Punjab et Madras, mais avec plus d'intensité.

Le vieux mettait ses vacances à profit pour rechercher du poisson.

Quand il découvrit un confrère en flânerie, il proposa une confédération de lignes.

Et l'agent d'assurances dit :

— Je ne m'arrête pas à Portland, mais je vous y présenterai à un homme qui vous renseignera sur la pêche.

Tous deux contèrent des choses étranges, pendant que nous glissions à travers bois et que nous apercevions à une grande distance la cime neigeuse d'une grande montagne.

Dans les endroits découverts se voyaient des vignes, des vergers, des champs de blé, et à peu près tous les dix milles, vingt ou trente maisons de bois et au moins trois églises.

Là une grande ville aurait une population de deux mille âmes et une confiance absolue dans ses capacités.

De temps à autre, une annonce aveuglante longeait la ligne, invitait les gens à s'établir, à acquérir du terrain, à faire de ce pays leur patrie.

A une ville importante, nous pûmes nous procurer le journal local, pas plus large que le bout tranchant d'un ciseau, et deux fois aussi acéré, un journal rempli des prix du bétail, d'entrefilets à propos des moissonneuses et des lieuses perfectionnées, des déplacements de citoyens éminents « dont la renommée s'étend en dehors de leur résidence, à bien des milles sur la route de Harlem ».

Ces journaux n'offraient guère d'agrément, mais tous manifestaient le même besoin de braves gens, de gens posés qui laboureraient, cultiveraient, bâtiraient des écoles pour leurs enfants, et établiraient une cité dans les montagnes.

Une fois seulement, je trouvai un fort changement de ton et qui était fort touchant.

Je crois que c'était une jeune âme en peine, qui écrivait de la poésie, des vers.

L'éditeur avait fait entrer de force les vers entre l'annonce flamboyante d'un agent de vente de terrain, — un homme qui vous vend de la terre et vous dit des mensonges à ce sujet, — et celle d'un tailleur juif qui offrait des complets magnifiques, à des prix « ridiculement bas. »

Voici deux strophes; je crois qu'elles racontent elles-mêmes leur histoire :

« Dieu a créé le pin, avec sa racine dans la terre, et sa » cime dans le ciel : on a brûlé le pin pour ajouter à la » valeur du froment et du seigle argenté.

« Allez, pesez ce que vaut l'âme du pin retranché du ciel, et ce que vaut le froment qui croît si beau, ce que vaut le seigle argenté. »

Les gens aux lèvres minces, aux yeux perçants, qui prirent le train d'assaut n'auraient pas lu cette poésie, ou s'ils l'avaient lues ils n'auraient pas compris.

Que le ciel garde le pauvre pin dans le désert, et lui conserve sa cime aérienne.

Lorsque le train eut pris une machine de renfort et eut commencé à souffler péniblement, quelqu'un dit que nous gravissions les montagnes de Siskyou.

Nous n'avions pas cessé de monter depuis San Francisco et nous avions fini par dépasser quatre mille pieds au-dessus du niveau de la mer, toujours à travers la forêt.

Alors, comme c'était naturel, on se mit à descendre, et nous nous abaissâmes de deux mille deux cents pieds en quatorze mille environ.

Ce qui me fit réfléchir, ce ne fut pas tant le grincement des freins le long du train, ce ne fut pas même la vue d'un train de marchandises qui avait l'air d'être juste au-dessous de nos roues, ni même les tunnels, ce furent les chevalets sur lesquels nous glissions, chevalets qui avaient environ cent pieds de hauteur, et qui ressemblaient à des paquets d'allumettes.

— Je trouve que notre bois est un fléau tout autant qu'un avantage, dit le vieux de la Californie du Sud. Ces chevalets font très bon usage pendant cinq ou six ans. Après quoi ils ne valent plus rien. Un train passe au travers ou bien un incendie de forêt les consume.

Cela était dit pendant que nous passions sur un chevalet qui gémissait et tremblait.

De temps à autre un poseur de la voie nous regardait descendre, mais la compagnie ne se mettait pas en grands frais d'inspection.

Très souvent il y avait des bestiaux sur la voie, et la machine employait contre eux une façon de siffler diabolique.

Le vieux avait été mécanicien dans sa jeunesse, et nous distrayait en route par le récit de plaisantes anecdotes sur ce qui devait nous arriver si nous mettions à mal un petit veau.

— Voyez-vous, ils passent leurs pattes par dessous le chasse-pierres, et cela fait dérailler la machine. Je me rappelle qu'un cochon fit faire naufrage à un train de plaisir et qu'il y eut soixante morts. Je suppose tout de même que le mécanicien fera attention.

Il y a bien trop de supposition chez ce grand peuple.

Ainsi que l'un d'eux l'a dit, sous une forme piquante : « Nous supposons qu'un chevalet tiendra bon éternellement et nous supposons que nous pouvons boucher un éboulement sur la voie. Nous supposons que la voie est libre. Quelquefois nous supposons que nous sommes en gare, et d'autrefois, nous supposons que nous sommes en enfer. »

*
* *

La descente nous amena fort loin dans l'Orégon, dans une région de forêts et de blés.

Nous passâmes à travers les bois et les blés par

tranches successives, et surtout à travers des pins,
et nous finîmes par gagner Portland.

C'est une ville de cinquante mille habitants, qui,
naturellement jouit de l'éclairage électrique, qui
non moins naturellement est privée de pavage, et
qui possède un port douanier à environ cent milles
de la mer, et où de gros steamers peuvent prendre charge.

Il faut qu'une cité soit bien misérable, pour ne
pas pouvoir dire qu'elle n'a pas son égale sur la
côte du Pacifique.

Portland crie cela aux pins qui dégringolent
d'une crête à près de mille pieds jusqu'à la ville.

Vous pouvez vous asseoir dans un bar d'un
luxe de mauvais goût avec téléphone et sonnerie
électrique, et une demi-heure après, vous vous
trouvez dans les bois.

Portland produit des bois de charpente, des
moulures, des bois découpés à la scie pour les
maisons, de la bière et des buggies, des briques
et des biscuits, et pour que vous n'en ignoriez pas,
on voit dans les endroits publics des vues de la
ville, avec les productions évaluées en dollars.

Tout cela est fort bien, et très utile pour le
développement d'un pays neuf, mais quand on
vous dit que c'est de la civilisation, vous pro-
testez.

La première chose qu'apprend à faire l'homme
civilisé, est de tenir les dollars à l'arrière-plan,
parce qu'ils sont simplement l'huile du mécanisme
qui fait marcher la vie sans secousse.

Portland a tant d'occupation qu'il lui est impossible de songer à ses égoûts et à son pavage.

Ses îlots de maisons de briques à quatre étages ont devant leurs façades des galets, des trottoirs plancheyés, et d'autres choses bien pires.

J'ai vu creuser des fondations.

Vingt ans de détritus avaient complètement imbibé le sol, et chaque coup de pelle qui remuait ce fumier, montrait à découvert quelque chose de bien oriental, quelque chose qui m'était bien familier.

Et cependant les journaux de la localité, ainsi qu'il était juste et convenable, juraient que nulle autre ville n'était comparable à Portland, Orégon, États-Unis d'Amérique, enregistraient les hauts faits des Orégoniens, revendiquaient pour l'Orégon les citoyens éminents des autres villes, s'escrimaient du bec et des ongles à propos de projets de dock, de chemin de fer, de quai de débarquement.

Et il était possible de trouver des gens qui avaient donné leur vie tout entière à la ville, qui s'étaient liés à elle, qui avaient consacré leur existence à ce qu'ils regardaient comme sa prospérité matérielle.

Il est malheureux d'avoir à constater que dans cette ville vaillante, laborieuse, il y avait eu, la semaine précédente, un meurtre par arme à feu.

Un homme bien connu avait tiré sur un autre dans la rue, et maintenant il alléguait que c'était en se défendant, attendu que l'autre avait, ou que l'assassin croyait que l'autre, avait un pistolet sur lui.

Non content de l'abattre d'un coup de feu, il avait achevé de décharger sur l'homme à terre les autres coups de son revolver.

Je lus les plaidoyers et j'en fus écœuré.

Autant que je pouvais en juger, si l'on avait trouvé un pistolet sur le cadavre, le meurtrier aurait été acquitté.

Sans parler de l'assassinat, assez lâche en soi, il y avait dans l'excuse alléguée un raffinement de lâcheté.

Là, dans cette ville civilisée, la brute survivante avait eu peur de recevoir une balle, il avait cru voir l'autre homme porter la main à la poche de son pantalon, et ainsi de suite.

Il se trouva que le jury ne fut pas d'accord.

Et ce qu'il y a de triste, c'est que l'affaire fut instruite par des gens qui savaient évidemment à quoi s'en tenir au sujet du pistolet, que l'affaire fut débattue devant un jury qui connaissait à fond l'histoire du pistolet de poche et qu'elle fut discutée dans les rues par des gens qui n'étaient pas moins au fait.

Mais revenons à des sujets plus gais.

L'agent d'assurances nous présenta comme étant ses amis, à un marchand de biens, qui nous envoya immédiatement en amont du fleuve Colombia, pendant un jour qu'il devait employer à se renseigner sur la pêche.

La chose se fit sans formalités superflues.

Le vieux était baptisé. « *Californie* », j'étais

appelé indifféremment *Angleterre* ou *Johnny Bull*;
le marchand de biens était *Portland*.

Il y avait du grandiose et de l'étendue dans
cette façon de désigner les gens.

Californie et moi, nous prîmes donc un bateau
à vapeur, et par une superbe matinée bleu et or,
nous remontâmes la rivière Willamette, sur laquelle est situé Portland, pour gagner le grand
fleuve la Colombia, le fleuve qui donne ce saumon
dont nous vidons les boîtes de ferblanc dans les
assiettes, lorsque nous recevons, nous autres an-
glo-Indiens, un hôte d'extra.

Californie me présenta au bateau et au paysage,
me montra le « texas » la différence qu'il y a
entre une *tête d'étoupe*, et un « *scieur* » et m'expliqua le sens précis d'un *slue*.

Le seul souvenir qui me soit resté, c'est la sensation délicieuse, que le Huckleberry Finn de Mark
Twain et le Pilote du Mississipi étaient d'une vérité parfaite, et que j'allais retrouver les sections
mêmes du fleuve le long desquelles Huck et Finn
étaient allés à la dérive.

Nous étions sur le tracé de frontière qui sépare
l'Orégon du territoire de Washington, mais peu
importait.

La Columbia représentait fort bien le Mississipi
à mes yeux.

Nous passâmes le long d'îles boisées, dont les
bords rongés par des assauts incessants s'écrou-
laient à chaque instant.

Nous louvoyâmes d'une rive à l'autre de ce

fleuve d'un mille de large, à la recherche d'un cheval, tout comme l'eût fait un steamer du Mississipi.

Quand nous avions à embarquer ou débarquer un passager, nous choisissions sur la rive un endroit sûr et nous donnions de l'avant contre cet endroit-là.

Californie parlait à son nouveau passager dès qu'il montait à bord et m'apprenait le lieu de naissance de chacun.

Un pasteur de troupeaux, aux longs cheveux, sortit à grand bruit du taillis, agita son chapeau et fut aussitôt reçu à bord.

— Caroline du Sud, dit Californie, presque sans le regarder. Quand il parlera, vous entendrez un dialecte plus doux que le mien.

Et il en fut ainsi qu'il l'avait dit.

En quoi je fus émerveillé et Californie rit dans sa barbe.

Toutes les îles du fleuve étaient couvertes de riches champs de froment, de vergers, avec une blanche maison de bois ou bien, s'il y poussait des pins, très serrés, on y voyait une scierie, dont les scies nous envoyaient par-dessus l'eau une plainte trépidante, qui rappelait le bourdonnement d'une abeille fatiguée.

Quelques remarques, qui lui échappèrent, me firent conclure que *Californie* possédait des navires pour le transport des bois et qu'il faisait le commerce des bois de construction, qu'il avait aussi des ranchos, un associé, que tout marchait à merveille pour lui.

A cela, il faisait ajouter trente-cinq ans d'une existence accidentée.

Mais il avait, aussi bien que moi, l'air d'un flâneur incorrigible.

— Dites-donc, jeune gars, c'est maintenant que nous allons voir du paysage, de quoi vous faire crier et chanter, fit *Californie* comme les belles îles boisées faisaient place à des lignes plus dures, et que le steamer se hasardait dans un guêpier de roches aux crocs noirs, à moins d'un pied au-dessous de l'eau écumante, tumultueuse.

Nous faisons un effort pour remonter par un *sluc*, ou chenal latéral, par un trajet plus court, où l'hélice d'arrière ne faisait pas deux tours de suite dans la même direction.

Alors nous heurtâmes un tronc flottant avec une secousse qui ébranla tout notre organisme. Puis passa près de nous, le ventre blanc, les ouïes béantes, un magnifique saumon Chinook de vingt livres qui avait péri dans sa gloire.

— Vous allez voir les roues à saumons avant peu, dit un homme qui habitait « par là-bas, sur le Washoogle » et dont le chapeau était hérissé de mouches à truite. Ces saumons Chinook ne mordent jamais à la mouche. Les fabriques de conserves les prennent à la « roue ».

Au détour suivant, nous aperçûmes une « roue » infernale mécanique aux compartiments en fine toile métallique, que le courant fait mouvoir, et qui est reliée à une barque attachée au rivage, pour prendre comme à l'écope le saumon qui remonte la rivière.

Californie jura longtemps, avec volubilité, à cette vue, et avec un redoublement de volubilité, quand il apprit ce que pesait la pêche d'une nuit favorable, quelques milliers de livres. Ne trouvez-vous pas que c'est là un sombre et sanglant massacre? Mais vous autres, aux Indes, vous tenez à avoir des conserves de saumon, et la pêche à la ligne ne ferait pas vivre les fabriques de conserves.

Vers ce temps-là, *Californie* fut atteint de folie.

Je le trouvai dansant sur le pont et criant:

— N'est-elle pas une marguerite? N'est-elle pas une chérie?

Il avait aperçu une cascade, large ruban de vapeur blanche, qui se précipitait de la crête d'une hauteur, cascade de huit cent cinquante pieds, dont la voix paraissait plus forte que la voix même du fleuve.

— Le Voile de la Mariée! dit d'un ton brusque le comptable du navire.

— Au diable ce comptable et ceux qui l'ont baptisée. Pourquoi ne pas l'appeler La Dentelle de Malines à cinquante dollars le yard, pendant qu'ils y étaient? dit *Californie*.

Et je l'approuvai.

Il y a plus d'une cascade du genre « Voile de la Mariée » en ce pays, mais, dit-on, il y en a peu qui soient plus enchanteresses que celles qui se déversent dans le fleuve Colombia.

Puis le paysage se déroula, panorama prodigué avec la profusion désordonnée de la Nature, qui ne réussit qu'à être d'une magnificence écrasante quand elle veut être aimable.

Le fleuve était enserré entre deux gigantesques murailles de pierre que couronnaient les bastions ou ruines de palais orientaux.

La nappe d'eau verte s'élargissait, gardée par des hauteurs de trois mille pieds revêtues de pins.

Un scélérat d'ongle du pouce d'un diable se dressait à cent pieds au milieu même du courant.

Une barre de sable d'un blanc éblouissant promettait un pays plat et le tournant suivant démentit cette promesse, car voici que soudain nous nous trouvâmes au pied de trois étages de remparts couronnés de lave, couverts de pins, et d'aspect terrifiant.

En arrière d'eux, le dôme blanc du Mont Hood montait à quatorze mille pieds dans l'azur, et au bas, le fleuve battait contre une ceinture de cotonniers.

Alors je m'assis et regardai *Californie* qui se penchait à mi-corps en dehors du bateau dans son désir de voir en même temps les deux rives du fleuve.

Il avait aperçu mon calepin de notes et cela l'offusquait.

— Jeune homme, laissez-moi ça et baissez la tête. Ni vous ni aucun des gens comme vous, n'êtes capables de décrire ça. Black le romancier, pourrait le faire. Il saurait décrire la pêche au saumon. Il le pourrait, lui.

Et il me lança un regard de défi farouche, comme s'il s'attendait à ce que je le lui rendisse.

— Je ne peux pas, et je le sais, dis-je humblement.

— Alors remerciez Dieu d'être venu par ici.

Nous arrivâmes à un petit chemin de fer sur une île.

Il devait nous transporter vers un autre steamer, parce que, comme l'expliqua le comptable, le fleuve était « un peu accidenté ».

Nous fîmes un trajet de six milles, assis au soleil sur un semblant de vagon qui descendait à grand train le long du bord même de l'escarpement.

Parfois nous plongions dans les bois de pins aux senteurs aromatiques, pleins de fleurs éblouissantes, mais le plus souvent nous avions sous les yeux le fleuve réduit à la largeur d'une écluse de moulin turbulente.

A l'endroit même où toute la masse des eaux se brisait en cascades capricieuses, le Gouvernement des Etats-Unis avait jugé à propos d'établir une écluse pour les steamers, et le courant n'était plus qu'une cohue bouillante, jaillissante.

Un tronc d'arbre buta contre la barrière, rebondit sur un rocher, se fendit d'un bout à l'autre et roula au milieu de l'écume blanche.

Je frissonnai parce que mes pieds n'étaient guère qu'à soixante pieds au-dessus du tronc, et je craignais qu'un éclat égaré ne vînt jusqu'à moi.

Mais le train entrait dans le fleuve sur une sorte de chevalet flottant, et je me trouvai sur un autre steamer avant d'avoir bien compris pourquoi.

Les rapides étaient à moins de deux cents yards en aval de nous, et lorsqu'on quitta la rive pour remonter le courant, le choc de l'eau, avant que la roue y fut entrée, nous emporta comme si nous avions été remorqués.

Puis le pays devint plus découvert.

Californie se désola de ne plus voir ses falaises et ses crêtes, jusqu'au moment où nous fûmes en présence d'une muraille rocheuse de quatre cents pieds de haut, couronnée par le contour gigantesque d'un homme qui nous épierait.

Sur une île pierreuse nous vîmes la tombe blanche d'un colon du temps jadis, qui avait fait fortune à San Francisco, mais qui avait jugé à propos de se faire enterrer dans un cimetière indien.

Un « vickyup » de bois vermoulu, où sont déposés les ossements des Indiens défunts, touchait presque à cette tombe.

Le fleuve coulait dans un canal de roc basaltique, peint en jaune, en vermillon, en vert par les Indiens, et des animaux d'espèce inférieure l'avaient orné de réclames relatives à des grains contre la bile.

Nous étions arrivés aux Dalles, centre d'un grand district de moutons et de laines, et point de départ de la navigation.

Quand un Américain arrive dans une nouvelle ville, il se croit tenu de « faire un tour ».

Californie jeta son habit sur son épaule, du geste d'un homme habitué à de longues marches, et à huit heures du soir, nous allâmes ensemble explorer les Dalles.

Le soleil n'était pas encore couché, et il restait encore au moins une heure de jour.

On eût dit que tous les habitants possédaient chacun une petite villa et une église.

Les jeunes gens étaient dehors, se promenant avec les jeunes filles, les vieilles gens assis sur les marches de leur porte, non point de la porte de la façade, celle qui donnait sur le beau salon aux volets religieusement clos, mais celle de la façade latérale.

Les maris et les femmes s'occupaient à fixer en place les branches des poiriers, ou à faire la cueillette des cerises.

Un arôme de foin m'arrivait.

A travers le silence, nous entendions les clochettes des vaches qui rentraient à travers les champs semés de lave.

Californie arpentait d'un pas élastique le pavé de bois, appréciant presque à haute voix les ménagères, les roses trémières, la façon préférable de greffer les poires, et, au passage des jeunes gens et jeunes filles, contant d'amusantes histoires de sa jeunesse.

Je sentais que je connaissais d'avance tout ce

monde-là, tant je m'intéressais à eux et à leur existence.

Une femme était penchée sur sa porte à claire-voie, causant avec une autre.

En passant, je l'entendis parler de « jupes, » puis encore de « jupes » puis dire :

— Je vous enverrai le modèle.

Et je reconnus qu'elles parlaient toilette.

Nous tombâmes sur un jeune couple qui se disait adieu dans le crépuscule.

— Quand vous reverrai-je? disait-il.

Et je compris que pour ce cœur anxieux la toute petite ville que nous mîmes vingt minutes à parcourir était peut-être aussi grande que Londres, et aussi infranchissable qu'un camp en armes.

Je leur donnai à tous deux ma bénédiction, parce que le « quand vous reverrai-je? » est une question qui tient au cœur de tous les hommes en ce monde.

La dernière porte de jardin se ferma avec un bruit sec, qui se répercuta d'un bout à l'autre de la rue, et les familles, confortablement installées, allumèrent leurs lumières qui brillèrent aux fenêtres que la confiance avait laissées sans rideaux.

— Dites, Johnny Bull, avec tout cela est-ce que vous ne vous sentez pas isolé? dit *Californie*. Est-ce que vous n'avez laissé personne à la maison? Moi j'ai du monde, une femme et cinq enfants, et je ne suis qu'en partie de plaisir.

— Et moi aussi, je ne suis qu'en partie de plaisir, dis-je.

Et nous gagnâmes l'hôtel Spitoon-Wood. Hélas! où étaient-elles, la paix et l'innocence de la petite ville, dont j'ai parlé si étourdiment?

Dans le fond d'une boutique derrière des rideaux discrets, il y avait une chambre où les jeunes gens, qui avaient causé avec les demoiselles, étaient à l'aise pour jouer au poker, boire et jurer, et dans le magasin il y avait des livraisons à cinq cents, romans sanguinaires, corrupteurs de l'esprit des petits garçons, récits excitants, à la portée de l'intelligence des petites bonnes, qui empoisonnent l'esprit des jeunes filles.

Californie ne fit qu'en rire, d'un rire farouche.

Il dit que toutes ces petites villes, faites de maisons isolées, se ressemblaient beaucoup dans tous les Etats de l'Union.

Cette nuit, je rêvai que j'étais dans l'Inde, sans pouvoir trouver d'endroit pour dormir, que j'arpentais en tous sens le Mail de la Station et demandais à tout venant :

— Quand vous reverrai-je?

VI

Le prix de la course n'est pas au
plus rapide, ni celui de la bataille
au plus fort; chacun a son moment
et sa chance.

J'ai vécu !

Le continent américain peut maintenant s'en-
foncer sous la mer. J'en ai pris ce qu'il produit
de mieux, et ce mieux-là, ce n'étaient ni des dollars, ni de l'amour, ni un domaine.

Écoutez bien. Messieurs du Club de pêche du
Punjab, vous qui cinglez de vos lignes les nappes
du Tavi, et vous qui importez à grands frais de la
truite à Ottacamund, et je vais vous conter comment le vieux *Californie*, et moi nous allâmes pêcher et vous me porterez envie.

Nous revînmes des Dalles à Portland, par la même
route, le steamer s'arrêtant en chemin pour embarquer le produit d'une nuit de pêche, fourni par

une des roues à saumon déposées sur le fleuve, et
le débarquer dans une fabrique de conserves située en aval.

Lorsque le propriétaire de la roue déclara que sa
pêche se montait à deux mille deux cent trente
livres de poisson et que « ce n'était pas une pêche
bien lourde » je crus qu'il mentait.

Mais il envoya les caisses à bord, et je comptai
les saumons par centaines, d'énormes individus
de cinquante livres, à peine morts, les pièces et
de trente et de vingt livres, par vingtaines, et
un menu fretin innombrable.

Le steamer fit halte devant une grossière construction en bois élevée sur pilotis dans une partie
écartée du fleuve et y envoya le poisson.

Je le suivis sur un plan incliné, semé d'écailles,
sentant le poisson, qui aboutissait à la fabrique
de conserves.

L'édifice tout disloqué vibrait du mouvement des
machines qui couvraient ses planchers, et un amas
scintillant de rognures de fer blanc, de vingt pieds
de haut, indiquait l'endroit où on jetait les débris
quand les boîtes de conserves avaient été scellées.

On n'employait à ce travail que des Chinois.

On les eût pris pour des diables jaunes barbouillés de sang, lorsqu'ils passaient à travers les barres lumineuses que le soleil formait sur ce plancher.

Quand notre chargement arriva, les grossières
caisses de bois s'ouvrirent d'elles-mêmes, sitôt
qu'elles furent brutalement lancées sous un jet

d'eau, et le saumon en jaillit comme un flot de mercure.

Un Chinois s'empara d'un poisson de vingt livres, lui coupa la tête et la queue, de deux rapides coups de couteau.

D'un troisième coup, il le fendit pour le vider et ensuite il le lança dans une auge toute ensanglantée.

Le poisson décapité passait sous sa main comme s'il se trouvait en face d'un rapide.

D'autres Chinois le tiraient de l'auge et le jetaient dans un instrument analogue à un hache-paille, qui en descendant le découpait en tranches rouges, d'aspect peu engageant, toutes prêtes pour la mise en boîte.

D'autres Chinois aux doigts jaunes et crochus, en bourraient les boîtes, qui aussitôt glissaient dans une merveilleuse machine, qui en soudait l'extrémité dès qu'elles passaient.

Chaque boîte était rapidement éprouvée pour voir s'il n'y avait pas de fêlure, puis était plongée en compagnie d'une centaine d'autres, dans une cuve pleine d'eau bouillante, où quelques minutes de séjour suffisaient pour une demi-cuisson.

Après l'opération, les boîtes offraient un gonflement sensible.

Alors on les lançait en hâte sur des chariots glissants à des hommes armés d'aiguilles, de fers à souder, qui les perçaient pour chasser l'air, et fermaient l'ouverture d'une goutte de soudure.

Il n'y manquait plus, pour qu'elles fussent prêtes pour le marché, que l'étiquette « Saumon supérieur de Columbia. »

Je fus impressionné moins par la rapidité des opérations que par l'aspect général de l'usine.

A l'intérieur, c'était une surface de quatre vingt-dix pieds sur quarante, occupée par les machines les plus civilisées, les plus meurtrières.

Au dehors, à trois pas de distance, l'épaisse forêt de pins, l'immense solitude des montagnes.

Notre steamer ne s'arrêta là que vingt minutes, mais je comptai deux cent quarantes boîtes terminées, contenant la pêche de la nuit précédente, avant de quitter ce plancher glissant, sali de sang, semé d'écailles, huileux, et les Chinois barbouillés de débris.

Nous revînmes à Portland, *Californie* et moi, criant après le saumon, et le marchand de biens, auquel nous avions été confiés en dépôt par *Portland* l'agent d'assurances, vint au devant de nous dans la rue, en nous disant qu'à quinze milles de là, en prenant à travers champs, nous arriverions à un endroit nommé Clackamas, où nous aurions des chances de trouver ce que nous désirions.

Et *Californie*, les basques de son habit flottant au vent, courut à une remise et fréta aussitôt une voiture.

J'aurais pu pousser le véhicule d'une seule main, tant la construction en était légère.

L'attelage était purement américain, c'est-à-dire presque humain dans son intelligence et sa docilité.

Quelqu'un nous dit que les routes qui menaient
à Clackamas n'étaient pas bonnes et nous avertit
de faire attention à la rupture des ressorts.

Portland, qui avait veillé aux préparatifs, finit
par déclarer « qu'il serait aussi de la partie » et
sous un ciel superbe, nous partîmes à trois, compagnons d'un jour.

Californie fit un faisceau soigneusement serré
de nos lignes dans la voiture.

Les assistants nous accablèrent d'indications sur
les scieries mécaniques que nous devions rencontrer en route, sur les poteaux indicateurs qui nous
fourniraient des indices.

A un demi-mille de cette ville de cinquante mille
âmes, nous donnâmes (et il faut l'attendre au sens
littéral contre une route de planches qui aurait
déshonoré un village Irlandais.

Puis six milles de route macadamisée nous prou-
vèrent que l'attelage était capable d'avancer.

Un chemin de fer passait entre nous et la rivière Willamette, et un autre au-dessus de nous à
travers les montagnes.

Tout le pays était semé de petites villes, les
routes couvertes de fermiers sur leurs voitures se
rendant à la ville, avec des grappes d'enfants aux
tignasses d'étoupe, aux gros yeux saillants, assis
à l'arrière dans du foin.

Les hommes avaient presque tous l'air de vagabonds, mais toutes leurs femmes étaient bien mises.

Toutefois des passementeries brunes de hussard,

sur une jaquette tailleur, ne s'harmonisent guère avec un char à foin.

Alors nous entrâmes dans les bois, en suivant ce que *Californie* appelait une « camina reale » — une bonne route, et Portland « une bonne piste. »

J'entrai et je sortis à travers des souches noircies par le feu.

Je contournai les angles de clôtures faites avec des solives. Je franchis des trous qui, en hiver, devaient être d'infranchissables fondrières. J'escaladai des pentes absurdes.

Mais nulle part dans tout ce parcours, je n'aperçus d'indice d'une route tracée exprès.

Il y avait une piste. Il était sage de ne pas vous en écarter, et tout ce que vous pouviez faire, c'était de vous y maintenir.

La poussière formait des amas d'un pied d'épaisseur dans les ornières.

Sous la poussière nous trouvâmes des bouts de planches, des faisceaux de broussailles qui lançaient la voiture en l'air.

Parfois nous avancions à grand bruit dans les ronces, parfois, dans les endroits où les ronces croissaient le plus dru, nous découvrions un petit cimetière, dont les barreaux de clôture étaient tout de travers, dont les pierres tombales, réduites à de piteux moignons, se penchaient comme des ivrognes sur les molènes d'un vert tendre.

Puis, à grand renfort de jurons et de craquements dans les taillis entr'ouverts, un attelage de puissants taureaux descendait par une route faite de troncs d'arbres, halant un arbre de quarante pieds de long sur une glissière rudimentaire.

Une vallée pleine de blé et de cerisiers venait ensuite.

Nous nous arrêtâmes à une maison où nous achetâmes dix livres d'appétissantes cerises noires, qui nous coûtèrent moins d'une roupie, et nous eûmes pour rien une gorgée d'eau d'une fraîcheur glaciale, pendant que l'attelage abandonné à lui-même prouvait sa sagacité en broutant le long du chemin.

Une fois, nous rencontrâmes un campement de marchand de chevaux flânant près d'une mare, tout disposés à faire une vente ou un troc.

Une autre fois, un ou deux bambins aux figures hâlées descendirent au galop une côte sur des poneys indiens, avec des paniers pleins suspendus à leurs selles aux pommeaux élevés.

Ils revenaient de la pêche : c'étaient donc des frères pour nous.

Nous poussâmes en chœur des cris pour mettre en fuite un chat sauvage.

Nous nous chamaillâmes sur les raisons qui avaient déterminé un serpent à traverser la route.

Nous lançâmes des morceaux d'écorce à un chipmunk aventureux, qui était en réalité le petit écureuil gris de l'Inde, venu me rendre visite.

Nous nous égarâmes et trouvâmes le moyen de mettre la voiture sur une route d'une pente si raide qu'il nous fallu attacher les roues de derrière pour opérer la descente.

Avant tout, *Californie* raconta des histoires du Nevada et de l'Arizona, à propos de nuits passées au dehors à prospecter, de daims massacrés, de chasses à l'homme, d'une femme, une femme isolée, qui est un tison de discorde dans une ville de l'Ouest, et qui est cause qu'on tire des coups de pistolet, des volte-face, des retours soudains de la Fortune, qui se plaît à faire du mineur ou du bûcheron un quadruple millionnaire et à dégonfler le roi des chemins de fer.

Ce fut un de ces jours dont on se souvient, et il commençait à peine, lorsque nous fîmes halte à une toute petite ferme au bord du Clackamas et y demandâmes la pitance pour nos chevaux et le logement, avant de courir à la rivière, qui franchissait un barrage à moins d'un quart de mille de là.

Figurez-vous un cours d'eau de soixante-dix yards, coupé en deux par une ile de galets, coulant sur des creux séduisants, et formant çà et là des nappes profondes et tranquilles, où le brave saumon va fumer sa pipe après ses repas.

Mettez un pareil cours d'eau parmi des champs où le blé vous monte jusqu'à la poitrine et qu'entourent des collines couvertes de pins.

Jetez, partout où vous voudrez, de l'eau tranquille, des prairies encloses de troncs d'arbres, et une falaise de cent pieds, juste assez pour ôter toute monotonie au paysage, et vous aurez une vague idée du Clackamas.

Portland n'avait pas de ligue.

7

Il gardait la gaffe et le whisky.

Californie renifla en amont et en aval en s'avançant dans l'eau rapide, choisit sa place et mit à l'eau la cuiller aux vives couleurs dans l'endroit où finissait un creux.

J'étais occupé à monter ma ligne, quand j'entendis l'exclamation joyeuse d'une danse et les hurlements de *Californie*, en même temps qu'une masse vivante, argentée, de trois pieds de long faisait un bond dans l'air en une grande courbe.

Les armées étaient aux prises.

Le saumon tirait vers l'amont.

La ligne tendue coupait l'eau derrière lui comme un brise-lame et le léger bambou se courbait jusqu'à se rompre.

Qu'arriva-t-il ensuite? Je ne saurais le dire.

Californie jura, pria. Portland lança des conseils à tue-tête. Pour moi je fis ces trois choses pendant un temps qui parut une demi-journée, mais qui, en réalité, ne dépassa guère un quart-d'heure.

Puis tout à coup, notre poisson se rendit, non sans crises de colère, se lança la tête la première et fit des sarabandes en l'air, mais il finit par se rapprocher du bord, et le dévidoir impitoyable raccourcit pouce par pouce le fil de sa vie.

Nous l'amenâmes à terre dans une petite baie.

La romaine nous donna un poids de onze livres et demie. Onze livres et demie de saumon batailleur!

Nous dansâmes une danse de guerre sur les cailloux.

Californie me prit par la taille, avec une vigueur qui faillit me briser les côtes, en criant.

— Associé, associé, voilà qui est glorieux ! Maintenant à vous d'attraper votre poisson. Voilà vingt-quatre ans que j'attends celui-ci.

J'entrai dans cette rivière froide comme la glace et lançai ma ligne juste au de-là d'un barrage, et il s'en fallut de bien peu que je ne prisse à l'hameçon un noir serpent d'eau à la gueule de corail, qui était enroulé sur une pierre et sifflait des malédictions.

Le coup de ligne suivant, oh ! quel orgueil. quelle splendeur royale, quel frisson me parcourut du bout des doigts au bout des pieds !

L'eau bouillonna.

Le saumon s'avança vers la cuiller et l'avala.

Il me resta juste assez de bon sens pour lui donner tout ce qu'il lui fallait, quand il bondit, non pas une fois, mais vingt fois, avant de prendre cet élan en amont qui allongea ma ligne jusqu'aux douze derniers demi-tours, avant que j'eusse vu la traverse nickelée du dévidoir briller sous les tours de fil vert qui diminuaient d'épaisseur.

J'avais le pouce profondément brûlé quand je tentai d'arrêter le dévidage du fil, mais je ne le sentis que plus tard, car mon âme était partie à la surface de l'eau mobile, pour *le* prier de revenir, avant qu'il ne prît tout ce que j'avais de fil.

La prière fut exaucée.

Comme je me penchais en arrière, le bout de ma canne à pêche posé sur la cuisse, et la dernière jointure courbée comme un saule pleureur, il fit demi-tour, et j'accueillis chaque pouce de fil, qui rentrait tant bien que mal sur le dévidoir, comme une faveur du ciel.

Il y a dans le monde plusieurs sortes de succès qui ont bon goût au moment où on en jouit, mais je me demande si l'homme a à sa portée une sensation de victoire plus douce que quand on ramène furtivement la ligne au bout de laquelle s'agite un saumon plein de vigueur, qui sait au juste ce que vous faites et pourquoi vous le faites.

Ainsi que le poisson de *Californie*, il vint à moi la tête la première et bondit au bout de la ligne, mais le Seigneur me donna en cette heure deux cent cinquante paires de doigts.

Les rives et les pins dansaient vertigineusement autour de moi, mais j'enroulai, — je ne faisais qu'enrouler, comme s'il s'agissait de ma vie, j'enroulai pendant des heures, et l'enroulement fini, je continuai à lui donner du champ, pendant qu'il boudait dans un remous tranquille.

Californie était plus en amont.

Du coin de l'œil, je pus le voir fouetter l'eau très loin, fort habilement.

Alors il jeta sa ligne et mon poisson fila brusquement au même instant vers l'écluse.

Californie et moi, nous redescendîmes, ramenant du même mouvement nos tours de fil, en même temps que chantaient les étoiles du matin.

Le premier enthousiasme de la capture s'était dissipé.

Nous étions l'un et l'autre à la besogne avec le plus grand sérieux pour empêcher les lignes de se mêler, pour prévenir un bond en amont dans la direction du large, par-dessus le barrage, et en même temps pour amener le poisson dans la baie à eau basse en aval, ce qui faciliterait la mise à terre.

Portland nous souhaita bon courage et s'offrit à tenir ma canne à pêche.

J'aurais mieux aimé mourir sur les galets que de renoncer à ma part de l'amusement et ne pas amener à terre mon premier saumon, poids inconnu, et ligne de huit onces.

J'entendis *Californie* dire, à mon oreille, à ce qu'il me parut :

— Assurément c'est un batailleur de Batailleville !

Cependant son poisson se lançait une fois encore à travers le courant.

Je vis Portland tomber par-dessus une clôture de troncs d'arbres, franchir la berge surplombante, et se laisser choir avec fracas sur les cailloux, avec sable, et épuisette. Moi-même je me laissai aller sur une souche pour me donner un instant de repos.

Pendant que je reprenais haleine, les mains lasses diminuèrent leur pression, et j'oubliai de donner du champ.

Un furieux mouvement dans l'eau, un plongeon, et une course en amont du Clackamas m'en récompensèrent.

J'eus de nouveau à enrouler mon fil, en ayant un œil sous l'eau, et l'autre sur la dernière articulation de la canne à pêche.

Et ce qu'il y avait de pire, c'était que je fermais à *Californie* l'accès de la petite baie d'atterrissage dont j'ai déjà parlé.

Il lui fallut s'arrêter et tirer sa prise à l'endroit où il se trouvait.

— Le père de tous les Saumons ! cria-t-il. Pour l'amour du ciel, amenez votre *truite* à la rive, Johnny Bull.

Mais je ne pouvais faire davantage.

Cette insulte même ne fut pas capable de me faire bouger : la partie engagée avec le saumon m'occupait seule.

Il se laissa tirer, faisant semblant d'être enchanté de gagner le port, où je brûlais d'envie de l'amener. Mais à peine sentit-il sous son gros ventre le peu de profondeur de l'eau qu'il recula comme un torpilleur et le grincement irrité du dévidoir me dit que je faisais de vains efforts.

Cette comédie recommença au moins une douzaine de fois, avant que la ligne m'avertît qu'il renonçait à la lutte et qu'il se laisserait remorquer.

L'épuisette était trop petite pour un poisson de sa taille et je ne voulais pas lui donner un coup de gaffe.

Je m'avançai dans l'eau basse et le soulevai en le prenant respectueusement par-dessous les ouïes.

Il me récompensa de cette attention en me donnant des coups de queue sur les jambes. Je sentis combien il était fort et j'en fus fier.

Californie avait pris ma place près des bas-fonds et serrait son poisson de près.

J'étais remonté sur la rive, pour m'étendre de tout mon long sur l'herbe parfumée, ouvrant et fermant la bouche, en compagnie du premier saumon que j'eusse pris, avec lequel j'eusse joué, et que j'eusse amené à terre au moyen d'une canne à pêche de huit onces.

J'avais aux mains des coupures saignantes.

J'étais inondé de sueur, bariolé d'écailles comme un arlequin de paillettes, trempé de la ceinture aux pieds, j'avais le nez excorié par le soleil, mais j'étais heureux, suprêmement, superlativement heureux.

Lui, la beauté, le chéri, la perle, mon Saumon *Bahadur*, pesait douze livres, et il m'avait fallu trente-sept minutes pour l'amener à terre.

Il avait été légèrement accroché à l'angle de la mâchoire de gauche, et l'hameçon ne l'avait pas abîmé.

En cette heure-là, je fus assis parmi les Princes, parmi les têtes couronnées, et plus grand qu'eux tous.

Au-dessous de la berge, nous entendions *Californie* aux prises avec son saumon, qui jurait en espagnol.

Portland et moi, nous assistâmes à la capture, et le poisson fit basculer la balance jusqu'au bas.

Elle était construite pour peser seulement jusqu'à quinze livres.

Nous étendîmes les trois poissons sur l'herbe, celui de onze livres et demie, celui de douze, et celui de quinze, et nous jurâmes que si nous en prenions d'autres, nous nous contenterions de les peser et que nous les rejetterions à l'eau.

Comment faire pour vous conter les gloires de ce jour-là et vous intéresser ?

Bien des fois, *Californie* et moi, nous courûmes le long de ce bord, pour gagner la petite baie, en remorquant un saumon jusqu'en eau basse.

Puis, *Portland* prit ma canne à pêche et captura quelques pièces de dix livres, et ma cuiller disparut, emportée par quelque Léviathan inconnu.

Chaque poisson, en l'honneur des trois qui avaient succombé en faisant si belle défense, fut hâtivement accroché à la balance et rejeté à l'eau.

Portland marquait le poids sur un carnet de poche, car c'était un propriétaire.

Tous les poissons se défendirent pour ce qu'ils valaient, et pas un ne fut plus enragé que le plus petit, un vaillant petit poisson de six livres.

Au bout de six heures, on fit l'addition.

Nombre total : seize poissons; poids total : cent quarante-deux livres.

Quant au compte détaillé, le voici à peu près. Il n'a d'intérêt que pour ceux qui prirent part à la pêche : 15, 15 et demi, 12, 10, 9 trois quarts, et ainsi de suite. Aucune prise inférieure à six livres, ainsi que je l'ai dit, et trois pièces de dix livres.

Nous rapportâmes solennellement nos lignes en remerciant le ciel — c'était assez de gloire pour tous les temps — et revînmes en pleurant dans les bras l'un de l'autre, versant des larmes de joie pure, au sein de cette simple famille aux jambes nues qui habitait la caisse d'emballage au bord de l'eau.

Le vieux fermier se rappelait des jours et des nuits passés à guerroyer contre les Indiens, — c'était bien loin, vers l'an cinquante, alors que chaque rive du fleuve Columbia et de ses affluents recélait un danger invisible.

Dieu l'avait doué d'une drôle de façon de s'exprimer, toute tordue, et d'une farouche préoccupation du bien-être de ses deux petits garçons, — enfants hâlés et réservés, qui se rendaient tous les jours à l'école et parlaient un bon anglais pour des étrangers.

Sa femme était une austère matrone qui avait été jadis bienveillante et peut-être belle.

Bien des années de labeur avaient ravi l'élasticité à son pas et à sa voix.

Elle n'avait d'autre perspective qu'un travail sans fin, les détails énervants du ménage, puis une tombe, quelque part là-haut dans la montagne, parmi les ronces à mûres et les pins.

Mais avec son air farouche, elle était en harmonie avec sa fille aînée, une petite et silencieuse demoiselle de dix-huit ans, dont les pensées étaient bien loin des repas qu'elle préparait et des casseroles qu'elle récurait.

7.

Nous tombâmes dans la maisonnée au milieu d'une crise, et il y avait du document humain à foison dans cette crise.

Une vilaine, une méchante de couturière avait promis à la demoiselle un costume pour voyager en chemin de fer le lendemain, et bien que Georgie aux pieds nus, à qui sa sœur inspirait une crainte salutaire, eût battu les bois sur un poney, cette toilette n'arrivait pas.

Ainsi donc, le chagrin au cœur, et après avoir cent fois fait comme sœur Anne et jeté des regards désespérés sur la route, elle servit les hôtes, et, je n'en doute pas, elle leur en voulut cordialement de ce qu'ils se mettaient entre elle et son envie de pleurer.

C'était une authentique petite tragédie. La mère, d'une grosse voix indifférente, gourmandait son impatience et pourtant restait courbée sur un tas de vêtements qu'elle arrangeait pour sa fille.

J'observai tout cela, au cours d'un long crépuscule embaumé de renoncules et de la nuit pleine de murmures, en flânant autour de la maison avec *Californie*, qui s'épanouit comme un lotus au clair de lune ou dans la petite couchette de planches qui constituait notre chambre à coucher.

Là il fit assaut de récits avec *Portland* et le vieux.

La plupart des histoires commençaient ainsi :

« Larry le Rouge était un marqueur de bœufs de là-bas, du comté de Lone, dans le Montana ».

Ou bien :

— Un jour, un homme qui chevauchait sur la piste, aperçut un *lapin*, assis dans un cactus.

Ou encore :

« A peu près au temps du *boom* pour les terres, à San Diego, une femme de Monterey...

Vous pouvez essayer d'entrevoir par éclaircies ce qu'étaient ces sortes d'histoires.

Et le lendemain, *Californie* me fourra sous son aile et me dit que nous allions visiter une ville atteinte d'un boom et prendre de la truite.

Je ne me rappelle pas quelles ressources naturelles on supposait à cette localité, bien qu'un homme sur deux me proposât un emplacement à choisir, en criant à tue-tête.

On parlait de charbon, de fer, de carottes, de pommes de terre, du bois de charpente, de transports par mer, et une floraison de maigres journaux annonçaient tous à Portland que ses jours étaient comptés.

Californie et moi, nous arrivâmes dans cet endroit au crépuscule.

Les grossiers pavés en planches des rues principales résonnaient sous les talons de centaines de gens furieux, tous activement occupés à boire et à chercher des lots de terrain avantageux.

Leur premier objet était la boisson.

La rue elle-même offrait alternativement des îlots de maisons à bureaux d'affaires de cinq étages contruites sur les modèles d'architecture les plus récents et les plus hideux, et de baraques en planches.

Par-dessus nos têtes, les fils du téléphone et de l'éclairage électrique s'emmêlaient sur des poteaux branlants aux étais diminués de moitié par le couteau du flâneur.

Sur la chaussée boueuse, sale, dépourvue d'empierrement, couraient les rails d'un tram à chevaux, rails qui faisaient sur la voie une saillie de trois pouces.

Au delà de cette rue surgissaient de nombreuses collines.

On eût dit que la ville avait été jetée au hasard, comme si on eût vidé une boîte de dominos dépareillés.

Un tramway à vapeur, qui dérailla la première fois que j'y montai, se dirigeait vers les montagnes, mais les traits les plus marqués du paysage étaient des fondations en brique et pierre, et les souches noircies des pins.

Californie prit la mesure de la ville d'un regard compréhensif.

— Un boom d'importance, dit-il.

Puis quelques instants plus tard :

— Il est temps de nous défiler, je crois.

Il voulait dire par là que le *boom* avait atteint son apogée et qu'il serait prudent de ne pas y être mêlé.

Nous parcourûmes des rues qui n'avaient pas été nivelées, et qui aboutissaient brusquement à un trou de quinze pieds et à un fouillis de broussailles, sur des pavés qui commençaient par des planches de pin pour finir à l'arbre dans son état naturel, devant des hôtels dont les pignons prenaient impudemment des formes compliquées de mosquées et à la porte desquels se dressaient encore des souches de pins, devant une pension de demoiselles, haute, grêle, rouge, qu'un naturel de l'endroit nous ordonna d'admirer, et que nous admirâmes, devant des maisons construites dans le goût hollandais à l'imitation de celles qu'on voit sur Rob-Hill, à San Francisco, devant d'autres maisons abondamment enlaidies par les découpages à la scie mécanique, devant d'autres où l'école du gothique en bois avait accumulé les détails de castels, de créneaux, etc.

— Vous aurez de quoi parler quand ces individus auront fini de bâtir leurs maisons, dit *Californie*. Celui que vous voyez là-bas voulait de l'italien, et son architecte lui en a donné. Les maisons neuves, avec des toits bas et aux arêtes presque droites, avec des fenêtres en ligne oblique, et des murs en briques rouges sont hollandaises. C'est le dernier genre. Je sais lire l'histoire de la ville.

Je n'eus pas l'occasion de lire.

Les indigènes étaient bien trop contents et trop fiers pour me parler.

Les murs des hôtels étaient couverts d'un panorama en couleurs criardes représentant Tacoma, et dans lequel, avec les yeux de la foi, je pus reconnaître une ressemblance lointaine avec la ville réelle.

Le salon de correspondance de l'hôtel procla-

mait, par un placard-annonce, que Tacoma offrait
au premier coup d'œil tous les avantages de la
plus haute civilisation, et les journaux chantaient
la même chose sur un ton plus bruyant.

Les agents d'immeubles vendaient des terrains
à batir dans des rues qui n'existaient pas encore, à
des milles de distance, pour des milliers de dollars.

Dans les rues, les rues grossières, imparfaites,
où la lumière électrique sans globes luttait avec
le doux crépuscule septentrional, des gens causaient argent, lots de terrain et encore argent.

Ils contaient comme quoi Alf ou bien Ed avait
fait telle ou telle chose qui lui avait rapporté tant.

En tournant l'angle, on trouvait un hall de
planches craquantes où les Salutistes en tricots
rouges invitaient l'espèce humaine à tout quitter
pour s'attacher à leur Dieu tapageur.

Les passants entraient par deux, par trois,
écoutaient en silence quelques instants, puis s'en
allaient toujours en silence, à leurs affaires, pendant que les cymbales les rappelaient en vain à
grand fracas.

C'était, je crois, cette odeur crue de sciure
de bois toute fraîche, répandue dans toute l'atmosphère, qui m'emplissait d'une désolante nostalgie.

Elle évoqua en un instant pour moi tous les
souvenirs de cette terrible première nuit passée à
l'école, lorsque l'établissement entier vient d'être
blanchi à la chaux et qu'une fade odeur de fuite
de gaz se mêle au relent des malles et des pardes-

sus mouillés. Je n'étais alors qu'un petit garçon et que l'école était toute neuve.

Vagabond parmi des vagabonds sans cols, je flânai dans la rue, regardant aux étalages des petites boutiques, où l'on vendait des chemises d'occasion à des prix de rêve, boutiques que je vis ensuite qualifiées dans les journaux de grands magasins.

Californie était parti, afin d'enquêter pour son propre compte.

Il revint bientôt en riant tout bas.

— Ils sont tous fous ici, dit-il, tous fous. Un homme a failli me tirer un coup de fusil, parce que je ne voulais pas admettre avec lui que Tacoma va éclipser San Francisco, grâce à ses carottes et à ses pommes de terre. Je lui ai demandé ce que la ville produisait, et je n'ai pu tirer autre chose de lui que ces deux maudits légumes. Dites donc, qu'en pensez-vous ?

Je répondis avec fermeté :

— Je compte aller passer en territoire anglais quelque temps, pour reprendre haleine.

— Moi aussi, je vais au Détroit pour quelque temps, dit-il, mais je reviendrai, je reviendrai à notre saumon du Clackamas. Un individu m'a pressé d'acheter une propriété ici. Mon jeune ami, n'achetez pas de propriété.

Californie disparut en agitant en signe d'amitié son pardessus. Il disparut dans des mondes autres que le mien.

Je lui souhaite bonne chance, car c'était un véritable sportsman, et je pris un steamer qui remontait du Détroit de Puget à Vancouver, terminus du chemin de fer Canadien du Pacifique.

Ce fut un drôle de voyage.

La mer enserrée, par des milliers d'îles, s'étendait unie comme de l'huile sous nos bans, et le sillage de l'hélice coupait l'image immobile des pins et des falaises distantes d'un mille.

On eût dit que nous marchions sur du verre.

Personne, pas même le Gouvernement, ne sait le nombre des îles du Détroit.

Aujourd'hui encore, pour en avoir une, il ne vous en coûte que la peine de la demander.

Vous pouvez bâtir une maison, élever des moutons, prendre du saumon, devenir un roi sur une petite échelle, avoir pour sujets les Indiens de la Réserve qui glissent sur leurs canots entre les îlots et se grattent les flancs à la façon des singes, sur la grève.

Un Indien du Détroit n'a rien d'attrayant et n'est pittoresque que par hasard.

Sa femme conduit le canot, mais il s'entend si bien au métier de marin qu'il peut d'un bond se dresser dans sa coquille de noix et étourdir sa femme d'un coup d'aviron sur la tête sans faire chavirer le tout. Je l'ai vu agir ainsi sans provocation.

Je suppose qu'il l'a fait pour poser devant les blancs.

Vous ai-je parlé de Seattle, — la ville qui fut brûlée il y a quelques semaines et qui fit faire une rude grimace aux gens de San Francisco, qui s'y ruinèrent ?

Ce fut dans le crépuscule fantastique, au moment même où les incendies de forêts des îles improductives jetaient déjà leur clarté, que nous donnâmes contre la ville, — que nous y donnâmes rudement, car les appontements avaient été entièrement détruits par le feu.

On s'amarra du mieux qu'on put, après avoir fait craquer sur notre passage les fondations vermoulues d'une maison sur pilotis, comme un cochon qui pourrit dans l'épaisseur de l'herbe.

La ville était, comme Tacoma, bâtie sur une hauteur.

Au cœur des quartiers d'affaires montait une horrible fumée noire, comme si une Main était descendue et avait fait place nette.

Je sais maintenant ce que c'est que d'être effacé de ce monde.

La tache noire me paraissait avoir un mille de long. Sa noirceur était accentuée par des tentes dans lesquelles les habitants faisaient des affaires avec ce qu'ils avaient pu sauver de leurs marchandises.

On entendait des cris, auxquels répondaient d'autres cris, du steamer au débarcadère provisoire, qui était chargé de bardeaux pour toitures. de sièges, de malles, de caisses de provisions, de tous les objets en bouts de planche et ficelle qui servent à bâtir une ville de l'Ouest.

Et voici quelques spécimens de ces cris.

— Oh! Georges. Qu'est-ce qui vous reste de mieux ?

— Rien du tout. Sauvé le vieux coffre-fort. La maison est brûlée, tous les registres perdus.

— Rien sauvé ?

— Un baril de biscuits et le chapeau de ma femme. Ça fera un fond de magasin pour commencer.

— Farceur, va! Où est l'Emporium? Je vais y faire un tour.

— Au coin de ce qui était autrefois la cinquième et la Grande Rue, une petite tente brune tout près du poste de Milice. Oui, nous sommes sous la loi martiale, et tous les débits de boissons sont fermés.

— Cela vaut mieux pour vous, Georges. Il y a des gens qu'un incendie rend fous et la boisson les rend encore plus fous.

— Je compte bien que le fils condamné par le Créateur, le fils de chienne, qui a perdu tout son mobilier dans un incendie, va se mettre de la glace sur la tête et se présenter au Congrès, n'est-ce pas ? Comment voudriez-vous que nous fassions?

Le consolateur de Job, qui était sur le steamer, rentra en lui-même Le « O Georges! » disparut dans un bar pour y boire.

POST-SCRIPTUM.

Parmi bien des curiosités, j'en ai déterré une.

C'était une figure vue sur le steamer, une figure surgissant au-dessus d'une barbe en pointe de couleur de paille, une figure aux lèvres minces, aux yeux éloquents.

Nous causâmes et je connus bientôt les idées de la Figure.

Bien qu'il eût passé neuf mois dans les solitudes de l'Alaska et de la Colombie anglaise, ce n'en était pas moins une autorité sur le droit canon de l'Eglise d'Angleterre, un zélé et amer partisan de la suprématie de ladite Eglise.

Pendant que le steamer avançait d'une allure lourde à travers le reflet des étoiles, il jeta à mes oreilles stupéfaites le cri de guerre de l'Eglise Militante sur terre et donna comme exemple d'injustice criante ce fait que dans les prisons de la Colombie anglaise, l'aumônier protestant n'appartenait pas toujours à l'Eglise.

La Figure ne tenait par aucun lien officiel à l'auguste corps et, vu son genre d'existence, n'assistait que rarement à l'office.

— Mais, dit-il fièrement, je suis porté à croire que je désobéirais directement aux ordres de mon Eglise, si j'entrais dans d'autres lieux de culte que ceux qui sont prescrits. Une fois, j'ai passé trois mois dans une localité où il n'y avait qu'une chapelle méthodiste wesleyenne et je n'y ai jamais mis les pieds, monsieur. Pas une seule fois. C'eût été de l'hérésie, de la véritable hérésie.

Et comme je m'appuyais sur la balustrade, je

crus voir dans l'eau toutes les petites étoiles se-
couées par une austère gaîté.

Mais, après tout, ce n'était peut-être que les ondulations produites par le steamer.

VIII

Mais qui pourra jamais décrire les
mœurs des gens du commun, les
nuits et les jours passés en compagnie des rudes chevriers parmi les
neiges, et parmi des voyageurs venant on ne sait d'où ?

Aujourd'hui je connais les sensations qu'é-
prouve un déserteur.

Ici, à Victoria, à cent cinquante milles de
l'Amérique, la poste m'apporte des nouvelles de
notre home, du pays des regrets.

Je me donnais du bon temps au bord d'un
cours d'eau à truites, et je me sens porté à m'ex-
cuser de chaque bienfaisante gorgée d'air que j'ai
puisée dans l'atmosphère claire comme le diamant.

La maladie, me disait-on, est grave chez vous.
Depuis Rewari jusque dans le Sud, de braves
gens meurent.

La poste m'apporte les noms de deux hommes vigoureux qui sont morts, deux hommes avec lesquels j'avais dîné et plaisanté, il n'y a que bien peu de temps, et il semble injuste que je sois ici, séparé de l'équipe des forçats et du peloton d'exercice de notre vie monotone.

Après tout, aucune existence n'est comparable à celle que nous menons là-bas.

Les Américains sont Américains, et il y en a des millions ; les Anglais sont des Anglais, mais nous autres gens de l'Inde, nous sommes, nous, dans le monde entier, et nous connaissons entre nous les mystères de nos existences, et nous pleurons la perte d'un frère.

Comment puis-je rester tranquillement à vous écrire la simple joie de vivre ?

Ces nouvelles ont tué pour moi le plaisir de la journée et j'ai honte de moi-même.

Voici, dans un panier, soixante-dix truites d'eau courante, tout fraîchement tirées des sources chaudes de Harrison, et elles ne me consolent point.

Elles sont comme les pommes volées qui accusent sans rémission la faute du polisson qui fait l'école buissonnière.

Je voudrais les vendre toutes, ainsi que ma part dans les bois, dans l'air, dans le plaisir de rencontrer des figures nouvelles et originales, rien que pour reprendre le harnais harassant d'autrefois, pour retourner dans la chaleur et la poussière, aux réunions du soir dans les pelouses à tennis inondées, aux dîners d'une monotonie sépulcrale au Club, lorsque la dernière des femmes a été mise en wagon pour les Montagnes, et que les quatre ou cinq hommes survivants interrogent le docteur sur les symptômes de la petite vérole à sa période d'incubation.

Je souffrirais dans mon corps, mais j'aurais la paix intérieure.

O mon public excellent, accablé pour le travail, hommes de la Confrérie, griffons récemment arrivés de la relève de février, — et gentlemen qui attendez le règlement de votre compte de départ, ayez bien soin de vous, et gardez-vous en santé.

C'est si pénible quand quelqu'un meurt.

Nous sommes si peu nombreux, et nous nous connaissons les uns les autres si intimement !

* *

Il y a trois ans, Vancouver fut détruit par le feu en seize minutes, et il n'en resta debout qu'une maison.

Aujourd'hui la ville a une population de quatorze mille âmes et est formée de maisons en briques aux façades de granit taillé.

Mais Vancouver est dans une grande torpeur comparativement à une ville américaine.

Ces hommes n'y arpentent pas les rues en contant des mensonges.

On ne connaît pas les crachoirs dans les hôtels d'un confortable exquis.

Les bains sont accessibles et leurs portes ne sont pas fermées à clé.

Vous n'êtes pas forcé de déterrer le secrétaire de l'hôtel quand vous voulez prendre un bain, ce qui prouve évidemment l'infériorité de Vancouver.

Un Américain m'invita à remarquer l'absence de remue-ménage et fut alarmé de m'entendre en rendre grâce à Dieu à haute et intelligible voix.

— Parlez-moi du granit, granit taillé et tranquillité, fis-je, et gardez pour vous vos planches et votre vacarme.

Le terminus du Pacifique canadien n'est pas encore très somptueux, mais vous pouvez en sortir par la portière du train pour entrer dans le paquebot qui vous transportera de Vancouver à Yokohama en quinze jours.

La *Parthie*, d'environ cinq mille tonnes, était dans sa cale, à mon arrivée, et la vue de l'ex-Cunard dans ce qui avait l'air d'un petit lac était curieuse.

En dehors de cer   s courants dont on ne parle guère, mais qui rendent l'entrée assez difficile pour les navires à voiles, Vancouver possède un port presque parfait.

La ville est bâtie autour et aux abords du port, et toute jeune qu'elle est, ses rues sont supérieures à celle de l'Amérique occidentale.

De plus, c'est le vieux drapeau qui flotte sur plusieurs des édifices, et cela vous réconforte l'âme.

La localité est pleine d'Anglais qui parlent l'Anglais correctement, évitent de blasphémer plus

qu'il n'est nécessaire et espacent raisonnable-
ment les verres qu'ils vont prendre au dehors.

Ces avantages, et d'autres dont j'ai entendu parler, par exemple la construction d'ateliers perfec-
tionnés, etc., par le chemin de fer Canadien du
Pacifique dans un avenir prochain, m'inspirèrent
l'envie de devenir propriétaire.

Celui qui me fit la vente était un charmant
jeune Anglais qui, ayant essayé de l'armée et
ayant échoué, avait fini, après maints détours,
par devenir marchand de biens et réussissait à
merveille.

Je n'aurais pu faire l'achat à un Américain.

Il aurait exagéré les mérites de ce qu'il vendait
et m'aurait voulu prouver que j'étais possesseur
de l'Eden primitif..

Tout ce que dit le jeune homme, ce fut :

— Je vous donne ma parole que ce n'est pas
sur une falaise ou sous l'eau, et avant qu'il soit
longtemps, la ville s'étendra dans cette direction.
Je vous engage à le prendre.

Et je le pris, aussi aisément qu'on achète du
tabac.

Me voici propriétaire d'environ quatre cents
puits bien développés, de quelques milliers de
tonnes de granit disséminées en blocs au pied des
pins, avec une pincée de terre.

Voilà ce qu'est un lot de terrain urbain à Vancouver.

Vous, ou votre agent, vous le gardez jusqu'à
ce que le prix du terrain augmente. Vous le ven-

dez pour acheter encore du terrain en dehors de la ville et vous recommencez l'opération.

Je ne vois pas en quoi cela contribue à l'accroissement d'une ville, mais le jeune Anglais dit que « c'est l'essence de la spéculation ». Donc, il doit en être ainsi.

Mais je voudrais qu'il y eut moins de pins et aussi moins de granit sur mon terrain.

Mû par la curiosité et l'envie de prendre de la truite, je remontai par le Pacifique Canadien jusqu'à soixante milles, dans un des cars qui traversent le Continent.

Ils sont plus propres et mieux aérés que les Pullman.

Quand on poursuit le trajet à travers tout le Canada, on est exposé à être désillusionné, non pas au point de vue du paysage, mais du développement du pays.

Ainsi me le dit une fournée de politiciens Anglais en tournée.

Ils allèrent même jusqu'à prétendre que le Canada oriental était un four, une entreprise sans profit. Le pays ne se remuait pas, à en croire leurs plaintes, et des comtés entiers, — ils disent : des provinces, — subissaient l'influence des prêtres catholiques romains, qui veillaient à ce que les bonnes gens ne succombassent pas, au détriment de leurs âmes, sous le poids des bonnes choses de ce monde.

Ce qui m'intéressait, c'était la ligne, le chemin de fer véritable, complet, qui un jour ou l'autre amènera de véritables combattants, des soldats pour tout de bon dans l'Orient, quand nous aurons, pour un temps, perdu la haute main sur le Canal de Suez.

Tout ce qui manque à Vancouver, c'est une grosse forteresse en terre sur une hauteur, — il y a le choix entre des quantités de hauteurs, — un assortiment de gros canons, un couple de régiments d'infanterie, et plus tard un gros arsenal.

La conscience nette, que l'Amérique possède de sa valeur, l'amènerait à croire que ces dispositions sont prises à son profit, mais on pourrait lui faire voir clair.

Il n'est pas à propos de laisser sans protection la tête de ligne d'un grand chemin de fer, car, bien que Victoria et Esquimalt, nos stations navales de l'île de Vancouver, soient fort proches, il en est de même d'un endroit nommé Vladivostok, et quoique les détroits de Vancouver soient étroits, ils sont assez larges pour un vaisseau de première ligne.

L'habitant, — je n'ai guère causé qu'avec deux cents personnes, — n'entend rien à ce qui regarde la Russie et les dispositions militaires. Il s'efforce de s'ouvrir un débouché au Japon pour les bois de charpente. Il cultive les fruits, le froment et a quelques minerais.

Tous sans exception déclarent que nous ne connaissons pas encore les ressources de la Colombie anglaise et tous me firent avec joie remarquer le climat qui était sensiblement chaud.

— Nous n'avons jamais de froid mortel ici : c'est le climat le plus parfait du monde.

Alors cela fait trois climats parfaits, car je les ai goûtés : la Californie, le territoire de Washington et la Colombie anglaise.

Je ne saurais dire lequel est le plus charmant.

Lorsque je partis par le steamer et franchis le Détroit pour me rendre à notre station navale, à Victoria, dans l'Ile de Vancouver, je trouvai dans cette paisible ville anglaise aux belles rues une véritable colonie de vieilles gens qui ne faisaient autre chose que causer, pêcher et flâner au Club.

Cela signifie que les retraités s'établissent à Victoria. Avec un millier de livres de pension, on serait millionnaire dans ce pays, et avec quatre cents on pourrait vivre largement.

Ce fut à Victoria qu'on me donna des détails sur l'incendie de Vancouver.

On me dit comment les habitants de New-Westminster, à douze milles de Vancouver, aperçurent une clarté dans le ciel à six heures du soir, mais ils crurent à un incendie de forêt.

Plus tard, des bouts de papiers brûlés voltigèrent dans les rues.

Alors on devina qu'un malheur était arrivé.

Une heure plus tard, un homme arrivait à cheval, en criant que Vancouver n'existait plus.

Tout avait été nettoyé par la flamme en seize minutes.

Deux heures plus tard, le maire de New-Westminster faisait voter neuf mille dollars de secours

par le Conseil municipal et des chariots de secours
chargés de provisions et de couvertures roulaient
vers l'endroit où s'était élevé Vancouver.

On supposait que quatorze personnes avaient
péri dans les flammes, mais aujourd'hui encore,
quand les ouvriers creusent les fondations nouvelles, ils déterrent des squelettes carbonisés, et
bien plus de quatorze.

— Cette nuit-là, dit le narrateur, tout Vancouver fut sans abri. La ville de bois avait disparu
en un souffle. Le lendemain, on se mit à bâtir
en briques, et vous avez vu ce qu'on a accompli.

La vue, dans le lointain, des trois vaisseaux anglais de première ligne et d'un torpilleur me con-
sola comme je revenais de Victoria à Tacoma et
je découvris en route que j'étais rassasié de pittoresque.

Il y a bien du vrai dans la remarque d'un voyageur mécontent : « Quand vous avez vu une belle
forêt, un précipice, un fleuve et un lac, vous avez
vu tout le paysage de l'Amérique occidentale.
Parfois le pin a trois cents pieds de haut. Parfois
le roc atteint cette hauteur. Le lac a cent milles de
long. Mais c'est toujours la même chose. Je commence à en avoir assez. »

Je n'oserais dire que j'en suis écœuré, je suis
seulement fatigué.

Si la Providence pouvait répartir toutes ces
beautés en petits morceaux dans les endroits où
on les désire, — chez vous, dans l'Inde, — ce serait bien. Mais *en masse*, cela vous accable, et il

8.

n'y a que le capitaine d'un steamer de rivière pour contempler cela en. chiquant.

On m'a dit que si j'allais dans l'Alaska, je verrais des îles encore plus boisées, des pics neigeux plus sublimes, des rivières plus charmantes que celles que j'avais près de moi.

Cela me décida à ne point aller dans l'Alaska.

Je me dirigeai vers l'Est, vers le Montana, après avoir passé une autre horrible nuit à Tacoma, parmi les hommes qui crachaient.

Pourquoi l'homme de l'Ouest crache-t-il ? Cela ne saurait l'amuser, et cela est désagréable pour son voisin.

Mais je commence à me méfier.

On suppose que les bonnes choses, aussi bien les mauvaises, viennent de l'Orient.

Voit-on ici les citoyens d'importance se fourrer dans des mic-macs et faire le coup de feu?

Oh ! vous ne trouverez rien d'analogue dans l'Orient.

Y a-t-il un lynchage plus révoltant que de coutume ?

On ne pratique rien de pareil en Orient.

Quand je serai là-bas, je saurai au juste si cette perfection surnaturelle est réelle.

Donc ce fut vers l'Orient, dans la direction de Montana que je pris ma course, pour le Parc National de Yellowstone, appelé dans les Guides, le « Pays des Merveilles. »

Mais le véritable Pays des Merveilles commença dans le train.

Nous étions une bande joyeuse.

Un gentleman annonça son intention de ne point payer le prix du voyage et saisit à la gorge le conducteur, qui le prit par le fond du pantalon et le lança proprement à travers une fenêtre à la vitre de double épaisseur.

Il eut la tête entaillée à quatre ou cinq endroits.

Un docteur, qui se trouvait dans le train, fit une suture rapide de la coupure la plus large et l'homme fut déposé à la gare la plus proche, le sang ruisselant dans tous ses cheveux, lui rougissant la figure, le rendant horrible à voir.

Le conducteur opina que l'homme mourrait et ajouta gratis ce renseignement qu'on ne gagnait rien à vouloir frauder la Ligne du Pacifique du Nord.

La nuit tombait quand nous quittâmes la forêt et parcourûmes des champs sans fin de sauge en buisson.

La désolation de Montgomery, le désert de Sindh, le désert de Bikaneer, tout semé de hamacs, sont un coup d'œil joyeux de vrai foyer domestique comparativement à cette tristesse de la sauge étriquée.

Elle est bleue, rabougrie, poussiéreuse.

Elle enveloppe les ondulations des collines, ainsi qu'un voile de moisissure enveloppe le corps d'un homme mort depuis longtemps.

Elle vous fait pleurer dans une sensation d'abandon et on n'en sort pas.

Lorsque Childe Roland se rendit à la Tour Noire, ce fut à travers la sauge en buisson.

Pourtant il y a quelque chose de pire que la sauge toute pure : c'est une cité de la Prairie.

Nous fîmes halte à Pasco Junction, et un homme me dit que c'était la Ville Reine de la Prairie.

Je voudrais que les Américains ne disent pas d'aussi inutiles mensonges.

Je comptai quatorze ou quinze maisons en bois et une portion de route qui avait l'air d'une ecchymose à la surface vierge de la sauge bleue, qui s'allongeait vers le soleil couchant.

Le marin dort séparé de la mort par une planche d'un demi pouce.

Il est chez lui au prix de la poignée de gens qui se couchent en rond la nuit sans autre abri qu'une fragile cloison, presque aussi mince qu'une couverture, pour les séparer de l'incommensurable solitude de la sauge.

Quand le train s'arrêtait sur la route, comme il le fit une ou deux fois, le silence massif de la sauge montait vers nous.

On eût dit un cauchemar, et ce n'était pas le moins du monde un soulagement que d'avoir à dormir dans un wagon d'émigrants, les wagons-lits proprement dits étant pleins.

Il y eut du tapage dans notre wagon le matin, un homme ayant trouvé le moyen de s'enivrer d'une ivresse pleurarde pendant la nuit.

Un Cornouaillais se leva, la figure tout allumée de stratégie. Il ligota le tapageur, tout en souriant largement, et une petite femme délicate contempla, d'une couchette lointaine, la lutte et qualifia l'ivrogne de « maudit cochon », et certes il l'était vraiment, bien qu'elle n'eût pas besoin de le dire en termes aussi grossiers.

Les voitures d'émigrants sont propres, mais l'installation est aussi dure qu'un lit de camp.

Plus tard, nous nous étendîmes de tout notre long quand on franchit les Montagnes Rocheuses.

Un train américain est capable, s'il le faut, de grimper le long des flancs d'une maison, mais il n'y a rien d'agréable à s'y trouver en pareil cas.

Nous grimpâmes jusqu'à ce que nous fussions parvenus à une région de froid glacial et à une réserve indienne.

Un sauvage de noble allure vint nous regarder.

C'était un Indien Tête-Plate, d'aspect peu engageant.

La plupart des Américains sont d'une charmante franchise à l'égard de l'Indien.

— Débarrassons-nous de lui le plus vite possible, disent-ils. Nous ne saurions que faire de lui.

Certaines gens que j'ai rencontrés se sont mis en tête que dans l'Inde nous exterminons les indigènes de la même façon, et on m'a demandé de préciser la date où l'Aryen aurait totalement disparu.

Je réponds à cette question que c'est une affaire qui prendra beaucoup de temps.

Un très grand nombre d'Américains ont la fort choquante habitude de désigner les indigènes par le mot « païens ». Mahométans et Hindous sont également païens à leurs yeux, et ils varient cette épithète par celles d' « infidèles, d'idolâtres. »

Mais je m'écarte de mon sujet, qui est le Tunnel Stampède, l'endroit où nous nous trouvons en ce moment pour faire la traversée des Montagnes Rocheuses.

Grâce au ciel, je ne reprendrai jamais ce tunnel.

Il a environ deux milles de long et ne consiste en réalité qu'en une galerie de mine revêtue de charpente et éclairée à la lumière électrique.

La noirceur des ténèbres serait préférable, car les lampes ne font que montrer les rudes entailles de la roche, et elles sont bien rudes en effet.

Le train rampe à l'intérieur, les freins jouent à la descente, et vous pouvez entendre l'eau et de petites pierres tomber sur le toit du wagon.

Alors on prie, on prie avec grande ferveur, et l'air devient de plus en plus calme, et on n'ose pas éloigner ses yeux qui se fixent malgré soi, de peur qu'un étai ne vienne à manquer, faute d'être moralement soutenu par l'attention du voyageur.

Avant la construction du tunnel, on faisait le trajet en plein air par une voie en lacets.

Un inspecteur parcourt le tunnel après le passage de chaque train, mais sa présence est une piètre protection. Il estime tout simplement qu'un autre train passera et le mécanicien est du même avis.

Un jour, entre leur passage à tous deux, il se produira un effondrement dans le tunnel.

Alors l'aventureux reporter vous décrira les cris et les plaintes des gens ensevelis, et les efforts héroïques de la Presse pour avoir les premières nouvelles, et... ce sera tout.

Ici on fait si peu de cas de la vie humaine !

J'écoutai des histoires dans le compartiment des fumeurs du Pullman, pendant tout le trajet jusqu'à Héléna, et à peu d'exceptions près, toutes avaient pour point culminant l'assassinat violent, brutal, scélérat, l'assassinat accompli avec la perfidie et la ruse du sauvage, assassinat que la loi laissait impuni, ou qui était puni seulement par une nouvelle explosion de violence.

A la fin de chaque récit, on m'assurait que le temps d'autrefois était passé, et que ces anecdotes avaient cinq ans de date.

Un homme se distingua tout particulièrement en offrant à notre admiration les exploits de quelques cowboys de sa connaissance et leur habileté à manier le revolver.

Chacun de ces récits d'horreur se terminait par ces mots : « Voilà quels étaient ces hommes-là » comme on eût dit : « Faites-en autant. »

Remarquez que coups de feu, coups de couteau, coups de poignard, n'étaient point le résultat d'un état de guerre légitime.

Les héros n'avaient point à défendre leur vie.

Bien loin de là.

Les querelles étaient engendrées par un excès de boisson auquel ils avaient assisté.

Dans des débits, dans des tripots, ils avaient

l'habitude « de tirer leurs canons » sur un homme, et dans la vaste majorité des cas, sans provocation.

Ces récits m'écœurèrent, mais ils m'apprirent une chose.

Un homme, qui porte un pistolet, peut être regardé comme un lâche, comme un personnage à exclure de toute table d'hôte, de tout club qui se respecte, de toute réunion de gens civilisés.

Cette arme n'a rien de chevaleresque, rien de romanesque, malgré tout ce que les auteurs américains ont trouvé bon d'écrire.

Je voudrais pouvoir vous faire comprendre la dose de mépris que m'ont inspiré certains aspects de la vie de l'Ouest.

Essayons d'une comparaison.

Il arrive parfois qu'un jeune homme, un très jeune homme, dont l'habit noir a tout son lustre, se présente avec une légère animation à un dîner de gens plus âgés que lui.

Les dames parties, il se met à parler.

Il parle, vous m'entendez bien, comme « un homme du monde » en personnage qui a vu bien des choses, qui fait autorité en toutes les choses humaines et divines.

Les anciens approuvent de leur tête chenue ses assertions les plus désordonnées.

Quelqu'un cherche à détourner la conversation quand le gamin a mis les pieds dans le plat avec ce qu'il prenait pour de l'esprit.

Un autre éloigne dextrement carafons et bouteilles hors de sa portée, pendant qu'on circule autour de la table.

Vous connaissez la sensation de malaise, — pitié mêlée d'antipathie, — qu'inspire le jeune homme qui s'exhibe ainsi.

C'est cette même sensation que j'éprouvai lorsqu'un homme âgé, qui aurait dû savoir mieux se conduire, fit de temps à autre appel à notre admiration à l'égard de ses sentiments dignes de pitié.

Il avait dans l'esprit qu'il était juste d'insulter, d'estropier, de tuer, juste d'échapper à la loi quand elle était forte, de la fouler aux pieds quand elle était faible, juste de frauder en politique, de mentir dans des affaires d'Etat, de commettre des parjures dans des questions d'administration municipale.

Le vagon était plein de jeunes enfants qui ne s'inquiétaient nullement de leurs parents, capricieux, fantasques, gâtés à un point que je n'ai jamais vu dans l'Inde anglaise.

Avec le temps, ils deviendront des hommes comme ceux qui étaient assis dans le compartiment des fumeurs, et qui n'avaient aucun respect pour la loi, des gens qui rédigeaient des journaux en faveur du parti qui brave toutes les lois sans exception.

Mais cela n'a pas d'importance à ce que dit M. Toots.

Pendant que nous descendions des montagnes rocheuses, nous fîmes un assez long trajet sur un tablier dont les chevalets n'avaient que deux cent quatre-vingt-six pieds de haut.

Ils étaient en fer, mais deux ans auparavant le train passait sur un échafaudage en bois, qui continua longtemps à servir après avoir été condamné par les ingénieurs civils.

Un jour le tablier de fer disparaîtra, tout comme le tunnel du Stampede, et les résultats seront encore plus effarants.

A une heure avancée de la nuit, nous écrasâmes une mouffette, nous passâmes dessus dans l'obscurité.

Tout ce qu'on a dit des mouffettes est vrai. C'est une puanteur qui inspire le respect.

VIII

Livingstone est une ville de deux mille habitants et le point de fonction de la petite ligne secondaire qui vous conduit au Parc National de Yellowstone.

Elle est située dans un pli de la prairie.

Derrière elle se trouve la rivière de la Yellowstone et la porte des montagnes par où sort la rivière.

Il n'y a dans la ville qu'une rue, où le poney du cowboy et le nourrisson de la jument poulinière, attelés au buggy, se reposent avec satisfaction sous un soleil aveuglant, pendant que le cowboy se fait raser dans l'une des deux boutiques de coiffeur et débite des mensonges devant le bar.

Je visitai la ville entière, y compris les deux cabarets en dix minutes, et en sortis pour m'étendre sur les dunes couvertes d'herbe ondulante et m'y reposer.

Juste au bas de la colline sur laquelle je me
trouvais, passa une bande de chevaux conduite
par deux hommes montés.

C'était un spectacle que je n'oublierai pas de sitôt.

Un léger nuage de poussière montait de l'herbe
foulée sous les sabots, cachant à peine la diable-
rie déchaînée de trois cents chevaux qu'on aurait
préféré arrêter pour les faire paître.

« You! You! You! » jappaient en chœur, comme
des coyotes, les cavaliers.

La colonne avançait au trot, se divisait à la rencontre d'un monticule, et s'étalait en éventail
dans les faubourgs de Livingstone.

J'entendis le bruit sec d'un fouet à long manche, une demi-douzaine de « you! you! ». La troupe
s'était reformée, et à force de hennissements, de
plaintes, de cris, et après de nombreuses ruades
des plus jeunes animaux, elle roula comme un
torrent d'eau brune vers les hautes terres.

J'étais à moins de vingt pieds du conducteur,
— un étalon gris, seigneur de nombreuses juments reproductrices, toutes fort préoccupées du
bien-être de leurs pétulants poulains.

Un animal à la robe crème, que je reconnus
aussitôt comme la mauvaise tête de la troupe,
partit en arrière, emmenant quelques jeunes bêtes
frivoles.

J'entendis le claquement du fouet quelque part
dans la poussière, et les poulains revinrent au
trot, très mortifiés, très indignés.

Sur les talons du dernier couraient les deux gardiens, bandits pittoresques, qui voulurent savoir « ce que, diable d'enfer! je faisais là », agitèrent leurs chapeaux, et descendirent à toute vitesse la pente, derrière leurs pupilles.

Quand le bruit de la troupe se fut éteint, il se fit dans toute la prairie un merveilleux silence, ce silence qui, dit-on, entre dans l'âme du chasseur et du trappeur d'autrefois et fait d'eux des êtres à part dans leur race.

La ville disparut dans l'obscurité, et une toute jeune lune se montra derrière un pic à tête chauve, tacheté de neige.

Puis la Yellowstone, cachée par les saules, éleva sa voix et chanta une chansonnette aux montagnes, et un vieux cheval, qui s'était faufilé dans les ténèbres, souffla sur mon cou comme pour m'interroger.

Lorsque je fus de retour à l'hôtel, je trouvai toutes sortes de préparatifs en train pour le 4 juillet, et un homme ivre qui, une carabine Winschester sur l'épaule, faisait la patrouille sur le trottoir.

Je ne crois pas qu'il cherchât quelqu'un.

Il portait le fusil comme les autres hommes portent des cannes.

Je n'en évitai pas moins la ligne de feu, et écoutai les blasphèmes des mineurs et des éleveurs jusqu'à une heure avancée de la nuit.

Dans tous les bars il y avait un numéro du journal local, et chacun de ces numéros démontrait

aux habitants de Livingstone qu'ils étaient citoyens de la ville la meilleure, la plus belle, la
plus brave, la plus en progrès qu'il y eût dans la
nation la plus en progrès sous le ciel.

C'était exactement ainsi que les journaux de
Tacoma et de Portland avaient flagorné leurs lecteurs.

Et pourtant mes yeux ne pouvaient voir autre
chose qu'un méchant petit hameau pleins de gens
sans cols propres, et parfaitement incapables d'aller jusqu'au bout d'une phrase sans l'orner de
trois jurons.

On élève des chevaux et on extrait du minerai
autour de Livingstone et aux environs, mais on
se comporte comme si on produisait des chérubins
aux ailes diamantées.

A partir de Livingstone, le train pour le Parc
National longe la Yellowstone, franchit avec elle
la porte des montagnes, et traverse une contrée
aride et volcanique.

Dans un des wagons, un étranger me vit jeter
les yeux sur l'idéal cours d'eau à truites, au-dessous des fenêtres, et murmura doucement :

— Couchez chez Yankee Jim, si vous voulez
faire une bonne pêche.

Le train s'arrêta à l'entrée d'une étroite vallée,
et je sautai littéralement dans les bras de Yankee
Jim, unique possesseur d'une hutte en troncs d'arbres, d'une étendue indéfinie de prairie à foin, et
constructeur d'une route charretière de vingt
milles sur laquelle il levait péage.

La hutte était là, la rivière à cinquante yards de distance et la ligne au poli métallique des eaux disparaissait au détour d'un rocher.

Ce fut tout.

Le chemin de fer complétait la physionomie déjà absolument solitaire de l'endroit.

Yankee Jim était un pittoresque vieillard, qui avait pour conter des *couleurs* un talent qu'Ananie aurait envié.

Il me parut, dans mon ignorance présomptueuse que j'aurais pu faire bonne figure, à côté de l'homme de l'ancien temps, si j'avais orné judicieusement quelques-unes des histoires récoltées au cours de mes voyages.

Yankee Jim vit clair au travers de tous mes contes et en fit, séance tenante, cinquante qui valaient mieux.

Il avait pour spécialité les ours et les Indiens, jamais moins de vingt des uns et des autres. Il connaissait la région de la Yellowstone depuis des années et portait sur le corps les marques de flèches indiennes.

Il avait vu de ses propres yeux une squaw des Indiens Corbeaux, attachée à un poteau et brûlée vive. Il disait qu'elle criait très fort.

Sur un point il dit la vérité, en ce qui regardait le mérite de cette section particulière de la Yellowstone.

Il dit que la truite y fourmillait.

C'était vrai.

J'en pris depuis midi jusqu'au crépuscule. Le

poisson mordait à l'appât brun, comme si jamais une grosse mouche à truite n'était tombée sur cette eau.

Je longeai des bords cailouteux, frissonnant dans la buée de chaleur, où le pied se prenait à des tronçons d'arbres équarris par la dent en ciseau du castor.

Je suivis le rideau de l'aulne, tout couvert d'insectes à truite en train de pondre, tout fourmillant de crapauds et de serpents d'eau.

Je passai par-dessus les troncs jetés à la rive, sous l'ombre agréable de gros arbres qui obscurcissaient les creux hantés par les plus gros poissons, et je travaillai pendant sept heures.

Des deux côtés de la vallée, les flancs des montagnes renvoyaient la chaleur, comme le fait le désert, et le sable sec, près de la voie du chemin de fer, où je découvris un serpent à sonnettes, brûlait la main comme un fer rouge.

Mais la truite ne se souciait guère de la chaleur.

Elle fendait l'eau bouillante pour venir prendre ma mouche. Elle l'attrapait.

Je n'oserai jamais dire le compte de ce qui entra dans mon sac.

A la quarantième truite, je cessai de compter, et j'avais pris la quarantième au bout de moins de deux heures.

C'était du petit poisson : pas une pièce ne dépassait deux livres, — mais elles se battaient comme de petits tigres, et je perdis trois mouches avant d'avoir compris comment elles faisaient pour s'échapper.

O Dieux! voilà ce que j'appelle pêcher, bien que la peau de mon nez s'en allât par bandes.

Le crépuscule venu, Yankee Jim m'emmena, malgré mes protestations, pour souper dans sa hutte.

Le poisson m'avait préparé à toute surprise.

Aussi, lorsque Yankee Jim me présenta à une jeune femme de vingt-cinq ans, avec des yeux aux cils aussi longs que ceux d'une gazelle, « au cou portant une petite tête dressée, comme une campanule au milieu de son lit, » je ne dis rien.

C'était bien en harmonie avec les incidents de la journée.

Elle avait été élevée en Californie, avait épousé un homme qui possédait une ferme d'élevage « là-haut, en amont de la rivière » et elle était avec son mari, installée dans la cabane de Jim.

Je sais qu'elle portait des pantoufles de feutre, et qu'elle ne portait pas de corset, mais je sais aussi qu'elle était belle, quelque idéal qu'on se fît de la beauté, et que la truite, qu'elle fit cuire, était digne du souper d'un roi.

Et, après le souper, des hommes étranges vinrent flâner, dans le vague et délicieux crépuscule, raconter les menues nouvelles de la journée, — comment une génisse s'était perdue de chez Nicholson, comment la veuve, à la Fourche de Grant, refusait absolument de vendre un lopin de terre à foin, « bien qu'elle et ses grands frères

9.

ne soient pas en état maintenaut de faire valoir
plus de la moitié de leur domaine. Elle est si dia-
blement fière! »

La Diane des Quatre Chemins les accueillit avec
des façons de reine.

Yankee Jim les invita à s'asseoir tout de suite
et à se mettre à l'aise.

Et alors Yankee Jim de filer ses mensonges les
plus choisis, sur les luttes d'autrefois avec les Indiens, et la bouteille de whisky de circuler aux
mains de la petite troupe.

Le mari de Diane reconnut qu'il s'entendait assez bien à la manœuvre du lazzo, mais qu'il avait
vu des gens prendre un taureau par tel pied ou
tel corne qu'on leur indiquait d'avance.

Puis Diane soulagea son âme sur le compte de
ses voisins.

La maison la plus proche était à trois milles de
là, mais « les femmes ne sont point gentilles,
point des voisines agréables. Elles parlent comme
ça! Elles n'ont appris à rien faire convenablement. Si une femme va danser et qu'elle s'amuse,
elles tiennent des propos et si elle porte une robe
de soie, elles veulent absolument savoir comment
des gens de rancho, — les gens qui exploitent un
rancho — peuvent se procurer de pareilles choses. Elles font des méchancetés dans tout le pays
d'ici, depuis Gardiner City jusqu'à Livingstone.
La plupart d'entre elles sont nées dans le Montana. Elles n'ont été nulle part. Ah! comme elles
causent! »

— Voyait-on des choses pareilles? demanda Diane, dans ce grand monde du dehors, ce monde d'où je suis venu?

— Oui, dis-je, les choses se passent à peu près de la même façon dans l'univers entier.

Et je me rappelai une lointaine station de l'Inde, où une toilette nouvelle, le fait de s'amuser à un bal faisaient naître des caquets dans une langue plus correcte peut-être, mais non moins venimeuse que les potins des gens nés dans le Montana et vivant dans les ranchos de la Yellowstone.

Le lendemain matin, je me remis à pêcher, et j'écoutai Diane raconter l'histoire de sa vie.

J'ai oublié ce qu'elle me dit, mais je me rappelle fort bien qu'elle avait des yeux de reine, une bouche qui eût fait envie à la fille d'une lignée de cent comtes, tant elle était petite et de dessin délicat.

— Et vous reviendrez nous voir, me dirent ces gens à l'âme simple, vous reviendrez, et nous vous montrerons la façon de prendre de la truite de six livres, à l'entrée du cañon.

.˙.

Aujourd'hui me voici dans le Parc de la Yellowstone, et je voudrais être mort.

Le train s'arrêta à la gare de Cimsabar, et notre troupe hurlante fut transvasée dans des véhicules hétérogènes, qui devaient nous faire faire la

traite de huit milles pour la première curiosité du
Parc, — ce qu'on appelle les Sources thermales
du Mammouth.

— Que signifie cette foule empressée, anxieuse ?
demandai-je au cocher.

— Vous venez de rencontrer une des bandes
d'excursionnistes de Rayment, — voilà tout —
presque toute la troupe d'imbéciles condamnés
par le Créateur. Est-ce que vous n'êtes pas du nombre ?

— Non, dis-je. Puis-je m'asseoir près de vous,
grand Chef, homme à la langue dorée ? Je ne connais pas Maître Rayment. J'appartiens à T. Cook
et Fils.

L'autre personnage, à en juger par la qualité
des gens qu'il dirige, doit être le fils d'un cuisi-
nier de navire.

Il rassemble dans les Etats de la Nouvelle-Angleterre des masses de gens de l'Est et les lance
en excursion à travers le Continent et dans le Parc
de Yellowstone.

Une charretée de touristes continentaux de Cook
faisant de la gymnastique à travers Paris (je les
les ai vus) ferait l'effet d'anges de lumière, à côté
des excursionnistes de Rayment.

Ce n'est pas tant la vulgarité stupéfiante, la suf-
fisance et l'ignorance crasse, aussi dure que de
l'acier Bessemer chez les hommes, qui me ré-
volte, que l'étalage de ces mêmes qualités chez
les femmes.

Je vis un nouveau type dans les voitures, et

tous mes rêves d'un Eden meilleur, plus parfait, se dissipèrent.

— Est-ce que ces — hum! — ces gens-là sont quelqu'un dans leurs pays respectifs? demandai-je à un berger qui avait l'air de les garder.

— Mais certainement! Il y a parmi eux des citoyens très éminents, très représentatifs, de sept Etats de l'Union, et le plus grand nombre d'entre eux sont opulents. Oui, *monsieur*, représentatifs, éminents.

Nous passâmes à travers des hauteurs nues sur une route non empierrée, sous un soleil brûlant, et sous le feu d'apostrophes plaisantes des éminents citoyens qui se trouvaient à l'intérieur.

C'était le 4 juillet.

Les chevaux avaient des drapeaux américains à leurs têtières. Quelques femmes portaient à la ceinture des drapeaux et des mouchoirs de couleur et un jeune Allemand, assis avec moi sur le siège, gémissait sur la perte d'une boîte de pétards.

Il me conta qu'il avait été envoyé sur le Continent pour s'instruire et qu'il avait perdu ainsi son accent américain. Mais ce n'est pas l'instruction continentale qui écrit: « Juif allemand » sur toute la figure, sur le nez d'un homme.

Il était un enragé citoyen américain, d'une classe avec laquelle les relations sont des plus difficiles.

En règle générale, répandez-vous en éloges, sans compter, sans choisir.

Avec cela on obtient le plus souvent que les gens se tiennent tranquilles, mais certains, si vous n'arrivez pas à entretenir un flot continuel d'éloges, se mettent à diffamer leur pays d'origine, — les plus révoltants sont les Allemands et les Irlandais devenus plus Américains que les Américains.

Ce jeune Américain se mit à attaquer l'armée anglaise.

Il avait vu de ces troupes à une revue, et il avait plaint les hommes à bonnets à poil comme des « esclaves. »

Et, soit dit en passant, le citoyen professe à l'égard de sa propre armée un mépris que vous ne rencontrerez jamais dans les classes les plus illibérales en Angleterre.

Je reconnus que notre armée était très pauvre, qu'elle n'avait rien fait, qu'elle n'avait paru nulle part.

Cela l'exaspéra, car il espérait être contredit, et il foula aux pieds le Lion britannique tout entier.

Ne réussissant pas à m'émouvoir, il jura que je n'avais pas un patriotisme comparable au sien.

Je dis qu'en effet je ne l'avais pas, j'allai même jusqu'à dire que très peu d'Anglais en avaient, et quand on y réfléchit un peu, c'est parfaitement vrai.

Quand il en fut arrivé à prouver sans réplique qu'avant l'avènement du Prince de Galles, nous serions une république de bavards, nous suivions une route qui passait en surplomb au-dessus d'une rivière, et l'intérêt que m'inspirait la « politique »

se perdit dans l'admiration que me causait l'habileté du cocher, en lançant ses quatre gros chevaux sur cette route immense.

Il n'y avait pas assez de place pour un accident
quelconque, qu'une bête bronchât ou déviât, et
nous faisions une chute de soixante pieds dans le
lit grondant du Gardiner.

Quelques-unes des personnes de la voiture remarquèrent que le passage était « élégant. »

En conséquence, dussè-je même risquer ma vie,
je me pris à désirer vivement un accident et le
massacre de quelques-uns des citoyens les plus
proéminents.

Que peut-il y avoir d'« élégant » dans un escarpement de mille pieds de roc couleur de miel, dé-
coupé en pics, en créneaux, le pic le plus élevé
couronné d'un audacieux nid d'aigle, où l'aiglon
avance la tête pour regarder dans l'abîme et réclame à grands cris sa pâture.

Voilà ce que rien au monde n'eut pu me faire
comprendre.

Mais ces gens parlent une langue étrange.

En route, nous croisâmes d'autres voitures pleines d'excursionnistes qui avaient *fait* leurs cinq
jours convenus dans le Parc. Ils nous saluèrent
de bienveillants aboiements avant de disparaître
dans des nuages de poussière rouge.

A notre arrivée à l'Hôtel des Sources thermales
du Mammouth, une énorme grange jaune, une enseigne nous apprit que l'altitude était de six mille
deux cents pieds.

Le Parc n'est pas autre chose qu'un affeux désert de trois mille milles' carrés, qu'une nature ardente a empli de ses caprices les plus imprévus.

Une compagnie propriétaire d'hôtel, avec le concours du secrétaire d'Etat de l'Intérieur, paraît y présider.

Il y a des hôtels à tous les endroits intéressants, avec guides, boutiques pour la vente des minéraux, et ainsi de suite, ainsi qu'on le voit dans les stations d'été en Suisse.

Les touristes, — puisse leur maître périr de male mort sous les coups d'une locomotive affolée, — se déversaient dans cet endroit en poussant de joyeux cris de guerre, et sans presque prendre la peine de laver leur poussière, se mirent à célébrer le 4 juillet.

Ils appelaient cela « des exercices patriotiques ».

Ils élurent pour président un clergyman de leur église, s'assirent sur le palier du premier étage et commencèrent les discours et la lecture de la Déclaration d'Indépendance.

Le clergyman se leva, leur dit qu'ils étaient le peuple le plus grand, le plus libre, le plus sublime, le plus chevaleresque, et le plus riche du monde entier, et tous répondirent amen.

Un autre clergyman affirma dans le style de la Déclaration que tous les hommes ont été créés égaux et qu'ils ont également droit à la Vie, à la Liberté, et à la Poursuite du Bonheur.

Je serais charmé de savoir si le sauvage et laineux Ouest reconnaît ce droit aussi largement que l'entendaient ceux qui l'ont proclamé.

Puis, le clergyman invita l'Univers à constater que parmi les touristes il y avait des représentants de Sept des États de la Nouvelle-Angleterre, ce qui me porta à plaindre sincèrement les États de la Nouvelle-Angleterre en leurs derniers jours.

Il exprima l'opinion que cette façon de courir en tous sens à travers le globe, sous les auspices de l'excellent Rayment, rendrait l'Amérique plus compacte, spécialement quand ceux de l'Ouest se rappelleraient les périls que ceux de l'Est avaient surmontés en chemin de fer et en bateau.

A des intervalles dûment fixés, la congrégation chanta : « *Mon pays, c'est pour toi...* » sur l'air du *God Save the Queen,* (et alors on ne se leva pas) et « *La bannière aux Étoiles et aux bandes* » (alors on se leva).

Ils achevèrent leur exercice par des poésies mirlitonesques de leur composition sur l'air de « *Le corps de John Brown* » qui soulignèrent d'une façon émouvante les périls auxquels il a été fait allusion.

De là on gagna les balcons, et on assista pendant plusieurs heures à l'explosion de pétards des plus faibles, partant l'un après l'autre.

Ce qui m'ébahit, ce fut le calme, avec lequel ces gens-là se groupèrent et se mirent à faire l'éloge de leurs nobles personnes, de leur pays, de leurs « Institutions » et de tout ce qui leur appartenait.

Le langage faisait à mes oreilles stupéfaites,

l'effet d'une réclame désordonnée, du gaz, du *buncombe*, d'une gifle, de tout ce qu'il vous plaira, en dehors des bornes du sens commun.

Un archange, vendant des terrains pour construire sur la Mer de Verre, aurait rougi jusqu'au bout de ses ailes, de décrire sa propriété en de pareils termes.

Puis, on se groupa autour du pasteur, on lui dit que son petit sermon était « des plus glorieux », réellement grand, sublime et ainsi de suite.

Sur quoi il leva la tête, comme il convient à un ecclésiastique.

A la fin, un homme que je ne connaissais pas du tout s'en prit à moi et me demanda ce que je pensais du patriotisme américain.

Je lui répondis que dans le pays des ancêtres, il n'y avait rien qui lui ressemblât.

Soit dit en passant, ne manquez jamais de parler ainsi à un Américain.

Cela le tranquillise.

Alors il reprit :

— Est-ce que vous allez bientôt demander vos lettres... vos lettres de naturalisation ?

— Pourquoi ? dis-je.

— Je présume que vous faites des affaires dans ce pays, que vous y gagnez son argent, et il me semble que c'est votre devoir.

— Monsieur, répondis-je avec douceur, il y a de l'autre côté des mers une petite île à laquelle on ne pense guère et qui se nomme l'Angleterre.

Elle n'est guère plus grande que le Parc de la Yellowstone. Dans cette île-là, un homme de votre pays pourrait travailler, se marier, faire fortune ou faire vingt fortunes, et mourir. Pendant toute sa carrière, pas une âme ne lui demandera s'il est sujet anglais ou fils du Diable. Comprenez-vous ?

Je crois qu'il comprit, parce qu'il dit : « Ces Anglais ! » d'un ton qui n'avait rien de flatteur !

IX

Ce pays désolé, solitaire, — où la
Grande Corne et la Yellowstone des-
cendent, en grondant, leur pente à
travers la montagne.

J'ai écrit deux fois cette lettre-ci d'un bout à
l'autre.

Deux fois je l'ai déchirée, craignant que mes
lecteurs de l'autre côté de l'Océan disent que j'étais
tout à coup devenu fou.

Maintenant nous allons la recommencer pour
la troisième fois, avec autant de solennité que de
calme.

J'ai parcouru en buggy le Parc National de la
Yellowstone, en compagnie d'une vieille dame
aventureuse de Chicago, et de son mari, qui blâ-
mait le paysage en le taxant d' « impie ».

Je me figure qu'il les effarouchait.

Nous commençâmes par les sources chaudes du

Mammouth. Ce n'est pas autre chose qu'une édition gigantesque de ces terrasses écarlates et blanches qui ont été détruites il y a peu de temps, par un tremblement de terre dans la Nouvelle-Zélande.

A un bout de la petite vallée où se trouve l'hôtel, les sources chargées de calcaire qui jaillissent parmi les pins qui revêtent les pentes, ont formé une cascade congelée de matière blanche, citron et d'un rouge très pâle.

Sur elle et dans son intérieur bouillonne, tombe en gouttes, suinte une eau dont les bulles sont très chaudes, et qui s'épand d'une lagune d'un vert pâle dans un bassin aux contours exquis.

Le sol sonne creux comme un bidon à pétrole, et quelque jour l'hôtel du Mammouth, ses habitants et le reste s'abîmeront dans les cavernes de dessous et y deviendront des stalactites.

Quand je mis le pied sur la première des terrasses, une pente de matière d'un gris sale, usée par les pas des touristes, je me trouvai en présence d'un courant d'eau rougie à blanc qui entra dans un trou comme un lapin.

Puis, ce fut un doux éclat de rire, puis un profond soupir d'épuisement, qui ne venait d'aucun endroit déterminé.

A cinquante pieds au-dessus de ma tête, un p de vapeur montait, et se perdait dans le ciel bleu.

C'était pire que la Montagne bouillante de Myanoshita.

Le dépôt d'un blanc sale faisait place à du calcaire plus blanc que la neige.

Je découvris un bassin qu'un hôtelier érudit avait baptisé la cruche de Cléopâtre, ou le gobelet à whisky de Marc Antoine, ou de quelque nom également poétique.

Il était fait avec de l'argent congelé, il était plein d'une eau aussi pure que le ciel.

J'ignore la profondeur de cette merveille.

L'œil y apercevait au loin des grottes, des cavernes de beryl, et par delà un abîme qui communiquait directement avec les feux du centre de la terre.

Et toute la masse d'eau souffrait et ne pouvait s'empêcher d'en gémir, d'en murmurer, d'en babiller, de s'en plaindre.

Des bords des corniches calcaires, à quarante pieds au-dessous de la surface, jaillissaient des bulles argentées qui troublaient la paix de la nappe cristalline.

Puis, toute la masse d'eau se mettait à trembler, à se troubler.

On entendait des bruits.

Je me déplaçai et ce ne fut que pour découvrir d'autres lacs également malheureux, des fentes dans le sol, pleines d'eau courante rougie à blanc, des surfaces glissantes de dépôt sur lesquelles passait une eau chaude verdâtre, çà et là des trous en forme de puits, secs comme une tombe indienne mise au pillage, poudreuse, sans eau.

En un autre endroit, les eaux infernales avaient fait mourir les pins et les taillis par l'ébullition et les avaient ensuite embaumés ou bien les ar-

bres de la forêt, reprenant courage, avaient
étouffé une formation, l'avaient aveuglée sous
leur verdure, en sorte qu'il fallait gratter le sol
pour deviner quels feux avaient fait rage par-dessous.

Toutefois, les pins finiront à la longue par avoir
le dessus, parce que la Nature, qui commence
par forger toute son œuvre dans ses grandes for-
ges, a presque achevé cette tâche, et il ne lui reste
plus qu'à la tremper dans le terreau mou et brun.

Les feux s'affaiblissent.

L'hôtel est bâti dans un endroit où les terrasses
se sont étalées en vastes nappes de dépôt.

Les pins ont pris possession des parties en relief où les terrasses se sont formées d'abord.

Il ne reste plus de bien net que la courbe de la
cascade. Elle est gardée par des soldats qui font
des rondes, armés de fusils à six coups, pour empêcher le touriste d'arracher les barreaux de la
grille, de les plonger dans une nappe d'eau, de
défigurer avec le marteau du géologue les délicates sculptures des dépôts, ou de marcher dans les
endroits où la croûte est trop mince, au risque
d'être cuit, comme un imbécile.

Je manœuvrai autour de ces soldats.

C'étaient des cavaliers à l'uniforme très négligé,
blouse bleu foncé, pantalons bleu clair sans sous-
pieds, coupés de façon à couvrir le pied de la
botte, ceinturon garni de cartouche, revolver,
chapeau rabattu en avant, gants de tricot, et boutons noirs !

Par la miséricorde d'Allah, j'engageai la conversation avec un Ecossais à lunettes.

Il avait servi la reine dans l'infanterie de marine et dans un régiment de ligne, et ayant chevillée au corps la « fièvre ambulatoire » il avait échoué en Amérique, pour y servir l'Oncle Sam.

Nous nous assîmes sur le rebord d'un petit bassin éteint, qui aurait pu devenir un geyser, si les circonstances l'avaient favorisé, et nous nous mîmes à causer de toutes choses en général.

Un autre soldat nous apparut.

Ce n'était pas la peine de s'informer de sa nationalité, ou d'apprendre que ses camarades l'appelaient le « Hanglais ».

Et c'était en effet un Cockney, qui avait un peu vu la guerre en Egypte et avait pris congé d'un certain régiment de fusiliers qui ne vous est pas inconnu.

— Et comment cela marche-t-il ?

— Cela marche à peu près comme on veut, dirent-ils. Il n'y a pas ici la moitié de la discipline qu'on trouve dans le service de la Reine, — pas la moitié, — on n'a pas à moitié autant de travail, mais pour le peu de travail qu'on a, il est rude... Tenez, voici un sergent qui a un œil poché. C'est un de nos hommes qui lui a fait cela. Ils n'en diront rien, naturellement... Nos punitions ! Des amendes le plus souvent. Puis si vous allez trop loin, on vous met au frais, — à la salle de police... Oui, monsieur... Les chevaux ? Oh ! ce sont des diables, ces chevaux du Montana. Presque tous

des bronchos. Nous ne les étrillons pas pour la
revue, — pas beaucoup? Et la peine que vous
vous donnez pour former un cheval de troupe
anglais suffirait pour dresser tout un escadron de
ces animaux-là... Vous trouverez encore des soldats quand vous serez plus loin dans le Parc. Allez
jeter un coup d'œil sur leurs chevaux et leur tenue. Je me figure que cela vous fera sursauter...
Je porte un nœud de cravate et une épingle de chemise sous ma blouse. Naturellement, oui... Je suis
bien libre de porter ce qui me plaît... Nous ne
sommes pas difficiles ici... Je n'oserais pas aller à
la revue, — pas même à la corvée dans cette tenue au Vieux Pays, mais ici, ça n'a pas d'im'or-
tance... Mais n'oubliez pas, Monsieur, que c'est
cela qui m'a appris à compter sur moi-même et
sur mon flingot... Je n'ai pas besoin de cinquante
ordres pour circuler dans le parc et prendre un
braconnier... Oui, on braconne ici... Il y a des
gens qui arrivent avec une malle et des chevaux.
Ils introduisent en contrebande un fusil ou deux,
et ils tirent le bison. Si vous vous en mêlez, ils tirent sur vous... Alors vous confisquez tout leur
équipement et leurs chevaux... Nous en avons
plein une fourrière là-bas, en ce moment... Voici
notre Capitaine, par ici. Adressez-vous à lui si
vous tenez à avoir des renseignements spéciaux...
Ce service n'est pas une pièce de rapport cousue
sur le service du Vieux Pays, mais faites attention,
si on s'y conformait rigoureusement, ce serait un
service d'enfer... Ces citoyens-là nous méprisent;

10

ils nous emploient à réparer les routes, à des besognes de ce genre... C'est assez pour abuser n'importe quelle armée.

Et je m'adressai au Capitaine, quand mes amis
furent partis.

On m'avait dit qu'un bon nombre d'officiers
américains sont formés par l'armée française. On
aurait certainement pu prendre le Capitaine pour
un officier français de la cavalerie légère... Il avait
plus de courtoisie encore qu'un Français.

Oui, il avait lu bien des livres au sujet de notre
guerre de frontière indienne, et il avait été très
frappé de l'analogie qu'elle présentait avec la
guerre au Peau Rouge.

Je ferais mieux de me présenter à un Capitaine
et à un Lieutenant, quand je serais arrivé à l'autre
poste de cavalerie disséminé entre deux grands
bassins à geyser.

Eux pourraient me montrer des choses.

Quand à lui, il consacrait tout son temps à la
protection des terrasses et à conduire subreptice-
ment de l'eau chaude dans des bassins desséchés
pour former des nappes nouvelles.

— Je commence à m'intéresser beaucoup à ces
choses-là. Ce n'est pas du service, mais c'est pour
cela que j'ai été mis ici.

Puis il se mit à parler de sa troupe comme j'ai
entendu parler ses confrères de l'Inde.

Quelle troupe! Que de soins pour la constituer!
Quel amour à la soigner! Pas un homme que je
voudrais échanger! Il y a plus, je ne crois pas

qu'un seul homme soit disposé à la quitter de son plein gré. Nous différons des Anglais, à ce qu'il me semble. Vos officiers apprécient les chevaux. Nous, nous tenons surtout aux hommes. Nous les formons avec plus de soin que les chevaux.

Quant au simple soldat américain, je vous reparlerai de lui un jour avec plus de détail. C'est un gentleman avec lequel il ne faut pas prendre des libertés.

Le lendemain, à l'aube, je m'installai dans un buggy de construction fragile, avec les vieilles gens de Chicago, et je m'élançai dans ma périlleuse carrière.

Nous grimpâmes tout droit contre une montagne, jusqu'à une hauteur d'où nous pûmes apercevoir, à soixante mille de là, sur une autre montagne, les blanches maisons de Cook City et la piste aux sinuosités de fouet qui y conduit.

L'air vivifiant m'enivra.

Si Tom, le cocher, avait proposé de lancer les juments en droite ligne vers la ville, j'y aurais consenti, ainsi que la vieille dame, qui mâchait du caoutchouc et parlait de ses malaises.

Un chien des rochers, ce qui n'est que la traduction de chien des prairies, traversa la route sous les pieds de nos chevaux.

Le lapin et l'écureuil terrestre bondirent d'effroi.

Nous entendîmes le grondement de la rivière, et la route fit un angle.

D'un côté, c'étaient des blocs et des plaques de

rochers empilés qui ordonnaient de se taire, de peur de déterminer un écroulement général; de l'autre côté un escarpement vertical, au bas duquel coulait une sorte de rivière tapageuse.

Puis, au milieu de la route, un poteau en rocher, qui avait l'air placé là pour empêcher qu'on trouvât trop de facilité à conduire.

Puis plus loin, rien, si ce n'est le flanc d'un escarpement.

Alors l'estomac m'abandonna, ainsi qu'il arrive quand vous vous balancez, car nous quittions la vase, qui était du moins une garantie de sécurité jusqu'à un certain point, et nous fîmes voile de l'autre côté de l'escarpement, sur une pente très raide formée par une route en planches, pratiquée dans le rocher.

Les planches étaient clouées au bord extérieur, elles ne craquaient, ne se déplaçaient pas beaucoup, — juste un peu, assez.

C'était la Porte d'Or.

Je retrouvai mon estomac lorsque nous nous remîmes à trotter sur un haut plateau vaste, orné d'un lac et de collines.

Avez-vous jamais vu un pays vierge de tout contact, la figure de la Nature virginale?

C'est un coup d'œil assez curieux, parce que les collines sont étouffées sous une forêt qui n'a jamais connu la hache, et que l'ouragan a creusé une route à travers ce bois, de sorte que des centaines d'arbres gisent entrelacés en une sorte de natte, et comme chaque arbre gît là où il est tombé, vous

pouvez voir le tronc et les branches retourner à
la terre d'où ils sont sortis, — ainsi qu'y retourne
le corps d'un homme.

Chaque membre se fait sa petite tombe.

L'herbe croît au-dessus de l'écorce, et finalement il ne reste que l'esquisse d'un arbre sur la
végétation luxuriante.

Puis nous passâmes au-dessous d'une roche
d'obsidienne, qui est du verre noir, et qui avait
quelques deux cents pieds de hauteur.

La route, qui longeait sa base, était de verre
noir qui se fendillait.

Cela n'avait pas grande importance, parce que,
une demi-heure auparavant, Tom avait pénétré
dans les bois pour nous faire admirer une montagne qui se dressait complètement isolée, et s'a-
gitait comme si elle éclatait de rire ou avait un
accès de rage.

L'escarpement de verre domine un lac où les
castors ont bâti une digue d'environ un mille et
demi de long, en ligne brisée, selon que l'exi-
geaient leurs besoins.

Puis, le Gouvernement était venu et les avait
mis sous une protection rigoureuse, et comme
vous le verrez plus tard, ce sont des animaux dia-
blement effrontés.

La vieille dame avait à peine fini son exposé
de l'histoire naturelle des castors, que nous fîmes
la montée de plusieurs côtes, — sous ce climat
cela n'a guère d'importance, car nous aurions

bien pu pousser notre escalade jusqu'aux étoiles.

Mais (ce qui importait réellement beaucoup) on se lança sur une pente abominable, poudreuse. les freins grinçant contre les roues, les juments avançant à grand bruit parmi des rochers invisibles, dans une poussière aussi dense qu'un brouillard, et de chaque côté une muraille d'arbres.

— Comment les lourdes voitures à quatre chevaux s'arrangent-elles de cela, Tom? demandai-je, me rappelant qu'environ vingt-quatre personnes avaient passé par là une demi-heure auparavant.

— Elles passent au pas de course, dit Tom, en crachant de la poussière.

Comme c'était à prévoir une courbe très brusque se présenta, avec un pont dans le fond, mais par bonheur personne ne vint à notre rencontre.

Nous arrivâmes à une baraque de bois dénommée hôtel, assez à temps pour faire un repas bizarre qui nous fut servi par des bonnes élégantes, aux joues très rouges.

Lorsque la santé se perd à la poursuite d'objets différents et plus excitants, une saison, en qualité d'« aide » dans un des hôtels de la Yellowstone, rétablit la constitution la plus fragile.

Puis, après le repas, nous divisant en groupes, nous nous rendîmes à pied, en bavardant, sur les hauts plateaux de l'Enfer.

On appelle cela le bassin terrestre du Geyser Norris.

On eût dit que le flux de la désolation s'était retiré pour revenir bientôt à travers un nombre infini d'acres des formations de geyser d'un blanc éblouissant.

Là, point de terrasses, mais toutes les autres horreurs.

A moins de dix pas de la route, un flot de vapeur jaillissait en grondant à des intervalles de quelques secondes à peine.

Un volcan de boue crachait de l'ordure au ciel.

Des ruisseaux d'eau chaude grondaient sous le pied, plongeaient à travers les pins morts en cataractes fumantes et mouraient sur un chaos blanc, où des nappes d'un vert gris, d'un noir jaunâtre, de carmin hurlaient, criaient, se couvraient de bulles, ou sifflaient, suivant que le leur suggéraient leurs caprices désordonnés.

A en juger par les yeux, l'endroit avait l'air d'être gelé, mais on le sentait chaud sous les pieds.

Je m'aventurai parmi les bassins, en suivant attentivement les traces.

Un pied distrait s'enfonça et un flot d'eau jaillit.

Comme je n'avais nul désir de descendre tout vif dans Tophet, je regagnai le bord, couvert de la vase, et du soufre et de l'innommable végétation grasse et poisseuse du Lethé.

Mais la route elle-même résonnait, comme si elle avait été bâtie au-dessus d'un gouffre.

En outre comment pouvais-je deviner si le jet furieux de vapeur n'allait pas trouver son orifice trop étroit, et faire tout sauter dans le Nirvana ?

Il venait de quelque part une très forte odeur d'œufs punais.

Des cristaux de soufre s'écrasaient sous le pied, et l'éclat du soleil sur ce dépôt blanc était aveuglant.

Je m'assis au-dessous d'un rebord.

Alors m'apparut un jeune soldat.

Celui-là avait servi dans l'Infanterie montée du Cap : le véritable Américain paraît nourrir de mauvaises dispositions à l'égard de sa propre armée.

Le soldat était monté sur un cheval à moitié affolé par le bruit, par la vapeur, par l'odeur.

Il n'avait que le revolver et la ceinture garnie de cartouches.

En service, la carabine Springfield, (qui est encombrante) et une ceinture à cartouches, portée en diagonale complètent l'armement.

Le sabre n'est d'aucune utilité dans la guerre de frontière, et on ne le porte jamais, si ce n'est aux grandes revues.

La selle est du type Mac-Clellan, sur une couverture pliée en quatre.

Quant aux bottes molles, le soldat doit se les acheter.

Les arçons sont si bien faits qu'il faut faire grande attention à bien serrer la sous-ventrière. et posséder une connaissance approfondie des tours que peut jouer la couverture en s'adaptant aux divers états du cheval.

En une nuit, un broncho est capable de se gonfler s'il trouve à se remplir le ventre.

En second lieu, il faut monter avec beaucoup

de précautions si l'on veut éviter les écorchures.

Il semble qu'on ne fasse pas usage de croupière, ni de poitrail, mais on n'est pas rigoureux sur l'équipement.

Quant au mors, c'est ce mors simple, capable de briser la mâchoire, qu'on voit dans les gravures des scènes de guerre en Amérique.

L'homme était un fort beau jeune homme, et le chapeau, gris d'uniforme qui ressemble de très près à la partie inférieure d'un *terai* très fripé, ombrageait admirablement sa figure énergique pendant que son cheval reculait, faisait des écarts, piaffait sur toute la largeur de la route.

Il lui faisait la leçon du haut de la selle, un pied hors de l'étrier à lourde gaîne, une main sur l'encolure mouillée de sueur.

— Il n'est pas habitué au Parc, cet animal. A la revue, il a un faible bien marqué pour s'enfuir, mais nous nous comprenons l'un l'autre.

— Woush! fit le jet de vapeur, s'inclinant vers la route avec un grondement sec.

Et le cheval de troupe de pivoter, comme s'il se préparait à prendre la fuite, mais son impulsion vigoureuse étant arrêtée, il se cabra au point de me faire croire qu'il allait tomber sur son cavalier :

— Oh! non, nous avons réglé cette petite affaire, quand je l'ai dompté, dit le Centaure. Il avait l'habitude de se laisser tomber sur moi. N'est-ce pas que c'est un diable? Je crois que vous ririez de voir comment nos régiments sont montés. Par-

fois un grand cheval du Montana, comme le mien,
a pour voisin un petit poney nain, et c'est vexant
quand vous avez l'habitude de voir mieux... Puis,
oh! quand il vous faut rester à cheval!... C'est
nécessaire, mais je puis vous le dire, à la fin d'une
longue journée de marche, quand vous donneriez
tout au monde pour pouvoir vous tenir à cheval
comme un sac, il n'est pas agréable d'attraper un
supplément de manège pour aller de travers.
Quand on nous met en marche, on nous emploie
à n'importe quoi, non pas à une marche au
trot de quinze milles, mais au service de tous les
États du Nord. J'ai été dans l'Arizona. Un trou-
pier d'ici, qui a été dans l'Inde, m'a dit que l'Arizona ressemblait à l'Afghanistan. Il n'y a rien
sous le ciel, si ce n'est des crapauds cornus, des
serpents à sonnettes, et des Indiens. Ce qui nous
ennuie, c'est de n'avoir affaire qu'aux Indiens,
et ils ne nous apprennent pas grand chose, et
les citoyens nous regardent du haut en bas...
En réalité, je crois que nous sommes tout simplement de l'infanterie montée, mais rappelez-vous
que nous sommes la meilleure infanterie montée
qu'il y ait au monde.

Et pour le prouver, le cheval dansa un fandango.

— Sur ma foi! dis-je en considérant la blouse
poussiéreuse, le chapeau gris, les sangles salies, et
l'attitude du porteur souple comme une baleine,
si tous sont comme vous!

— Merci, qui que vous puissiez être. Naturellement, si on nous lâchait sur un lawn-tennis et

qu'on nous dise de tenir bon contre, par exemple, votre grosse cavalerie, nous serions nettoyés de la surface de la terre, à moins de pouvoir nous sauver. Nous n'avons pas le poids ni l'exercice qu'il faut pour une charge. Par exemple mon cheval, d'après les idées anglaises, n'est qu'à moitié dressé, et comme tous les autres, il s'échappe quand nous sommes en ligne. Mais il n'arrive pas souvent que de la cavalerie charge contre de la cavalerie, et si cela arrivait, eh bien, tous nos hommes savent qu'à cent yards de distance, ils ne risquent absolument rien avec ce petit objet. (Il caressa la gaîne de son revolver.) Absolument en sûreté contre votre tir, quel qu'il soit. Quel homme, selon vous, oserait se servir du pistolet, même à trente pas, si sa vie en dépendait. Pas un de vos hommes à vous. Ils ne savent pas tirer. Nous le savons. Vous en apprendrez davantage sur eux, plus haut dans le Parc.

Et il ajouta courtoisement :

— En ce moment même il semble que ce soient les Anglais qui fournissent tous les hommes à l'armée américaine. C'est peut-être ce qui la rend aussi bonne.

Nous nous quittâmes, après avoir échangé des paroles de sympathie réciproque, lui pour faire une ronde de quinze milles, moi pour remonter dans mon buggy, auprès de la vieille dame, qui en contemplant les horreurs des trous à feu, ne pouvait dire que ces mots : « Grand Dieu » toutes les trente secondes.

Son mari parlait de « terrible gaspillage de force motrice, » et nous voyageâmes dans l'air clair, frais, de l'après-midi, en spéculant sur la formation des geysers.

— Ce que je dis! cria la vieille dame, à propos de sujets théologiques, et je le répète, après avoir vu tout cela, c'est que le Seigneur a préparé un Enfer pour tous ceux qui refusent leur foi à ses œuvres de grâce.

Nota bene. — Tom avait lancé un juron profane à la jument la plus proche, pour avoir bronché. Il regarda tout droit devant lui, ne dit pas un mot, mais il coula de mon côté un regard oblique.

— Et si, reprit la vieille dame, nous voyons qu'il est permis à ces flots de vapeur et de soufre de se montrer à la surface du sol, ne devons-nous pas croire qu'il y a quelque chose de dix mille fois plus terrible qui est préparé dans les profondeurs pour notre destruction?

Certaines gens ont un talent merveilleux pour prendre les choses par leur côté réconfortant.

J'ai honte de dire que j'approuvai avec ostentation la vieille dame.

Elle développa ses vues personnelles sur le sujet:

— A présent, je serai en mesure de dire quelque chose à Anna Fincher sur son genre de vie, n'est-ce pas, Blake?

Cela s'adressait à son mari.

— Oui, dit celui-ci avec la lenteur que cause la digestion d'un fort repas. Mais la petite est une bonne enfant.

Puis, ils se mirent à se chamailler pour savoir si l'infortunée Anna Fincher avait réellement besoin de leçons renforcées par le feu infernal.

Elle allait aux bals, à ce que je crois. Pendant ce temps-là je mis pied à terre et marchai dans la poussière à côté de Tom.

— Je promène de drôles de gens à travers ce pays, dit-il, des gens bien curieux. Je trouve que c'est dommage de faire tant de chemin rien que pour comparer le bassin de Norris à l'Enfer. Je trouve que Chicago aurait été leur fait. En comparaison, il est tout aussi honnête.

Nous contournâmes la colline et entrâmes dans une forêt de sapins, où le sentier décrivait des courbes entre les troncs des arbres, où les roues tournaient silencieusement sur un terreau antique.

Il n'y avait dans la forêt d'autres êtres vivants que nous.

Rien qu'une rivière qui interpellait avec colère quelqu'un à droite.

Nous fîmes bien des milles jusqu'au moment où Tom nous invita à descendre pour aller voir des cascades.

Nous sortîmes donc de cette forêt et faillîmes tomber du haut d'un escarpement qui défendait une rivière désordonnée, et nous revînmes demandant de nouveaux miracles.

Si l'eau avait coulé à contre-mont, nous aurions peut-être remarqué la chose, mais ce n'était qu'une cascade, et je ne sais vraiment plus si l'eau était chaude ou froide.

11

Il y a ici un cours d'eau qu'on nomme la Rivière du Trou de Feu. Il est alimenté par le débordement des différents geysers et bassins.

C'est une rivière chaude et mortelle, où ne peut vivre le poisson.

Je crois que nous la traversâmes quelques douzaines de fois dans le courant de la journée.

Puis le soleil baissa.

On sentit le voisinage de la gelée, et nous nous hâtâmes de quitter la forêt pour le terrain découvert.

Nous franchîmes d'un bond une branche de la Rivière du Trou de Feu et découvrîmes une cabane de bois, plus grossière encore que la dernière, et où nous devions dîner et coucher après avoir fait en voiture une traite de quarante milles.

A un demi-mille delà, sur les bords de la Rivière du Trou de Feu, se trouvait une loge de castors. Il était question d'ours et autres gentils monstres dans les bois qui couvraient la hauteur derrière la bâtisse.

Dans l'air frais, vivifiant, du soir, je cherchai cette rivière et rencontrai une pile de branches et de brindilles récemment coupées.

Le castor travaille avec le ciseau à froid, et quelques coups bien appliqués suffisent pour abattre un tronc de quatre pouces.

Sur l'autre bord, fort loin, brillait de l'éclat blanc, fantastique, du bois écorcé et mort, la loge de castor, masse de bois entassé en désordre.

Les habitants avaient endigué le courant en aval, de façon à l'étaler en un joli petit lac.

Il s'agissait de savoir s'ils sortiraient pour faire leur promenade avant qu'il fit trop sombre pour les voir.

Ils vinrent — que leurs museaux camus soient bénis! — ils vinrent, comme viennent les ombres, glissant au fil de l'eau, ne remuant ni pied ni queue.

Il y en avait trois.

L'un d'eux descendit pour vérifier l'état de la digue, les deux autres cherchèrent autour d'eux de quoi souper.

Il n'y a qu'une chose qui soit plus stupéfiante que le silence des mouvements du tigre dans la jungle, c'est l'absence de tout bruit quand le castor est à l'eau.

On avait beau tendre l'oreille, il était impossible de percevoir le moindre son jusqu'au moment où ils se mirent à manger de cet épais fourrage vert qu'on nomme l'herbe à castor.

Courbé parmi les souches, je retenais mon souffle, je regardais de tous mes yeux.

Ils étaient à moins de dix yards de moi, et ils auraient mangé tranquillement leur dîner, pendant tout le temps où je serais resté tout à fait immobile.

C'étaient de charmantes, de désirables bêtes, et j'étais sur le point de faire un seul pas pour me rapprocher, quand cette maudite vieille de Chicago arriva à grand fracas, un parapluie à la main, criant d'une voix aiguë :

— Des castors, des castors? Jeune homme, où sont-ils ces castors? Grands Dieux : qu'est-ce qu'il y a maintenant?

L'observateur solitaire aurait peut-être entendu retentir dans l'air un coup de pistolet.

J'aurais voulu qu'il tuât la vieille dame, mais c'était tout simplement le castor qui donnait le signal du danger en frappant l'eau d'un coup de queue.

Cela ressemblait exactement au « phink » d'un pistolet chargé avec de la poudre mouillée.

Puis, plus de castors : pas même un bout de moustache.

Mais il restait la loge, et un animal d'espèce inférieure à celle du castor se mit à lancer des pierres sur elle, parce que la vieille dame de Chicago disait :

— Peut-être que si vous faites du bruit chez eux, ils sortiront : J'aimerais tant à voir un castor.

Toutefois je me réjouis à la pensée d'avoir vu le castor à l'état naturel.

Jamais je n'irai au Jardin zoologique.

Ce soir, — après le souper — ce serait pure flatterie que de l'appeler un dîner, un capitaine et un sous-officier du poste de cavalerie vinrent à l'hôtel.

C'étaient les officiers dont m'avait parlé le capitaine des sources du Mammouth.

Le lieutenant avait lu tout ce qu'il avait pu se procurer sur l'armée indienne, et surtout sur l'organisation de notre cavalerie.

Il était très féru d'un système pour enrôler des Peaux-Rouges qui montent à cheval — tout noble sauvage n'est pas propre à faire un soldat — pour le recrutement sur la frontière, — une sorte de garde de Khyber.

— Seulement, disait-il d'un ton piteux, il n'y a pas de frontière, actuellement et nous en avons presque fini avec nos guerres indiennes. Ces beaux animaux disparaîtront et personne ne saura jamais quelle splendide cavalerie ils peuvent faire.

Le capitaine fit des récits de guerre des frontières, embûches, coups de feu tirés sur l'arrière garde, chaleur qui fend le crâne plus sûrement qu'aucun tomahawk, froid qui vous contracte même le foie, paniques nocturnes des mulets chargés des bagages, razzias de bestiaux, chasses désespérées dans des montagnes inhospitalières, où la cavalerie ne sait jamais si elle n'est pas non seulement dépassée, mais encore signalée par les espions.

Puis, il parla d'une belle charge, où une tribu livra bataille en terrain découvert, où les soldats s'élancèrent sans le sabre, jouant du revolver à droite et à gauche, — et ce fut excessivement peu confortable pour cette tribu.

Et je redis ce qu'on m'avait raconté au sujet des chasses dans la Birmanie, de l'escalade des hauteurs dans l'affaire de la Montagne Noire, et ainsi de suite.

— C'est tout à fait cela, dit le capitaine. Personne ne le sait, personne n'en a cure. Qu'importe à l'homme de l'Est de savoir ce qu'était *Roule sa queue.*

— Et le gros Anglais en sait-il davantage au sujet de Boh-Hla-Oo? dis-je.

Et tous deux ensemble :

— Soyez en certain, cher monsieur, dans les deux pays anglo-saxons, l'armée est une institution criminellement dépréciée, et on a vraiment grand plaisir à trouver un homme qui... etc, etc.

Et notre trio hocha la tête en preuve d'accord et on se jura une éternelle amitié.

Le lieutenant émit une opinion qui m'étonna beaucoup.

Il dit que faute d'occupation, bon nombre d'officiers américains avaient été prendre quelques leçons pratiques dans les petites révolutions des Républiques de l'Amérique du Sud.

Si le besoin se faisait sentir, ils reviendraient.

— Nous avons si peu de besogne, et la République a une telle manie de nous faire gagner notre solde en plantant des haies, en creusant des fossés ! Qu'on fasse quelques routes quand on est de service, cela n'est pas mauvais, mais faire continuellement le métier de terrassier, cela suffit pour décourager n'importe quelle armée.

J'en convins, et nous veillâmes jusqu'à deux heures du matin, échangeant les blagues de l'Orient et de l'Occident.

Ainsi que le disait à l'Agent de la Réserve ce glorieux chef, l'Homme-qui-a-peur-des-Rats-Rouges :

— Officier méricain brave homme. Brave homme, des masses ! Moi bois, lui boit, moi bois, lui boit. Lui boit. Moi aveugle. Brave homme, des masses !

X

Quel homme voudrait lire et re
lire sur les mêmes figures, et comme
sur les marbres que fait tourner le
moulin à vent, effacer par le frotte-
ment d'esprits qu'a nivelé le frot-
tement, cette année repassant sur
les mêmes traces indécises de l'autre année, — alors qu'il existe des
forêts inaccessibles à la cohue des
hommes ?

LOWELL.

Il y avait une fois un voiturier qui amena un
attelage et un ami dans le Parc de la Yellowstone
sans y avoir mûrement réfléchi.

Bientôt ils se trouvèrent en présence de quelques-unes des beautés naturelles de la localité, et
ce voiturier lança son attelage contre l'attelage de
son ami en hurlant.

— Revenez de par là, Jim. C'est l'Enfer tout
entier qui flamboie sous notre nez.

Et depuis ce jour, on appelle cet endroit le demi-acre de l'Enfer.

Nous aussi, la vieille dame de Chicago, son mari, Tom et les bonnes petites juments, nous allâmes au Demi-Acre d'Enfer, qui a une étendue d'environ soixante acres, et lorsque Tom dit :

— Tenez-vous à le traverser en voiture ?

Nous répondîmes :

— Non, certes, et si vous le faites, nous vous signalerons aux autorités.

C'était une plaine toute écorchée, excoriée, abominable, livrée aux sports, aux jaillissements de diables qui se lançaient à la tête de la vapeur et de la boue, en lançant des cris de guerre, des hurlements, des mugissements.

Toute la place exhalait l'odeur des rebuts de l'abîme, et cette odeur se mêla à l'odeur propre, saine, des pins dans nos narines pendant tout le trajet.

Qu'on sache que le Parc est comme Ollendorff, gradué en exercices d'une difficulté croissante.

Le Demi-Acre d'Enfer servait de prélude à dix ou douze milles de terrain à geyser.

Nous franchîmes dans la forêt des cours d'eau bouillante, nous vîmes un peu plus loin des panaches de vapeur, puis d'autres panaches s'élevant d'entre les vagues collines vertes de l'horizon.

Nous marchâmes sur du soufre, nous reniflâmes des choses pires encore que tout ce qu'on connaît de soufre, en ce monde, et nous arrivâmes ainsi à un endroit qui avait l'aspect d'un parc.

11.

Là Tom nous engagea à descendre et à aller nous amuser avec les geysers.

Figurez-vous de vastes surfaces vertes parsemées de plaques de calcaire, et toutes les fleurs de l'été croissant jusqu'à la limite extrême du calcaire.

Ce fut le premier coup d'œil que nous offrirent les bassins à geyser.

Le buggy avait fait halte près d'un cône de roche rude, fissuré, écorché, qui avait de dix à vingt pieds de haut.

Il y avait de l'agitation dans cet endroit, des plaintes, des éclaboussements, des gargouillements, le grincement des machines.

Un jet d'eau bouillante s'élançait dans l'air et était suivi d'un déversement d'eau en nappe.

Je me sauvai sans tarder.

La vieille dame de Chicago poussa un cri.

— Quel honteux gaspillage de vapeur ! dit son mari.

Je crois qu'on appelle cela le Geyser du bord de la Rivière.

Son orifice était taillladé, déchiré comme la gueule d'un canon quand un projectile y a éclaté.

Il gronda avec rage, pendant une seconde ou deux. Puis, il se tut.

Je rampai vers le calcaire fumant.

C'était comme la marne brûlante sur laquelle Satan est étendu, et je regardai, plein de frayeur, dans l'orifice.

Ne regardez jamais la bouche d'un geyser.

Je contemplai un canal horrible, glissant, visqueux, ou l'eau montait et descendait de dix pieds d'un seul coup.

Puis, elle s'élevait au niveau du bord, avec impétuosité, et un bouillonnement infernal, agitait ce Bethesda du diable, avant que le maussade soulèvement de la crête d'une vague passât par-dessus le bord et me mît en fuite.

Remarquez comment est faite la nature humaine.

J'avais commencé par le respect, pour ne pas dire par la terreur.

Je revins des flancs du Geyser du bord de la Rivière, en disant :

— Peuh ! c'est tout ce qu'il sait faire !

Et pourtant je ne savais pas si tout cela ne pouvait pas faire explosion, une minute après nous avoir averti, car lui, ou elle, ou cela, c'était un mécanisme d'un caractère incertain.

Nous remontâmes à l'aventure cette vallée miraculeuse.

A droite et à gauche, il y avait des hauteurs de mille à quinze cents pieds, boisées de la base à la cime.

Aussi loin que la vue atteignait, des colonnes de vapeurs s'élevaient et on voyait des masses informes de calcaires pareils à des monstres préadamites, des lacs silencieux de turquoise bleue, des surfaces de bleuets, une rivière qui revenait vingt fois sur elle-même, des éboulis aux couleurs étranges, et des crêtes d'un blanc aveuglant dans sa fixité.

La vieille dame de Chicago donnait des coups de la pointe de son parapluie dans les étangs, comme s'ils avaient été vivants.

Elle tourna le dos un instant à un petit creux plein d'eau qui avait l'air particulièrement innocent, et il surgit derrière elle une colonne d'eau et de vapeur de vingt pieds de haut.

Alors elle jeta les hauts cris, et déclara qu'elle ne « l'aurait jamais cru capable de cela ».

Quant au vieux, sans discontinuer, il chiquait et se désolait d'un tel gaspillage de chevaux-vapeur.

Je saisis entre mes bras le tronc blanchi d'un pin de moyenne grosseur qui avait poussé beaucoup trop près d'un creux d'eau chaude.

Toute la masse tourna sous ma main comme un arbre de cauchemar.

De droite et de gauche partaient les coups de clairon d'éléphants qui jouent.

Je m'avançai dans une mare de vieux sang desséché toute cernée de bleuets dodelinant de la tête.

Sous mes pas mêmes, le sang devint de l'encre ; et l'encre et le sang furent emportés dans un jet d'eau sulfureuse bouillante que lança le bord d'une plate-bande de fleurs.

Cela semble un récit de fou, n'est-ce pas ?

Un soldat à face de lune, d'origine allemande, — jamais le Parc ne fut mieux surveillé, — s'avança pour nous informer que nous n'avions rien vu jusqu'alors en fait de véritables geysers, qu'ils étaient tous à un mille ou deux plus haut dans la vallée, disposés avec goût autour de l'hôtel où nous aurions à passer la nuit.

L'Amérique est un pays libre, dont les citoyens regardent le soldat avec dédain.

La vieille dame de Chicago ne voulut de sa compagnie à aucun prix.

Aussi partîmes-nous tous deux, en flânant ensemble tantôt à travers des troncs de pin à moitié pourris, plongés dans un sol marécageux, tantôt sur le terrain sonore formé par les geysers, tantôt marchant dans l'herbe jusqu'au genou.

— Et pourquoi vous êtes-vous engagé?

La figure de l'homme à face de lune s'anima.

Je crus qu'il allait avoir un accès.

Au lieu de cela, il me conta une histoire, l'histoire bien jolie d'une polissonne de petite Grétchen qui écrivait des lettres d'amour à deux hommes en même temps.

C'était une simple villageoise, mais une comtesse qui fabrique de *Courtes Nouvelles pour familles* ne s'en serait pas mieux acquittée.

Elle rendit l'un des deux hommes presque fou par sa petite perfidie ; l'autre l'abandonna et se rendit dans l'Ouest pour oublier.

Face de lune était cet homme-là.

Nous fîmes le tour d'un petit contre-fort et arrivâmes devant une surface de calcaire dont la blancheur neigeuse faisait mal aux yeux.

Ce calcaire était roulé en feuilles, tordu en nœuds, taillé par des fissures en pointes de diamant, et il y en avait comme cela un demi-mille dans tous les sens.

Dans cette région du désespoir se trouvaient la plupart des gros geysers qui savent quand il y a du désordre à Krakatoa, qui disent aux pins s'il y a un cyclone sur les côtes de l'Atlantique, et qui sont exhibés aux visiteurs sous de jolis noms de fantaisie.

Le premier tertre, que je rencontrai, appartenait à un lutin qui s'éclaboussait dans son tub.

Je l'entendis lancer des coups de pieds, tirer le cordon d'une douche en pluie sur ses épaules, haleter, faire craquer ses articulations, s'essuyer avec une serviette, puis jeter l'eau du bain, ainsi que le fait une personne soigneuse.

Ensuite tout disparut, jusqu'à l'arrivée d'un autre lutin.

Et pourtant on appelait cet endroit la Lionne et les Lionceaux.

Il n'est pas très loin du Lion, qui est un animal boudeur, rugissant, et on dit, quand il est très actif, que les autres geysers ne tarderont pas à fonctionner.

Après l'éruption du Krakatoa, tous les geysers devinrent fous simultanément et se mirent à jaillir, à cracher, à mugir, au point que l'on craignit de les voir éventrer tout le terrain.

Il existe entre eux de mystérieuses sympathies, et quand la Géante, parle ils se taisent tous.

J'observais une source solitaire, quand je vis surgir au-dessus de la plaine un panache de verre pilé, irisé, superbe, qui se dressait vers le ciel.

— Cela, dit le soldat, c'est le vieux Fidèle. Il part toutes les soixante-cinq minutes. Il marche pendant cinq minutes, en lançant une colonne d'eau de cent cinquante pieds de haut. Quand vous aurez passé en revue tous les geysers, il sera prêt à jouer.

Nous regardâmes donc, nous admirâmes la Ruche, dont l'ouverture a exactement la forme d'une ruche, le Turban, qui ne ressemble pas du tout à un Turban, un grand nombre, un très grand nombre d'autres geysers, de trous brûlants, de sources chaudes.

Les uns roulaient sourdement, les autres sifflaient, d'autres partaient convulsivement, d'autres s'étendaient immobiles en nappes de saphyr et de béryl.

Croiriez-vous que ces terribles créatures elles-mêmes doivent être gardées par des soldats pour empêcher d'irrévérencieux Américains de briser les cones en petits morceaux, où chose pire encore, d'agacer les geysers?

Si on prend la valeur d'un petit baril de savon mou, et qu'on le jette dans l'ouverture d'un geyser, ce geyser sera contraint de tout rendre devant vous, et pendant des jours ensuite, il aura l'estomac irrité et irrégulier.

Quand on me conta la chose, je me sentis plein de sympathie.

Maintenant je voudrais avoir volé du savon et fait l'expérience sur quelque petit imbécile de geyser isolé dans les bois.

La chose a un air si probable,... si humain !

Toutefois il faudrait de la hardiesse pour administrer un vomitif à la Géante.

Elle a les lèvres plates, elle est dépourvue de bouche, et a l'air d'une nappe d'eau de cinquante pieds de long sur trente de large.

Elle est privée de toute ornementation.

A des intervalles irréguliers, elle parle, et pour commencer, elle lance une colonne d'eau de plus de deux cents pied.

Puis elle est en colère pendant un jour et demi, parfois deux jours.

A raison de cette particularité qu'elle devient folle pendant la nuit, peu de gens ont vu la Géante dans toute sa beauté ; mais la clameur de son agitation, a ce qu'on dit, fait trembler l'hôtel de bois et se répercute comme le tonnerre dans les montagnes.

Quand je la vis, son agitation fermentait.

La nappe d'eau se couvrait de bulles sérieuses, et à des intervalles de cinq minutes s'abaissait d'un ou deux pieds, puis se levait, passait par-dessus les bords, et d'énormes bulles de vapeur éclataient à son sommet.

Au moment précis qui précède une éruption, l'eau disparaît entièrement à la vue.

Quand vous voyez l'eau s'enfuir dans les profondeurs de l'orifice d'un geyser, sauvez-vous à toutes jambes.

Je vis un mignon petit geyser faire de cette façon une aspiration d'air et l'instinct me poussa à me retirer pendant qu'il me poursuivait de ses huées.

Laissant la Géante à ses jurons, à ses crachats, à son battage, nous revînmes au Vieux Fidèle.

A raison de sa fidélité, on avait disposé tout autour de lui des bancs pour l'observer commodément.

A l'heure fixée, nous entendîmes l'eau monter et descendre dans le canal en sanglotant comme font les vagues dans une caverne.

Puis, ce furent les gouttes préliminaires, enfin l'ascension tumultueuse, et cette étincelante colonne de diamants monta, frémit, resta immobile pendant une minute.

Ensuite elle se brisa, et ce ne fut plus alors qu'un grondement confus d'eau à moins de trente pieds de hauteur.

Toutes les jeunes dames — il n'y en avait pas plus de vingt — parmi les touristes, — remarquèrent que c'était « élégant », et se mirent à graver leurs noms dans les creux peu profonds.

La nature rend l'insulte indélébile, et la postérité apprendra que Hattie, et Sadie, et Mamie, et Sophie, et autres, ont ôté leurs épingles à cheveux pour griffonner sur la figure du Vieux Fidèle.

La congrégation rentra à l'hôtel pour noter ses impressions sur ses journaux et ses carnets, que l'on étala avec ostentation sur les vérandahs.

Il faisait une chaleur étouffante, bien que nous fussions à une altitude un peu supérieure à celle du sommet de Jakko, et je quittai ce caravansérail de pin mal raboté et craquant, pour l'ombre fraîche d'un bouquet de pins entre les troncs desquels s'apercevaient des tentes blanches.

Une fournée de soldats arrivèrent par la route et s'éparpillèrent dans le pays en lignes irrégulières.

Vraiment il sait se tenir à cheval, le cavalier « Melicain » bien qu'il tienne son équipement comme un cochon, et son cheval comme une vache ! Je fus comme chez moi en cinq minutes dans ce camp, libre de jouer avec les lourdes et massives carabines, de voir les selles enlevées, de donner de familières bourrades dans les côtes des chevaux.

Un des hommes avait assisté au combat avec « Roule-sa-Queue » et il m'apprit comment ce grand Chef, ayant entouré de calico rouge la queue de son cheval, vint faire le fanfaron devant la cavalerie des Etats-Unis et défia tous les hommes en combat singulier.

Mais il périt et avec lui quelques hommes de sa tribu.

— On ne peut tirer aucun parti d'un Indien, conclut mon ami.

Un couple de cowboys, de vrais cowboys et non des hommes de Buffalo-Bill, traversèrent le camp à grand bruit de ferraille sous une averse de blagues indulgentes.

Ils étaient en route pour Cook City, à ce que je m'imagine, et j'avoue qu'ils ne se lavèrent de leur vie. Mais c'étaient de pittoresques bandits, avec leurs longs éperons, leurs étriers à large semelle, leurs chapeaux mous, les pièces de drap fourré par-dessus leurs genoux, et les crosses de leurs pistolets à portée de la main.

— Le cowboy est en baisse et disparaîtra avant peu, dit mon ami. Dès que le pays sera cultivé, il faudra qu'il s'en aille. Mais pour le moment, il rend de bien grands services. Que ferions-nous sans le cowboy ?

— Comment ? dis-je.

Et le camp éclata de rire.

— Il a l'argent, et nous, nous avons la manière. Il vient en hiver jouer au poker dans les postes militaires. Nous, nous jouons le poker,... un peu. Quand il a perdu son argent, nous l'enivrons et nous le renvoyons. Parfois nous nous trompons d'homme.

Et il me conta l'histoire d'un innocent cowboy qui vint, complètement nettoyé, à un poste et joua au poker pendant trente-six heures. Mais ce fut le poste qui fut complètement nettoyé quand le Caucasien aux longs cheveux Ah Sin, s'en alla, emportant la solde de tous les hommes, et refusant la boisson qu'on lui offrait.

— A présent, dit l'historien, je ne joue jamais avec un cowboy avant qu'il soit un peu ivre.

Avant mon départ, j'appris de plus d'un homme ce fait significatif qu'à une distance de cent yards, il se sentait absolument en sûreté derrière son revolver.

— En Angleterre, à ce qu'on me dit, fit un svelte

jeune homme du Sud, en Angleterre on ne permet jamais à un homme de jouer avec les armes à feu. Tout ce qu'il doit savoir, il l'apprendra quand il sera enrôlé. Je n'ai pas eu besoin de tant de leçons pour tirer juste avant d'entrer au service de l'Oncle Sam. Et c'est bien comme cela. Mais vous parliez à l'instant même de vos horseguards?

J'expliquai brièvement quelques détails de l'équipement de notre corps d'élite de cavalerie. J'ai regret de dire que tout le camp hurla.

— Mettez-les dans un terrain mouvant. Faites-les courir un peu. Le travail leur fera perdre leur empois, et alors, Dieu tout-puissant, si nous ne les bousculons à notre aise, je veux manger leurs chevaux.

— Mais supposons que l'engagement ait lieu en terrain découvert, dis-je.

— Engagement dans l'Enfer. S'il y avait seulement un tronc d'arbres à vingt milles à la ronde, ils ne *pourraient* pas engager le combat en terrain découvert.

Gentlemen, officiers, avez-vous jamais songé sérieusement qu'il pût exister sur terre une cavalerie qui préfère combattre en pleine forêt?

La sincérité manifeste de cette affirmation me fit beaucoup réfléchir, pendant que je regagnais l'hôtel et que je rejoignais un groupe d'explorateurs.

Ceux-ci s'étaient plongés dans les bois et avaient découvert une nappe d'eau, avec canal de l'eau la plus chaude possible, entourée de sable d'un noir de jais, alors que tout le sol environnant était d'un blanc pur.

Mais les miracles perdent de leur effet quand ils se présentent à raison de vingt par jour.

Une libellule flamboyante vola au-dessus de la nappe, chavira, tomba dans l'eau, et mourut sans le moindre battement de ses ailes somptueuses, et la nappe ne dit pas un mot, mais envoya au ciel brûlant ses minces rubans de vapeur.

Je préfère les nappes qui causent.

Il y avait avec nous une jeune demoiselle, une demoiselle mise très coquettement, tout récemment éclose d'un des romans de M. James.

Elle possédait une mère délicieuse, et un père non moins délicieux, un homme de finance au regard lourd, à la parole lente.

Les parents croyaient que leur fille avait besoin de changer d'air.

Elle habitait le New-Hampshire.

En conséquence elle les avait traînés dans l'A-laska, dans la vallée d'Yosémite, et maintenant elle revenait à petites journées en passant par la Yellowstone, juste à temps pour profiter de la fin de saison d'été à Saratoga.

Nous nous étions rencontrés une ou deux fois dans le parc, et j'avais été effaré et diverti de ses appréciations critiques sur les merveilles qu'elle voyait.

Cette petite bouche très résolue me fit une leçon sur la littérature américaine, sur la nature et l'état intérieur de la société de Washington, la valeur exacte des œuvres de Cable [1], comparativement à celle du Harris de l'Oncle Remus [2], et quelques autres choses qui n'avaient aucun rapport avec les geysers, mais qui étaient absolument charmantes.

Or, une jeune Anglaise qui serait tombée sur un voyageur barbouillé de poussière, tout parsemé de calcaire, excorié par le soleil, et sans faux-col, venant on ne sait d'où, allant on ne sait où, l'aurait regardé comme un aventurier dissolu, sous l'incitation de sa mère, et pendant que son père aurait brandi son parapluie.

Ces charmantes gens du New-Hampshire ne firent rien de tel.

Ils furent assez bons pour me traiter, — chose qui semble presque incroyable, — comme un être humain, qui méritait peut-être le respect, et qui probablement n'avait pas un urgent besoin d'aide pécuniaire.

Papa causait agréablement et avec à propos.

La petite demoiselle lutta vaillamment contre son accent natal et celui de ses maîtres, et maman, à l'arrière-plan, souriait avec bienveillance.

Mettez cela en parallèle avec l'histoire d'un jeune idiot d'Anglais que je rencontrai s'enfonçant dans son haut faux-col et accompagné d'un valet.

Il condescendit à me dire :

— Vous ne sauriez être trop sur vos gardes avec qui vous causez dans ce pays.

1. Georges Cable, romancier de la Nouvelle Orléans.
2. Joel Chandler Harris, humoriste.

Et il s'éloigna majestueusement, tremblant à chaque minute, à ce que je crois, pour sa chasteté sociale.

Or cet homme-là était un barbare (je saisis l'occasion de le lui dire) car il se conduisait à la façon des chasseurs d'hommes de l'Assam, qui sont perpétuellement en défiance l'un de l'autre.

Vous devinerez que ces sots récits ont pour but de masquer ce fait que la présente plume ne saurait décrire les splendeurs du bassin du geyser supérieur.

Je passai la soirée sous le vent du geyser du château, assis sur un tronc d'arbre avec quelques soldats, et contemplant un donjon baronial de quarante pieds de haut qui crachait de l'eau chaude.

Si le château partait le premier, on disait que la Géante se tiendrait tranquille, et *vice versa*.

Puis, on conta des histoires jusqu'au lever de la lune, et un groupe de gens qui campaient dans les bois nous donna à tous quelque chose à manger.

Le lendemain matin, Tom nous emmena, en nous promettant de nouvelles merveilles.

Au bout de quelques milles, il fit halte près d'un épais taillis, où il semblait qu'une armée se noyait.

J'entendais les aspirations convulsives, les coups sourds des hommes coulant à fond, mais quand j'eus pénétré dans le taillis, les armées avaient fini, et il n'y avait là que nappes de calcaire rouge vif, noir, blanc, épais comme du miel qu'on a remué.

Elles lançaient de temps à autre un crachat de vase, à une minute ou deux d'intervalle et s'étranglaient dans cet effort.

C'était un spectacle fantastique.

Vous étonnez-vous qu'au temps jadis les Indiens aient évité la Yellowstone ?

Les geysers, cela s'admet, mais la vase vous terrifie.

La vieille dame de Chicago en ramassa un morceau, et en une demi-heure l'objet se dissipa en poussière de chaux et glissa entre ses doigts.

Tout cela est *Maya*, illusion, voyez-vous !

Puis, nous passâmes à grand bruit sur du soufre en cristaux.

Il se présenta une cascade d'eau bouillante, et une route à travers un parc uni, vivement disputé par les castors.

Chaque hiver, ils bâtissent leur digue et inondent le terrain bas. Chaque été, leur digue est détruite par le Gouvernement, et il vous faut plonger dans l'eau jusqu'à l'essieu le buggy balayé par les saules et franchir de petites rigoles à droite et à gauche.

La route est formée par le cours d'eau principal, tout comme la ligne de Bolan en temps d'inondation.

Si vous prenez un chemin latéral, vous êtes condamné à disparaître, et les castors se serviront de votre buggy pour leur digue de l'année prochaine.

Ensuite, ce fut une forêt molle pleine d'herbe qui éteignait le bruit des roues.

Deux soldats, — en service détaché, — vinrent, sans être entendus, derrière nous.

L'un d'eux était l'homme de « Roule-sa-queue » et nous causâmes gaiement, pendant que les chevaux à demi domptés se cabraient parmi les arbres.

Nous arrivâmes enfin à une puissante colline toute semée d'agates-mousse.

Tout le monde fut obligé de mettre pied à terre et de haleter dans cet air raréfié. Mais comme il était enivrant !

La vieille dame de Chicago caquetait comme une poule émancipée, tout en arpentant la route et bourrant son réticule de fragments de pierres.

Elle m'obligea à descendre de cinquante yards sur la colline pour ramasser un tesson de bouteille qu'elle prenait avec persistance pour une agate-mousseuse.

— J'en ai comme ça chez moi, et ça brille. Allez me la chercher, jeune homme.

A mesure que nous gravissions ce long sentier, la route devenait plus affreuse et finit par se montrer sans déguisement telle qu'elle était, un lit de ruisseau.

Et au moment même où le roc apparaissait dans toute sa nudité, nous nous trouvâmes devant un petit lac de saphir, — jamais on ne vit un saphir aussi bleu — appelé le lac de Marie, — et cela à

12

huit ou neuf mille pieds au-dessus du niveau de la mer.

Puis, ce furent des dunes couvertes d'herbe, toutes sur une pente formidable, en sorte que le buggy, en suivant la route de construction récente, roulait surtout sur ses deux roues de devant.

Nous finîmes par arriver, la tête la première, à un gué, puis nous gravîmes un escarpement, nous courûmes le long d'une dune, nous fîmes un nouveau plongeon, enfin nous nous arrêtâmes, tout échevelés « chez Larry » pour déjeuner et nous reposer une heure.

Larry seul était capable de disposer cette tente de fête scolaire, sur la pente solitaire de la côte.

Ai-je besoin de dire qu'il était Irlandais ?

Les provisions étaient au niveau le plus bas, mais Larry nous enveloppa de toute l'illusion dorée de son langage, avant que nous eussions mis pied à terre.

La tente, avec la simple table de planches posées sur des tréteaux, devint un palais ; les mets grossiers devinrent des petits plats de Delmonico, et nous, les obligés, abasourdis, de la bonté impériale de Larry.

Plus tard seulement je m'aperçus que j'avais payé huit shillings de la conserve de bœuf, des biscuits et de la bière, mais d'autre part, Larry avait dit :

— Faut-il que j'aille tuer un bison ?

Et je sentis qu'il aurait fait cela pour moi, rien que pour moi.

Tous les autres eurent la même impression.

Bonne chance à Larry !

— Et maintenant vous irez tous laver vos mouchoirs de poche dans cette belle source chaude de l'autre côté de l'angle, dit-il. Il y a du savon et une planche à laver toute prête, et ce n'est pas tous les jours qu'on a de l'eau chaude gratis.

Et d'un ample geste de la main, il nous indiqua les dunes découvertes, pendant qu'il mettait de l'ordre dans la tente.

On n'avait dans le corps aucune sensation de fatigue. Le plein air ne permettait pas d'apprécier la distance. Collines et vallons effleuraient le globe oculaire. J'aurais presque saisi les pics lointains et couverts de neige, rien qu'en allongeant la main.

Jamais air ne fut plus excitant.

Pourquoi aurions-nous lavé nos mouchoirs de poche ? Larry seul le sait.

On eût dit que c'était une sorte de rite religieux.

Dans une petite vallée dominée par des rochers peints de couleurs gaies courait un ruisseau de velours brun et cramoisi.

Il était chaud, plus chaud que la main ne pouvait le supporter, et au passage il teignait les quartiers de roc.

La jeune demoiselle du New-Hampshire, la vieille dame de Chicago, papa, maman, la femme qui mâchait de la gomme élastique, et tous les autres, étaient là, penchés d'un air grave sur la planche à laver.

Ce singulier ruisseau recélait des vertus mystérieuses.

. En cinq minutes, il donnait une blancheur de
neige au linge.

Nous nous étendîmes sur le gazon et nous rîmes
par simple joie de vivre.

J'ai déjà ressenti cela une fois au Japon, une
fois sur les bords de la Colombia, au moment où
le saumon céda et où *Californie* se mit à crier,
une fois encore dans la Yellowstone, à la lumière
des yeux de la fillette du New-Hampshire.

Quatre petits bassins se trouvaient tout près de
moi : l'un d'eux contenait de l'eau noire (tiède),
un autre de l'eau claire (froide), un autre de
l'eau claire (chaude); un autre de l'eau rouge
(bouillante).

Mon mouchoir que je venais de laver les couvrait tous.

Nous nous extasiâmes comme s'extasient des
enfants.

— Ce soir nous ferons le grand cañon de la
Yellowstone? dit la demoiselle.

— Ensemble? dis-je.

Et ses yeux répondirent.

— Oui.

Le soleil baissait quand nous entendîmes le grondement d'une cascade, et que nous arrivâmes près
d'une large rivière, dont nous suivîmes les bords.

Et alors! Oh! alors, j'aurais pu, en cas de besoin décrire les régions infernales, mais non pas
l'autre endroit.

Apprenez donc que la rivière de la Yellowstone a l'occasion de parcourir une gorge de neuf milles de long.

On arrive au fond de cette gorge en deux sauts, le premier d'environ cent vingt pieds, le second de trois cents.

J'explorai la chute supérieure, la moindre, qui se trouve près de l'hôtel.

Jusqu'à cet endroit, le cours de la Yellowstone n'a rien de particulier. Ses bords sont simplement rocheux, assez escarpés, et abondamment ornés de pins.

Aux rapides, elle contourne un angle vert, massif, marqué d'un peu d'écume, et qui n'a pas plus de trente pieds de large.

De là, elle passe dans un autre renfoncement vert et encore plus massif que le précédent.

Après une minute ou deux, vous qui êtes assis sur un rocher qui surplombe directement la pente, vous commencez à comprendre qu'il est arrivé quelque chose, que la rivière a fait un bond énorme entre des murs continus, verticaux et que ce qui a l'air d'être une fine mousse, produite par des ondulations léchant les flancs de la gorge, est en réalité le résultat de grosses vagues.

Et la rivière jette de grands cris, mais les murs empêchent les cris de sortir.

Cet examen commença par de la curiosité et finit par de l'épouvante, car il me semblait que le monde transformé en chrysolite glissait sous mes pieds.

12.

Je suivis les autres touristes lorsqu'ils contour-
nèrent l'angle pour arriver au bord extrême du
cañon.

Nous dûmes monter presque verticalement au
début, car le terrain monte plus que la rivière ne
monte.

De majestueux bois de pins forment une frange
sur les deux levées de la gorge, qui est la gorge
de la Yellowstone.

Tout ce que je puis dire, c'est que sans aver-
tissement ni préparation, je regardai dans un
abîme de dix-sept cents pieds de profondeur,
dans lequel, bien au-dessous de moi, des aigles
et des faucons pêcheurs décrivaient des cercles.

Et les flancs de cet abîme étaient un chaos de
couleur — cramoisi, émeraude, cobalt, ocre, am-
bre, miel, mélangés par éclaboussures avec le vin
de porto, le blanc de neige, le vermillon, le citron,
le gris d'argent, en larges taches.

Les flancs ne descendaient pas verticalement ; le
temps, l'eau et l'air les avaient sculptés en têtes
monstrueuses de rois, de chefs défunts, d'hommes
et de femmes d'autrefois.

C'était si profond qu'aucun bruit de lutte ne
pouvait monter jusqu'à nous.

La Yellowstone courait pareille à une bande
large d'un doigt en jade vert.

La clarté du soleil tombait sur ces murailles
merveilleuses et ajoutait d'autres nuances à celles
que la nature y avait déjà mises.

Jadis j'ai vu l'aube se lever sur un lac dans le

Rajputana [1], et le soleil se coucher au-dessus du Oudey Sagar parmi un cercle des collines de Holman Hunt.

Cette fois, j'assistai à ce double phénomène qui se passait au-dessous de moi, en sens inverse, vous m'entendez et les couleurs étaient réelles.

Le canon flambait comme la ville de Troie, mais il flamberait éternellement, et grâce à Dieu, ni plume ni pinceau ne seraient jamais capables d'exprimer d'une manière adéquate ses splendeurs.

L'Académie refuserait ce tableau comme une chromolithographie.

Le public rirait à la lecture de sa description.

— Je laisserai cette chose-là tranquille, dis-je. C'est ma propriété personnelle ; nul autre ne la partagera avec moi.

Le soir se glissa parmi les pins qui nous ombrageaient, mais toute la splendeur du jour flamboyait dans ce cañon, au moment où nous nous avançâmes avec mille précautions sur une pointe de rocher, — elle était d'un rouge de sang ou écarlate, — qui se dressait au-dessus de la partie la plus profonde de l'abîme.

Maintenant je sais ce que c'est que de trôner assis parmi les nuages du soleil couchant.

Le vertige supprimait toute sensation de toucher ou de forme, mais il restait celle d'une couleur aveuglante.

---

1. Voir les *Lettres de Marque*.

Quand je regagnai la terre ferme, j'aurais juré que j'avais flotté.

La demoiselle du New-Hampshire resta fort longtemps sans mot dire.

Ensuite elle cita des vers. C'était peut-être ce qu'elle avait de mieux à faire.

— Et dire que cette exposition a duré tous ces jours-ci, et qu'aucun de nous n'en a rien vu ! fit la vieille dame de Chicago, en jetant à son mari un regard acide.

— Non, rien que les Indiens, dit l'homme, impassible.

Et la demoiselle et moi, nous rîmes pendant un bon moment.

L'inspiration est volage, la beauté est vaine, et l'esprit est limité dans sa puissance d'admirer.

Quand bien même les armées de lumière auraient surgi, chantant des chœurs, du fond de la gorge, cela n'aurait pu empêcher son papa et un autre plus méprisable que lui, de faire rouler des pierres le long de ces murs extraordinaires, baignés des couleurs de l'arc-en-ciel.

Dix-sept cents pieds de chute aussi raide que possible, et peut-être plus de dix-sept cents couleurs à faire franchir à des souches ou à des blocs tournoyant !

Ainsi donc nous lançâmes des objets, nous les vîmes gagner de la vitesse, bondir d'un roc blanc à un roc rouge ou jaune, entraîner à leur suite des torrents de couleur jusqu'à ce que s'éteignît le bruit de leur chute, et qu'enfin après un saut de cent pieds d'un coup, ils finissent par plonger dans la Yellowstone.

— Je suis descendu là-bas, dit ce soir-là Tom. Il est aisé de descendre, avec des précautions. Il n'y a qu'à s'asseoir et à se laisser glisser, mais le difficile est de remonter. Et j'ai trouvé, là-bas, tout en bas, deux rochers sur lesquels on avait fait une peinture du cañon. Je ne vendrais pas ces pierres pour quinze dollars.

Et papa et moi, nous fîmes la descente dans la Yellowstone, juste au-dessus de la petite cascade, pour essayer notre chance à la ligne.

La lune ronde monta et revêtit d'argent les escarpements et les pins.

Une truite de deux livres monta aussi et nous la fîmes périr parmi les rocs, non sans risquer de faire la culbute dans cette rivière désordonnée.

* *

Puis on se remit en route pour retourner à Livingstone.

La demoiselle du New-Hampshire disparut; papa et maman disparurent avec elle.

Disparus aussi, la vieille dame de Chicago et tous les autres, pendant que je songeais à tout ce que je *n'avais pas vu*, — la forêt d'arbres pétrifiés dont le cœur noir contient des cristaux d'améthyste, le grand lac de la Yellowstone, où vous pouvez prendre de la truite vivante dans une source et la faire bouillir dans une autre, et la plus grande partie de cette région mystérieuse du Hoodoo, où tous les diables qui ne sont pas employés aux Geysers habitent, et tuent les ours et les élans errants, en sorte que le chasseur effaré trouve dans ce Ravin de la Mort un amoncellement de carcasses d'animaux que nulle main d'homme n'a frappés.

Le pays de Hoodoo, où l'on entend des bruits au-dessus de sa tête, les rocs à formes d'oiseau, de bête, de diable, les labyrinthes et les trous insondables, — de tout cela je n'ai rien vu.

Sur le trajet du retour, Yankee Jin et la Diane des Quatre Chemins me souhaitèrent un amical bonjour quand le train s'arrêta un instant devant leur porte.

Et à Livingstone, qui rencontrai-je ?

Tom, le cocher.

— J'en ai fini avec la Yellowstone, et j'ai décidé de m'embarquer pour quelque part dans l'Est, dit-il. En me parlant d'aller et de venir gaîment, sans souci, vous m'avez fait perdre le goût du repos. Je déménage.

— Que Dieu nous pardonne la responsabilité que nous avons contractée l'un envers l'autre !

— Et votre associé ?

— Le voici, dit Tom, en me présentant un jeune homme aux façons gauche, porteur d'un paquet.

Puis je vis les deux jeunes gens tourner la tête vers l'Est.

XI

Donc un imbécile abonde en paroles : un homme ne saurait dire ce
qui adviendra. Et ce qui aura lieu
après lui, qui est capable de le dire ?

L'idée vient de se présenter à mon esprit, avec
une grande force, que si charmantes que soient
pour moi, ces lettres, leur longueur, leur largeur
et leur profondeur sont peut-être un tant soit peu,
si peu que ce soit, ennuyeuses pour vous autres.

Je me condenserai rigoureusement, et pourtant
j'aimerais bien à vous faire une dissertation sur
l'armée américaine et les perspectives de son accroissement.

L'armée américaine est une belle petite armée.

Un jour ou l'autre, quand, heureusement tous
les Indiens seront morts ou ivres, elle constituera
le plus beau corps de savants et d'explorateurs que
le monde ait jamais vu.

Actuellement elle fait d'excellente besogne, mais elle a un défaut constitutionnel : ses officiers sortent de West-Point, comme vous le savez, mais par malheur, on dirait que West-Point est créé pour divulguer dans ce peuple une notion superficielle des choses militaires.

Un jeune garçon entre dans cette institution, obtient son certificat, et rentre dans la vie civile à ce qu'on me dit, avec la certitude dangereuse qu'il est un Moltke en herbe, et qu'il pourra à l'occasion mettre à l'épreuve son instruction.

Viennent les jours noirs, cet homme sera un fléau, tout d'abord parce qu'en qualité d'Américain, il est horriblement versatile, aussi convaincu qu'on peut ¹ ⸱⸱⸱ de son propre mérite, et qu'il possède tou⸱ ⸱ mépris caractéristique de sa race pour la vi⸱ ⸱ ⸱maine, ce qui l'aidera à faire son chemin d⸱ ⸱⸱ ⸱⸱ commandement demi-semi professionne¹

Dan⸱ ⸱⸱ pays où les révélations des journaux quotidiens prouvent que les gens engagés dans un conflit avec la police et les prisons ne sont que trop disposés à adopter une organisation militaire, et sont prêts à affronter les balles dans une sorte de guerre au petit pied, au lieu d'être terrifiés, au degré qu'il convient, par l'apparition de l'armée, cette sorte d'organisation paraît bien imprudente.

Le lien entre les États est d'une ténuité étonnante. Tant qu'ils ne vont pas jusqu'à marcher sur le district de Columbia, grimper sur les statues de Washington, ou inventer un drapeau à eux, ils

peuvent légiférer, lyncher, faire la chasse aux nègres à travers les marais, divorcer, construire des
chemins de fer, monter des coups de chien tant
qu'il leur plaît.

Ils n'ont point besoin de connaître leur force
militaire pour soutenir leur cordial mépris de la
légalité.

Cette armée régulière, qui est une charmante
petite armée, devrait être gardée intacte, saignée
par des services détachés, dirigée dans les sentiers
de la science, et de temps à autre réunie pour les
fêtes franc-maçonniques et autres.

Elle est trop mignonne pour être une puissance
politique.

L'éternel point d'achoppement de la grande armée de la République, c'est ce pouvoir politique
du caractère le plus ample et le plus effronté.

Elle ne devrait pas aider à poser les fondations
d'une puissance militaire dilettante qui est aveugle et irresponsable...

Remerciez-moi d'avoir supprimé le reste de
cette conférence, et en même temps le récit d'un
shiveree, (émotion populaire) auquel j'assistai à
Livingstone, ainsi que l'histoire du rédacteur en
chef et du sous-rédacteur, lequel était un couguar
ou lion des montagnes apprivoisé, qui avait, disait-
on l'habitude de s'assimiler les gens grincheux
qui venaient faire du potin au bureau du journal
quotidien de Livingstone.

J'omets mille sujets de première importance et
je reprends le fil des événements sur un chemin

13

de fer à voie étroite qui m'amena au Lac Salé.

Le trajet de Delhi à Ahmedabad en mai eût été un jour de bonheur, en comparaison avec ce supplice.

Rien que de la lumière aveuglante, du désert et de la poussière alcaline.

Pas de wagon réservé aux fumeurs.

Je restai dans le cabinet de toilette en compagnie du conducteur et d'un prospecteur qui, de la voix d'un enfant qui rêve, contait les atrocités commises par les Indiens, un juron succédant à l'autre avec autant de liant que la crème caillée s'attache aux bords du pot.

Je ne crois pas qu'il se soit douté qu'il contait des choses sortant de l'ordinaire, mais neuf sur dix de ses jurons étaient nouveaux pour moi, et faisaient même lever les sourcils au conducteur.

— Et quand on va la plupart du temps tout seul, en conduisant son cheval par monts et par vaux, on prend l'habitude de causer tout seul avec soi-même, à haute voix, dit le conteur de supplices, hâlé par le grand air.

Une vision passa devant moi et me montra cet homme marchant à la clarté des étoiles sur le sentier de Bannack City, en jurant, en jurant sans interruption.

Des paquets de haillons, qu'on nous dit être des Peaux-Rouges, prenaient le train de temps à autre.

Leurs privilèges de race leur accordent le transport gratuit sur les plates-formes des voitures.

Naturellement ils ne doivent pas pénétrer dans l'intérieur, naturellement aussi le train ne songe guère à s'arrêter pour eux.

Je vis ainsi une squaw nous rejoindre et nous quitter au vol, pendant que nous filions sur une courbe.

De même que l'homme du Punjab, le Peau-Rouge descend de préférence sur la plaine sans pistes et se dirige avec une résolution stupide vers l'horizon.

Il ne dit jamais où il va.

Lac Salé. Je suis inquiet au sujet de l'âme de M. Phil Robinson. Vous vous souvenez qu'il a écrit un livre intitulé *Pécheurs et Saints,* où il a prouvé fort gentiment que le Mormon était une personne tout à fait digne d'estime.

Et dès mon arrivée à Lac Salé, je me suis demandé avec surprise ce qui lui avait fait écrire ce livre.

Après mûre réflexion, après une longue promenade autour de la ville, je suis disposé à croire que ce fut le soleil, qui est très puissant dans ce pays-ci.

Grâce à une très bonne chance, le train mal intentionné, qui avait déjà douze heures de retard par suite de l'incendie d'un pont, m'amena dans la ville, un samedi, par cette vallée, que les efforts des Mormons firent fleurir comme la rose, à ce qu'ils prétendent.

Quelques heures auparavant, j'étais entré dans un monde nouveau où d'après les conversations, chacun était soit un Mormon, soit un Gentil.

Il ne semble guère convenable pour un citoyen libre et indépendant de s'affubler de l'épithète de Gentil, mais le Maire d'Ogden, qui est la cité des Gentils, dans la vallée, me dit qu'il faut une marque distinctive entre les deux troupeaux.

Longtemps avant que nous eussions atteint les vergers de Logan ou les brillantes plaines du Lac Salé, ce Maire, — lui-même un gentil, et qui de plus était renommé pour sa façon de traiter avec les Mormons, — me dit que la grande question de l'existence d'un Etat dans l'Etat se résolvait peu à peu par le vote et par l'éducation.

— Nous avons autour de nous, et dans ces montagnes, un terrain bourré d'argent, et d'or, et de plomb, et cela étant, quand tout l'Enfer formerait l'Etat-major de l'Eglise mormone, cela n'empêchera pas le Gentil d'accourir en bandes. A Ogden, à trente milles de Lac Salé, cette année, le vote des Gentils a submergé les Mormons aux élections municipales, et l'an prochain nous comptons remporter la même victoire à Lac Salé même. Dans cette ville, les Gentils ne forment qu'un tiers de la population totale, mais la majorité d'entre eux sont des hommes faits, ayant droit de vote, tandis que les Mormons comptent une foule d'enfants. Je suppose que quand nous aurons dans les emplois civils de la ville de purs Gentils, les Mormons perdront beaucoup de tercain. Ils sont condamnés à disparaître avant peu. A mon avis, ce sont les anciens qui entretiennent l'opposition au Gentil et à toutes ses œuvres. Quant aux jeunes, en dépit de tout ce que leur disent les anciens, ils se confondront parmi les Gentils. Ils liront les livres des Gentils, et vous pouvez parier le bonheur de votre vie, qu'il y a une influence sanctifiante, qui travaille aux conversions, dans le baiser de la plupart des femmes des Gentils, — surtout quand la jeune fille sait que le Gentil ne croit pas nécessaire à son salut d'encombrer sa maison de femmes. Je suis sûr que la prochaine génération donnera bien du fil à retordre aux anciens.

— Que pensez-vous de la polygamie?

— Maintenant elle est qualifiée crime par un Bill voté il n'y a pas longtemps. Le Mormon est tenu de n'épouser qu'une femme et de lui rester fidèle. S'il est surpris à rendre visite à d'autres... Vous voyez cet édifice de pierre brune, d'aspect si frais, si reposant, là-bas sur la pente de cette colline? C'est le pénitencier. On l'y envoie méditer sur ses péchés, et en outre il paie l'amende. Mais la plupart des policiers de Lac Salé sont Mormons, et je ne suppose pas qu'ils usent de rigueur avec leurs amis. Je présume qu'il se pratique pas mal de polygamie sous le manteau de la cheminée. Mais le plus difficile est d'arriver à convaincre le Mormon que le Gentil n'est point cet animal doublement damné que décrivent les anciens. Que les Gentils arrivent seulement à prendre solidement pied dans l'État, et toute la boutique mormonne tombera en ruine en fort peu de temps.

Et le désir étant le père de la pensée :

— Oui, certainement, dis-je.

Et je pénétrai dans la vallée de Dorset, le séjour des Saints du dernier jour, et le lieu où s'accumulèrent autant de souffrances qu'on n'en vit jamais en quarante ans.

Les bonnes gens d'Angleterre ne comprendront pas ce qui suit, mais dans l'Inde vous le comprendrez.

Vous savez comment, au Bengale, en ce jour, l'épouse-enfant est dressée à maudire la co-épouse possible, avant même que celle-ci soit entrée dans la maison de son mari.

Et la femme bengali a été accoutumée à la polygamie depuis quelques centaines d'années.

Vous savez aussi quelle jalousie terrible il existe entre l'épouse-mère et l'épouse sans enfants derrière le *purdah*, jalousie qui parfois va jusqu'à l'empoisonnement du fils bien-aimé.

De temps en temps, une Anglaise prend à son service une nourrice musulmane de caste supérieure, et à la faveur de cet office mercenaire les femmes sont sujettes à oublier les différences de couleur, et à causer sans réserve, comme deux filles jumelles sujettes à la malédiction d'Eve.

La nourrice raconte des choses fort étranges, fort terribles.

Elle est, — ce que les Mormons tiennent pour un privilège, — elle est née dans la polygamie, mais elle la déteste, elle l'a en horreur du fond de son âme jalouse.

Et c'est le sort de la co-épouse bengali, « la maudite entre les maudites, — la tête chauve et la stérile » (vous connaissez la suite de ce charmant office comminatoire), c'est ce sort là qu'une doctrine, et par-dessus le marché, le croirait-on ? une doctrine de Blancs, offre à la femme blanche, prise dans une masse soumise à des siècles d'entraînement, qui lui ont enseigné qu'elle a seule droit à régner sans partage sur le cœur d'un seul homme !

Pour dompter sa rebellion si naturelle, cette stupéfiante doctrine, ce mêli-mêlo fantastique de mahométisme, de loi mosaïque, de fragments mal compris de franc-maçonnerie, appelle à son aide toutes les puissances d'un enfer conçu et organisé par les esprits grossiers de tondeurs de haies, de terrassiers !

Un joli coup d'œil, n'est-ce pas ?

Toute la beauté de la vallée fut incapable de me faire oublier cela et la vallée est pourtant fort belle.

C'est une succession de terrasses aussi plates qu'une table, et qui vont s'appuyer aux flancs des collines sonores, marquant ainsi les niveaux auxquels s'arrêta le Lac Salé en passant des dimensions d'une mer intérieure à celles d'un lac de cinquante milles de long sur trente de large.

Avant peu, les terrasses seront couvertes de maisons.

Actuellement elles sont cachées parmi les arbres verts sur la surface sombre de la vallée.

Vous avez lu cent fois que les rues de Salt Lake City sont très larges, garnies de rangées d'arbres à feuillage épais, avec des canaux où coule de l'eau fraîche.

C'est vrai, mais je visitai la ville en une saison de grande sécheresse, la même sécheresse qui décime les troupeaux de Montana.

Les arbres se penchaient de faiblesse, les ruisselets d'eau étincelante, dont il est question dans les livres, étaient représentés par des rigoles poudreuses et pavées.

La Grande Rue paraît habitée par le commerce gentil, qui en a fait une artère affairée, pleine de mouvement, où, sous l'œil du soleil, il hume la bière de conserve et fume l'impie cigare tout le long du jour.

C'est pourquoi je l'aime.

Au commencement de la Grande Rue se voient les lions de la Localité, le Temple et le Tabernacle, la maison des Dîmes, les maisons de Brigham Young, dont le portrait se vend chez la plupart des libraires.

Mentionnons en passant ce fait que le défunt Emir de l'Utah ne ressemble pas trop mal de loin à Son Altesse l'Emir de l'Afghanistan, qu'ont vu ces yeux favorisés. Et je ne désire nullement tomber aux mains de l'Emir.

Naturellement la première chose à voir, c'était le Temple, manifestation matérielle d'une religion.

Armé d'un exemplaire du Livre de Mormon,

afin de mieux comprendre, j'allai me former des opinions téméraires.

Un jour ou l'autre, le Temple s'achèvera.

Il n'y a que trente ans qu'on l'a commencé, et jusqu'à ce jour on a dépensé au moins trois millions et demi de dollars à cette masse de granit.

Les murs ont dix pieds d'épaisseur ; l'édifice en a cent de hauteur, et ses tours en auront près de deux cents.

Et c'est tout ce qu'on peut en dire, à moins qu'il ne vous plaise d'y regarder de plus près, en marchant le Livre de Mormon à la main.

Alors vous apparaît l'extraordinaire puérilité de ce qu'on doit appeler le plan, je suppose.

Ces gens-là, recevant directement l'inspiration d'en haut, ont entassé pierre sur pierre, colonne sur colonne, sans arriver à produire quelque chose qui ait de la dignité, du relief, de l'intérêt.

Au-dessus de la principale porte, voici de pitoyables grattages sur pierre, représentant l'Œil qui voit tout, la poignée de main maçonnique, le soleil, les étoiles, et peut-être autre chose.

La platitude et la laideur de cet objet-là vous ferait presque pleurer quand vous jetez les yeux sur les magnifiques blocs de granit épars çà et là, et que vous songez aux chefs-d'œuvre qu'auraient pu produire ces millions pour le bien de l'Eglise.

On dirait qu'un enfant s'est dit : « Dessinons une grande, grosse, belle maison, plus belle qu'aucune maison ne le fut jamais » et qu'animé de ce désir, il s'est escrimé de la règle et du crayon et a accu-

13.

mulé des lignes droites sans y rien comprendre, sur des courbes décrites avec le compas, tout en suivant de son monologue chaque mouvement de sa main inexpérimentée.

Alors je m'assis sur une brouette et lus le livre de Mormon, et voici que l'esprit du livre était le même que l'esprit de la pierre que j'avais devant moi.

Les estimables Joseph et Hyrum Smith, se démenant pour créer une Nouvelle Bible, sans rien savoir de l'Ancien et du Nouveau Testament, et l'architecte inspiré manœuvrant les briques, — étaient frères.

Mais le livre était plus intéressant que l'édifice.

Il est écrit, et tout le monde a lu, qu'un ange descendant du Ciel, et orné d'une paire de lanternes de voiture apparut à Joseph Smith, qui grâce à elles fut miraculeusement en état d'interpréter certaines lames d'or sur lesquelles étaient gravés des points et des entailles et qu'il avait découvertes dans le sol.

Les lames, Joseph les traduisit. Seulement il épelait les caractères mystérieux « caractors, » et des points et des raies il tira un volume de six cents pages d'une impression compacte, contenant les premiers et second livres de Néphi, les livres de Jacob, d'Enos, de Jarom, d'Omni, de Mormon, de Mosiah, le Mémoire de Zéniff, le livre d'Alma Helaman, le troisième livre de Néphi, le livre d'Ether (le tout est un puissant anesthésique, pour le dire en passant) et le livre final de Mononi.

Trois hommes, dont l'un vit encore, à ce que je crois, témoignent solennellement que l'ange aux lunettes leur apparut.

Huit autres jurent solennellement qu'ils ont vu les lames d'or de la Révélation, et voilà sur quel témoignage est fondé le livre de Mormon.

La Bible mormone commence au temps de Zedekiah, roi de Juda, et finit dans un bourbier insensé, infranchissable, de combats entre tribus, de bouts de révélation, de passages sans nombre empruntés à la Bible.

Je fus de très bonne foi plein de sympathie pour les frères inspirés, à mesure que j'avançais dans la lecture de leur œuvre commune.

Etant comme eux un modeste ouvrier dans le champ de la fiction, je savais combien il est important de trouver des noms convenables pour ses personnages.

Mais Joseph et Hyrum avaient une besogne plus difficile que la mienne, et en outre ils avaient plus de hardiesse.

Ils créèrent Teancum, et Coriantumy Pahoran, Kischkumen et Gadianton, et autres noms inappréciables que la mémoire se refuse à retenir, mais ils se tinrent prudemment à distance respectueuse de la géographie.

Ils eurent l'astuce de rester dans le vague au sujet de la situation des lieux, parce qu'ils ne savaient pas très bien ce qu'il y avait dans le comté limitrophe du leur.

Ils firent faire des marches et des contre-marches

sanglantes à des armées à travers leurs pages.

Ils ajoutèrent de nouveaux et extraordinaires chapitres aux récits du Nouveau Testament.

Ils réorganisèrent les cieux et la terre, ainsi qu'on a toujours le droit de le faire au moyen de l'imprimerie.

Mais ils ne purent acquérir le style, et ce fut une grande sottise de leur part que d'introduire dans leur jargon une mosaïque de passages authentiques de la Bible, toutes les fois que leur plume laborieuse abandonnait sa pénible parodie pour écrire une phrase de vil, de mauvais anglais, ou d' « quelque horreur à un penny. »

« Et Moïse dit au peuple d'Israël : « Grand Scott, quoi donc que vous faites? »

Cette phrase-là ne se trouve pas mot pour mot dans le Livre de Mormon, mais le ton général n'en diffère guère.

Il y a dans le Mormonisme de quoi faire une fort belle religion.

En premier lieu, l'Eglise est d'un absolutisme qui l'emporte presque sur celui de Rome.

Renoncez au programme de la polygamie, mais montrez-vous tolérant sur certains genres d'abus.

Abaissez la qualité des recrues à un niveau inférieur de mentalité, veillez à ce que tout ce qu'on peut posséder de science agronomique soit le monopole des anciens, et vous avez un engin de première classe pour l'œuvre de pénétration. Le mysticisme voyant, les emprunts faits à la Franc-Maçonnerie seront pour le Suédois et le Danois de classe inférieure, des paysans de Galles et de Cornouailles, tout aussi bons qu'un ciel idéalisé.

Je parcourus les rues, j'épiai par les fenêtres des façades des maisons.

Les objets qui ornaient les tables étaient dans le style de l'an 1850.

La Grande Rue était pleine de gens venus du dehors faire des affaires avec l'Institut Mercantile coopératif de Zion.

L'Eglise, à ce qu'il me semble, surveille les finances de cette affaire, qui dès lors rapporte de beaux dividendes.

Les figures féminines n'étaient point agréables.

A vrai dire, si ce n'était la certitude que les créatures laides sont aussi déraisonnables que les belles en ce qui regarde l'amour sans partage, il semblerait que la polygamie fût une institution bienfaisante pour les femmes, et que le pouvoir spirituel fût seul capable d'y pousser les hommes mal bâtis, à face de bois.

Les femmes portaient des costumes hideux et les hommes avaient l'air ficelés avec des cordes.

Ils comptaient faire des affaires au marché pendant l'après-midi et aller le dimanche au lieu de prière.

Je tentai de causer avec quelques-uns d'entre eux, mais ils parlaient des langues étranges, ouvraient de grands yeux, se comportaient comme des vaches.

Pourtant une femme, qui n'était pas extrêmement laide, me confia qu'elle était très irritée de voir Salt Lake City devenir une curiosité qu'on montrait aux Gentils pour les divertir.

— Si nous avons nos institutions, ce n'est pas une raison pour qu'on vienne ici nous dévisager.

La façon de supprimer les aspirées la trahit.

— Quand avez-vous quitté l'Angleterre?

— Dans l'été de 84. Je suis de Dorset, dit-elle. Les agents mormons ont été très bons pour nous, et nous étions très pauvres. Maintenant nous nous trouvons mieux, mon père, ma mère et moi.

— Alors cet État vous plaît?

D'abord elle se méprit sur le sens de la question.

— Oh! je ne vis pas dans l'état de polygamie. Non, pas encore. Je ne suis pas mariée. Je me trouve bien comme cela. J'ai gagné quelques petites choses, et de la terre.

— Mais je suppose que vous allez...

— Non, pas moi. Je ne suis pas comme les Suédois et les Danois. Je ne trouve rien à dire pour ou contre la polygamie, cela regarde les anciens. Et entre vous et moi, je ne crois pas qu'il y en ait pour bien longtemps. Demain vous les entendrez parler à la Chambre. A les en croire, on dirait que cela va gagner toute l'Amérique. Les Suédois croient ça. Moi je sais que non.

— Mais vous avez tout de même obtenu votre terre.

— Oh! oui, nous avons obtenu notre terre, et naturellement, père et mère, et moi, nous ne disons rien contre la polygamie.

Je suis convaincu qu'il y a partout l'hypocrisie. Vous n'avez jamais entendu parler des « Chrétiens au riz, » n'est-ce pas [1]?

J'aurais bien voulu causer longuement avec la jeune personne, mais elle disparut dans la Coopérative de Sion, et un homme s'empara de moi en alléguant que c'était pour moi un rigoureux devoir de contempler les curiosités de Lac Salé.

Elles se composaient du Tabernacle en forme d'œuf, de la Ruche et des maisons de Brigham Young dans la ville, de la tombe de ce même grand coquin, avec des spécimens assortis de ses femmes endormies autour de lui, (juste comme ses onze veuves fidèles, autour des cendres de Runjit Singh, en dehors du fort de Lahore.)

Mais toutes ces choses ont été décrites par des plumes plus habiles que la mienne.

Les cages à animaux, où Brigham avait coutume d'emballer ses femmes, sont des villas malpropres, le Tabernacle est une supercherie en bardeaux, et la Maison aux dîmes le seul endroit où il semble que soient dressés les couples de revenus, a presque l'air d'une étable.

Les Mormons ont un papier-monnaie à eux, des billets de banque ecclésiastiques qui sont échangés contre les produits locaux. Mais les bambins de l'endroit préfèrent la même monnaie des Gentils.

---

1. Hindous qui aux époques de famine se convertissent pour toucher des portions de riz des missionnaires des missions anglicanes. (*Note du traducteur.*)

Il n'y a rien d'agréable à être promené à travers une ville par un guide qui s'arrête devant une maison sur trois pour dire :

— C'est ici que l'Ancien Tel-ou-tel logeait Amélie Bathershins, sa cinquième femme... non, sa troisième. Amélie, elle, a été épousée après Keziah, mais Keziah était la favorite de l'Ancien, et il n'osait pas laisser Amélie approcher de Keziah, de peur qu'elle ne portât atteinte à la beauté de Keziah !

Les Musulmans ont parfaitement raison.

Dès la minute où tous les détails domestiques de la polygamie sont discutés, cette institution menace ruine.

Je me débarrassai de mon guide quand il m'eut conté sa dernière et douteuse histoire, et je m'en allai seul.

Ce qui caractérise Lac Salé, c'est la paix dans l'ordre et un luxe tranquille.

Les maisons s'élèvent au milieu de pelouses spacieuses et bien étrillées, sans qu'aucune d'elles soit beaucoup plus ou beaucoup moins belle que ses voisines.

Des plantes grimpantes couvrent les façades et le vent fait entendre une musique fort agréable parmi les arbres, dans les vastes rues désertes, où il apporte l'arôme du foin et des fleurs de l'été.

Sur un plateau d'où l'on voit toute la ville est installée la garnison d'infanterie et de cavalerie des États-Unis.

L'État d'Utah peut faire à peu près tout ce qui lui plaît jusqu'à l'heure vivement désirée où le vote des Gentils engloutira sans bruit dans un de ses remous le Mormonisme, mais on y laisse la garnison, en cas d'accidents.

Les gros fermiers aux gueules de requins, aux oreilles de cochon, ont parfois des moments où leur religion les pousse aux excès du fanatisme, et dans les années d'autrefois, ils ont rendu la vie excessivement pénible aux Gentils, quand ceux-ci étaient en petit nombre dans le pays.

Mais aujourd'hui, bien loin de tuer à découvert ou en cachette, ou de brûler les fermes des Gentils, tout ce que le Mormon peut faire se réduit à un boycottage sans énergie.

Les journaux prêchent le défi au Gouvernement des Etats-Unis, et le dimanche, les prédicateurs en font autant au Tabernacle.

Quand j'y entrai, l'endroit était plein de gens auxquels un lavage aurait fait le plus grand bien.

Un homme se leva et leur dit qu'ils étaient le peuple choisi par Dieu, les élus d'Israël, qu'ils devaient obéir à leur prêtre et qu'un temps favorable allait venir.

Je me figure qu'ils avaient déjà entendu tout cela si souvent que cela ne faisait plus d'effet du tout.

C'est ainsi que même les mystères les plus sublimes d'une autre Foi perdent tout leur sel à être sans cesse répétés.

Ils respiraient fortement par le nez et regardaient fixement devant eux, impassibles comme des turbots.

Et, ce soir-là, je montai au poste de la garnison, l'un des plus vivement enviés de tous les commandements militaires, et je contemplai l'ensemble de la ville dans son ensemble de hauteurs menaçantes.

Vous pouvez spéculer longuement sur la masse de la misère humaine, les amours déçus, les tendres cœurs brisés, les âmes fortes arrachées aux lois de la vie pour obéir à la loi plus farouche de la mort, choses qu'ont vues ces montagnes.

Que dut-il en être au temps jadis, alors que les émigrants aux pieds blessés franchirent ce cercle, qu'ils surent qu'il leur fallait renoncer à toute espérance de revenir, de revoir leurs amis, ce qu'ils se virent livrés au pouvoir des amis qui se disaient les prêtres du Très Haut.

« Mais la Grâce divine le veut, et Richard Baxter marche. » Ainsi que le disait jadis l'éminent théologien.

Il semblait bon que le Destin n'eût pas fait de moi une des briques dans la construction de l'Eglise mormone, qui a si bien choisi sa situation aux bords d'un lac amer, salé, désespérant.

XII

J'en ai vu beaucoup, — des Cités
et des hommes.

Qu'on ne se méprenne pas en cette question.
J'aime ce Peuple, et s'il faut faire quelques critiques dédaigneuses, j'entends les faire moi-même.

Mon cœur est allé à eux de plus loin qu'à tous
les autres peuples, et quand il s'agirait de ma vie,
je ne saurais dire pourquoi.

Ils ont les angles saignant à vif, ils sont peut-
être plus infatués que les Anglais, ils sont vul-
gaires d'une vulgarité massive, qu'on pourrait
comparer aux Pyramides si elles étaient revêtues
de travaux en sucre comme des galettes de Noël.

Ils sont effrontés, ils ont le mépris de la loi au
même degré que l'effronterie, mais je les aime, et
je m'en aperçus en rencontrant un Anglais qui
riait d'eux.

Il prouva d'une façon concluante qu'ils avaient tort sur tous les points, depuis leur tarif jusqu'à leur administration civile va comme je te pousse, et qui ne mérite pas l'estime d'un véritable insulaire.

— J'admets tout, dis-je. Leur gouvernement est provisoire. Leurs chemins de fer sont bâtis avec des épingles à cheveux et des allumettes. La meilleure partie de leur bonne·fortune git dans leurs bois, dans leurs mines, et non dans leur cerveau. Mais en dépit de tout, c'est le plus grand, le plus beau, le meilleur peuple qu'il y ait à la surface du globe. Attendez seulement cent ans et vous verrez comment ils se conduiront quand ils se seront serré la vis et qu'ils auront oublié une partie de l'enseignement patriarcal de feu Maître Georges Washington. Attendez le jour où l'Anglo-Américain-Allemand-Juif — l'homme de l'avenir, — sera convenablement équipé. On ne verra que de temps à autre un tout petit peu de tignasse emmêlée. Il portera les poumons de l'Anglais au-dessus de ces pieds de l'Allemand, qui sont capables de marcher indéfiniment. Il allongera les longues, maigres, osseuses mains du Yankee avec de grosses veines bleues sur le poignet, d'un bout de la terre à l'autre. Il sera le premier des écrivains, des poètes, des auteurs dramatiques, surtout des auteurs dramatiques, qu'aura vu le monde depuis qu'il a conscience de lui-même. Grâce à son sang juif, — une petite, toute petite goutte, — il sera également musicien et peintre. Pour le moment

il y a trop de balcon et pas assez de Roméo dans
la vie de ses concitoyens. Plus tard quand la proportion se sera établie, et qu'il verra ce dont son
pays est capable, il fera ouvrir de grands yeux à
à l'Est dégénéré. Il sera aussi un administrateur
complexe, et d'une complication supérieure. Rien
de ce qu'on sait appartenir à l'homme, qu'il ne
veuille être, et son pays gouvernera le monde d'un
pied comme on pousse la planche d'une escarpo-
lette.

— Mais c'est pire que l'Aigle en ses pires moments. Est-ce que vraiment vous croyez tout cela?
dit l'Anglais.

— S'il est quelque chose que je croie sérieusement, c'est tout cela que je crois. Soixante millions d'hommes surtout anglais d'instincts et qui
sont exercés dès la jeunesse à estimer que rien
n'est impossible, ne s'écouleront pas inaperçus à
travers les siècles comme des paysans russes. Ils
sont destinés à laisser leur marque quelque part,
ne l'oubliez pas.

Mais n'est-il pas triste de penser qu'avec toute
l'Eternité devant et derrière nous, il nous est impossible, même aux prix de nos souffrances, de
subtiliser aux Immensités quelques pauvres siècles
de vie, qui nous permettraient d'assister aux deux
Grandes Expériences?

Dans cent ans d'ici, l'Inde et l'Amérique vau-
dront la peine d'être observées.

A présent, l'une d'elles est presque brûlée, l'autre commence à chauffer.

Au moment où je quittai mon contradicteur, ma foi eut sa large récompense.

C'était un homme absolument charmant, que j'avais rencontré par hasard dans la rue, assis sur une chaise, sur le pavé, et fumant un énorme cigare.

Voyageur de commerce, sa tournée comprenait le Sud du Mexique.

Il me raconta des histoires de villes oubliées, de dieux de pierre ensevelis jusqu'aux yeux dans la végétation forestière, de prêtres du Mexique, de révoltes, de dictatures, qui me firent dresser les cheveux.

Ce fut lui qui me traîna au Lac Salé pour m'y baigner.

Le lac est à environ quinze milles de la ville, et on peut s'y rendre par de nombreux trains qui ne sont que des trams-cars ouverts.

La voie, comme toutes les voies américaines, épouvante par la rudesse de sa construction, et la fin du voyage révéla les imperfections de l'installation.

Des appontements, des kiosques à musique, des boutiques de boissons rafraîchissantes étaient construits au-dessus de la masse grise du lac, mais ils ne faisaient que souligner l'absolue stérilité du site.

Jusqu'ici, les Américains ne touchent pas à leurs paysages.

Et le voyageur de commerce, en marchant dans l'eau comme dans du mercure :

— Croyez, dit-il, marchez.

Je marchai, je marchai, jusqu'à ce que mes

jambes se sentirent soulevées et qu'il me fallut marcher comme on le fait contre un vent violent, mais je restais toujours la tête et les épaules hors de l'eau.

C'était une sensation horrible, cette impossibilité de plonger.

On ne gagnait pas grand'chose à nager : impossible d'avoir de la prise sur l'eau.

Je m'assis donc et me laissai aller à la dérive comme une voluptueuse anémone parmi les centaines de gens qui se baignaient en cette endroit.

Vous pouviez vous rouler pendant trois quarts d'heure dans cette saumure chaude et collante sans courir nul risque, mais à votre sortie vous étiez revêtu de la tête aux pieds de sel blanc. Mais si par hasard vous avaliez une gorgée d'eau, vous mouriez.

C'est la vérité : j'en avalai une demi-gorgée, et par conséquent je fus à demi-mort.

Pendant le trajet du retour à travers la plaine horizontale qui forme le bord du lac, le voyageur de commerce m'engagea à observer quelques-unes des coutumes de ses compatriotes.

Le grand vagon ouvert contenait une centaine d'hommes et de jeunes personnes, « qui revenaient de la mer avec une chanson ».

Ils chantaient, criaient, échangeaient des traits de l'esprit le plus piquant et se comportaient comme leurs frères et sœurs de l'autre côté des mers, comme les « Arry » et les « Arriett » de l'ancien monde.

Et derrière moi étaient assises deux modestes demoiselles en blanc, seules, sans chaperon. Elles recevaient du jeune homme privilégié du car — un jeune homme d'une extraordinaire puissance de voix, — des déclarations d'amour éternel.

Elles rirent mais ne répondirent point.

Il leur fit de nouvelles déclarations, et avec un luxe extravagant d'images.

Les sièges les plus proches applaudirent.

Lorsque nous arrivâmes à la ville, les demoiselles firent demi-tour et s'en allèrent par une rue assombrie par les arbres, et les jeunes gens partirent de leur côté.

Sur quoi, me rappelant de quoi est capable le butor anglais, je m'étonnai qu'ils eussent cessé leur poursuite.

— C'est fort bien fait à eux, dit le voyageur de commerce. S'ils avaient insisté, — eh bien, je crois que quelqu'un aurait tiré un coup de pistolet.

Le lendemain même du jour où ces vagons si tranquilles revenaient du lac, il y eut un homme mortellement atteint d'une balle.

C'était ce qu'on nomme *un sport*, équivalent américain d'un fieffé coquin. Il avait eu une discussion avec un officier de police et ce dernier l'avait abattu.

Je vis le cortège funèbre parcourir la Grande Rue.

Il y avait près de trente voitures, pleines de gens douteux et de femmes qui n'avaient rien de douteux.

Les journaux locaux dirent que le défunt avait ses qualités, mais que peu importait, parce que si le Shériff ne l'avait pas tué, il n'aurait pas manqué le Shériff

Cela produisit un effet assez désagréable sur mes idées sentimentales, et je m'éloignai, bien que le voyageur de commerce n'eût pas demandé mieux que de me recevoir chez lui, sans même connaître mon nom.

Deux fois ensuite, nous passâmes la longue et chaude soirée à cheval sur nos chaises, à causer de l'avenir de l'Amérique.

Il faudrait que vous entendiez la Saga des Etats de la bouche d'un jeune et enthousiaste citoyen qui vient de se bâtir un foyer, qui l'a meublé d'une jolie petite femme, et se prépare à se lancer dans le commerce pour son compte.

Je fus tenté de croire que les coups de pistolet étaient de regrettables accidents et que le mépris des lois n'était que l'écume qui flotte à la surface de la vaste mer humaine. Je suis encore tenté de le croire bien que l'Utah rôti et poudreux soit à bien des milles derrière moi.

Puis, le hasard me jeta dans les bras d'un voyageur de commerce bien différent, lorsque nous sortîmes de l'Utah pour entrer dans l'Omaha, en traversant les Montagnes Rocheuses.

Il voyageait pour les biscuits, et le Destin l'avait frappé très rudement, ayant d'un seul coup chassé toute beauté et toute joie de sa pauvre existence.

14

Aussi voyageait-il avec une caisse d'échantillons d'un air effaré, et ses yeux ne trouvaient aucun plaisir à tout ce qu'il voyait.

Dans son désespoir, il s'était plongé dans sa religion — il était baptiste, — et il parlait de la consolation qu'il y trouvait avec la liberté ingénue qu'un Américain étale généralement quand il cause de ses affaires personnelles les plus sacrées.

Il y avait au sortir de l'Utah un désert plus brûlant, plus stérile que le Mian Mir en mai.

Le soleil chauffait à blanc le toit du wagon, la poussière encroûtait les vitres, et dans la poussière et la lumière aveuglante, l'homme aux biscuits rendait témoignage à sa foi, qui me paraît renfermer un des plus grands miracles du monde, la rédemption immédiate, imprévue, consciente d'elle-même dans l'âme par des moyens fort analogues à ceux qui ramenèrent Paul dans le droit chemin.

— Il faut que vous fassiez l'*essai* de la religion, répétait-il, les lèvres agitées convulsivement, les yeux tout bistrés de sa perte récente. Il faut que vous fassiez l'essai de la religion. On ne peut savoir quand cela vous viendra, ni comment, mais cela viendra, cela viendra, monsieur, comme un coup de foudre, et vous lutterez avec vous-même avant de posséder une conviction, une foi entière.

— Combien cela prend-il de temps? demandai-je avec respect.

—Cela peut prendre des heures. Cela peut prendre des jours. J'ai connu à San-Jo un homme qui a eu la conviction pendant un mois, et alors il a reçu l'esprit, — comme vous devrez le recevoir.

— Et ensuite?

— Ensuite, vous êtes sauvé. Vous sentez cela, et vous êtes capable de supporter n'importe quoi, soupira-t-il, oui, n'importe quoi. Je ne m'inquiète pas de ce que c'est, bien que j'avoue qu'il y a des choses plus pénibles que d'autres.

— Alors il faut attendre que le miracle soit opéré par des forces qui sont en dehors de vous. Et si le miracle ne s'opère pas?

— Mais il faut qu'il s'opère. Il le faut, vous dis-je. Cela vient à tous ceux qui professent avec foi.

Pendant que le train roulait, j'appris bien des choses sur cette croyance, et tout en m'instruisant, j'admirai.

C'était chose étrange à étudier, cette pauvre âme humaine brisée, courbée par son désespoir, se raidissant contre chaque nouveau spasme de douleur, grâce à l'affirmation révélée qu'elle n'avait rien à craindre des peines de l'Enfer.

La chaleur était étouffante.

Nous quittâmes le désert pour nous lancer dans les plaines vertes et ondulées du Colorado.

Je sommeillais par accès, après avoir ôté toute guenille qui put être ôtée, quand je fus réveillé en sursaut par une bouffée de froid intense, et le tambourinement d'une centaine de tambours.

Le train s'était arrêté.

Aussi loin que la vue portait, le sol était blanc

sous deux pieds d'épaisseur de grêlons, dont chacun était aussi gros que le haut d'un verre à sherry.

Je vis un malheureux poulain qui, près de la
voie, recevait sur son pauvre petit dos laineux
les coups de la grêle impitoyable. Il fut pilé jusqu'à la mort.

Un autre cheval subit son sort en courant.

Il galopa avec frénésie dans la direction du
train, mais ses jambes de derrière entrèrent dans
un trou plein d'eau et de glace.

Il battit le sol de ses jambes de devant pendant
une minute, puis roula sur le flanc, et se laissa
tuer sans résister.

Lorsque l'orage eut cessé, nous avançâmes avec
précaution, et tout en boitant, sur une voie qui
pouvait céder d'un instant à l'autre.

Le mécanicien de l'Ouest mène son train à peu
près comme le sous-officier mène le poney bondissant, et à ce qu'il semble, avec la même sensation de responsabilité.

Si un pied se pose mal, eh bien ça y est, n'est-
ce pas? Et s'il se pose bien, alors tant mieux, n'est-
ce pas? Mais j'aimerais mieux être sur un poney
que dans le train.

Il semble que ce soit une bonne occasion pour
prêcher sur la versatilité américaine.

Que M. Howell écrive un roman, qu'un héros
téméraire endigue une inondation en y jetant une
montagne mise en pièce par la dynamite, qu'un
prédicateur en mal de notoriété marie un couple
en ballon, vous allez entendre la grande Presse

américaine qui, se dressant sur ses pattes de derrière, fera le tour de la société en proclamant la
versatilité du citoyen américain.

Et il l'est, versatile, — il l'est, horriblement.

L'exercice sans contrôle du droit de jugement
personnel (qui, soit dit en passant, est une arme
que pas un homme sur dix n'est capable de manier), son toupet indomptable, son agitation qu'en-
tretient la sécheresse de l'air, et qui l'oblige à
grimper sur tous les meubles pendant qu'il vous
parle, tout conspire à le rendre versatile.

Mais quand il parle versatilité, l'auditeur im-
partial, qui est d'origine anglo-indienne, est sujet
à la croire de l'improvisation, et de l'improvisation dangereuse.

Personne n'est capable de saisir, avec la seule
lumière de la raison, l'intime détail d'un emploi,
alors même que cette raison serait républicaine.
Il faut se soumettre à l'apprentissage d'un métier,
étudier ce métier chaque jour de sa vie, si l'on
veut y exceller.

Sans cela, on « mettra la chose sur pied d'une
façon ou d'autre, » et parfois on ne la met pas du
tout.

Mais en quoi consiste la beauté de cette forme
de souplesse intellectuelle? Le vieux *Californie*,
que je ne cesserai d'aimer et de respecter, me
conta une ou deux anecdotes au sujet de la versatilité américaine et ses conséquences.

Elles me revinrent à l'esprit avec une force terrifiante pendant la marche du train.

14.

On ne versa point, mais je crois que ce ne fut point par la faute du mécanicien, ou celle des hommes qui avaient construit la voie.

Prenez — et vous n'aurez pas de peine à les trouver — les relations de dix accidents consécutifs de chemin de fer, — non pas de petits accidents, mais des grandes catastrophes, où les longs wagons se sont renversés, ont pris feu, et ont grillé tous vifs les infortunés occupants.

Sept sur dix se terminent par cette information encourageante :

« On suppose que l'accident est dû à l'écartement des rails. »

Cela signifie que les rails ont été fixés sur les travers avec tant de « versatilité, » que les boulons se sont relâchés par l'effet de la constante vibration que produit la circulation, en sorte que les barres métalliques se sont écartées.

On ne pend personne pour ces vétilles.

Nous commençâmes à gravir des côtes.

Puis nous nous arrêtâmes, la nuit, par une nuit noire, pendant que des hommes jetaient du sable sous les roues, frappaient la voie à coup de barre, et « supposaient » que nous pouvions avancer.

Tenant fort peu à me trouver à moitié endormi en présence de mon Créateur, je me frottai les yeux, je gagnai un wagon ordinaire et en fus récompensé par deux heures de conversation avec une actrice jetée à la côte, fourbue, abandonnée par son mari, et faisant partie d'une troupe de quatrième ordre jetée à la côte, fourbue, et plantée là par son directeur.

Elle était étourdie par la bière, réduite à son dernier dollar, tremblait de crainte que personne ne fût là pour la recevoir à Omaha.

Elle pleurait de temps en temps, parce qu'elle avait donné au conducteur un billet de cinq dollars à changer et qu'il n'était pas revenu.

C'était un Irlandais. Je le savais donc incapable d'un vol et j'entrepris la tâche de consolateur.

J'en fus récompensé, après un intervalle convenable, par le récit d'une existence si tourmentée, si mêlée, si désespérément invraisemblable, et pourtant si simplement probable, et avant tout si rapide, — non pas précipitée, — dans ses changements de Kaléidoscope, que le *Pionnier* se refuserait à en insérer le sommaire.

Ainsi donc, vous ne saurez jamais comment elle, la femme à la bière, à la chevelure blonde en désordre, était jadis domestique dans une ferme du lointain New-Jersey, et comment lui, — acteur ambulant, lui avait fait la cour et l'avait conquise. « Mais Paw était toujours contre Alf » et comment lui et elle risquèrent tout leur petit capital sur la foi d'un perfide directeur qui licencia sa troupe à cent milles de nulle part, et comment elle et Alf et une troisième personne, qui n'avait pas encore fait du bruit dans le monde, durent suivre la voie à pied, en mendiant dans les fermes, comment la tierce personne fit son entrée et sa sortie sans jeter une plainte, et comment Alf s'adonna au whisky, et à d'autres choses bien faites pour rendre une épouse malheureuse, et comment, après des granges prises d'assaut, des insultes, des histoires de coups de feu, et de pitoyables dislocations de pauvres troupes, elle avait une fois obtenu un rappel.

Ce récit-là n'avait rien de gai.

Il y avait dans le Pullman une véritable actrice, une de celles qui voyagent avec une bonne et un nécessaire de toilette, et ma loqueteuse eut l'idée de s'adresser à elle, mais elle échoua dans plusieurs tentatives pour gagner ce wagon d'un air enjoué, ainsi qu'il convenait à une collègue.

Puis, le conducteur reparut, rapportant honnêtement la monnaie des cinq dollars, et elle se remit à pleurer sous la double influence de la bière et de la reconnaissance, et s'endormit en dodelinant de la tête, seule dans le vagon, et devint tout à fait belle et digne d'être embrassée.

Pendant ce temps-là l'homme au chagrin se planta sur la porte entre une actrice et l'autre, et prêcha de farouches sermons sur la fin certaine qui les attendait l'une et l'autre, si elles ne changeaient pas de voies et ne trouvaient pas la régénération par le moyen de la croyance baptiste.

Oui, nous étions une singulière troupe quand nous traversâmes ensemble les Montagnes Rocheuses.

Je fus le plus heureux, parce qu'il y eut une rupture de la voie, suivie d'un retard de douze heures, pendant lequel je mangeai tous les échan-

tillons de biscuits du Baptiste. Ils me parurent de
composition variée, mais nutritifs.

Voyagez toujours avec un « gaudissart ».

XIII

Après bien des délais, et d'autres montées, nous arrivâmes à un défilé qui ressemble à tous les Défilés de Bolan qu'il y a dans le monde, et qu'on appelait le cañon noir de Gunnison.

Nous avions monté pendant bien des heures, et atteint la modeste altitude d'environ sept ou huit mille pieds au-dessus du niveau de la mer, quand loin du soleil nous entrâmes dans une gorge, dont les flancs de rochers s'élevaient verticalement à deux mille pieds, et dans laquelle une rivière déchirée par les éclats de pierre grondait, hurlait à dix pieds au-dessous d'une voie qui paraissait avoir été construite par le procédé bien simple de jeter de la vase de toute sorte dans la rivière et de clouer quelques rails par-dessus.

C'était un voyage glorieux, admirable, mystérieux que ce voyage insensé. Je le sentis très vivement jusqu'au moment où je dus me mettre en prières pour implorer du ciel la sécurité du train.

Il n'y avait pas à espérer de voir la piste à deux cents yards en avant.

Il nous semblait que nous courions dans les entrailles de la terre, sur l'invitation d'un torrent irresponsable.

Puis, le roc massif s'entrouvrait et laissait apercevoir une courbe d'une irrégularité terrifiante.

Enfin, le mécanicien lâcha toute la vapeur.

Nous franchîmes cette courbe, surtout sur une roue, pendant qu'en bas la Rivière Gunnison grinçait des dents.

Les vagons passaient en surplomb sur l'eau et si un seul rail avait pris la fantaisie de s'écarter, rien en ce vaste monde n'eût pu nous sauver de la noyade.

Je savais que nous finirions par démolir quelque chose.

Les sombres horreurs de la gorge, l'impétuosité de l'eau d'un vert de jade, en bas, et les récits encourageants des conducteurs me rendaient certain de la catastrophe.

A peine sortis du cañon noir, et d'une autre gorge, nous parcourions une plaine découverte à neuf mille pieds au-dessus du niveau de la mer, quand nous nous trouvâmes tout à coup à un tournant en face d'une chaussée comme jetée en travers d'une nappe d'eau formée à moitié par une digue, à moitié par un trou à immondices.

La locomotive lança un furieux Hoo! Hoo! Hoo! mais c'était trop tard.

C'était un taureau très beau, et Dieu sait pourquoi il avait choisi la voie pour faire une promenade hygiénique avec son épouse.

Elle fut rejeté sur la gauche, mais lui fut saisi par le chasse-pierres qui le retourna sens dessus dessous et le lança dans la mare où il plongea jusqu'au garrot.

L'expression de l'affolement, de stupéfaction aveugle sur sa face bovine, jovine, était admirable à voir.

Il ne se fâcha pas.

Je crois qu'il n'eut même pas peur, bien qu'il ait dû faire en l'air un trajet de dix yards.

Il tenait seulement à savoir une chose.

Quelqu'un aura-t-il la bonté d'apprendre à un respectable vieux gentleman, ce qui est arrivé, en ce monde ou hors de ce monde?

Et cinq minutes plus tard, le flot qui courait sur nos talons dans les gorges se fendit en une douzaine de fils d'argent, sur un haut plateau où soufflait la brise, et devint un innocent ruisseau à truites.

Nous fîmes halte à une ville à demi morte, dont le nom ne m'est pas resté dans la mémoire.

A l'origine, elle avait été bâtie sur la crête d'une vague de prospérité.

Jadis dix mille habitants avaient parcouru ses rues, mais le *boom* avait crevé.

Les grandes maisons de brique et les usines étaient vides.

La population habitait des maisonnettes en bois aux abords de la ville abandonnée.

Il y avait là quelques ateliers de chemins de fer, et l'hôtel, dont le trottoir servait de quai à la gare, contenait plus de cent chambres... vides.

L'endroit, dans son demi-abandon, était plus triste qu'Amber ou Chitor.

Mais quelqu'un dit : « De la truite — six livres — à deux milles d'ici » et l'Homme au chagrin et moi nous partîmes à sa poursuite.

La ville était cerclée d'un rond de collines, où se démenaient à qui mieux mieux une foule de petits ouragans avec coups de tonnerre, qui apparaissaient sur le vert tendre de la plaine en faisceaux et nappes de fumée et d'ombre.

Notre petite troupe se grossit d'un homme de loi de Chicago.

Nous nous liâmes sur le terrain des mouches, mais je ne comptais guère rencontrer en lui Elijah Pogram en chair et en os. Il prononça des discours sur l'avenir de l'Angleterre et de l'Amérique, et de la Grande Fédération que le temps formera entre l'Amérique et l'Angleterre, lorsque leurs mains jointes feront une ceinture au globe.

Selon les idées anglaises, il faisait l'imbécile, mais avec toute sa jactance, il disait des choses sensées.

Je pourrais accomplir une excursion de quatre mois en Angleterre, sans trouver un homme capable de rendre par la parole le patriotisme pas-

15

sionné qui possédait le petit homme de loi de Chicago.

Et cet homme-là avait des qualités, car il m'invita à venir chasser trois jours dans l'Illinois, si je voulais m'écarter un peu de mon itinéraire.

Je pourrais parcourir l'Angleterre en tous sens pendant dix ans, avant de rencontrer l'homme capable d'offrir à quelqu'un de tout à fait inconnu seulement un sandwich, et il me faudrait vingt ans pour extraire d'un insulaire autant d'enthousiasme.

Lui et moi, nous parlâmes politique et mouches à truites pendant toute une journée de chaleur accablante que nous passâmes à suivre les remous du ruisseau dont j'ai parlé.

Les petits poissons ont du charme.

Je passai deux heures à fouetter de ma ligne un creux où j'étais sûr qu'il y avait un poisson, et quand vint la nuit embaumée de l'odeur des pâturages, je pris un poisson de trois livres, au moyen d'une vieille mouche brune toute déchirée, et je le mis à terre après dix minutes de discussion animée.

Il était magnifique.

Si jamais quelqu'un pêche dans les ruisseaux à truites de l'Ouest, il fera bien d'emporter les mouches les plus sales qu'il possède.

Les indigènes rient des minuscules hameçons anglais, mais ces hameçons tiennent bon.

Les mouches brunes, marron et gris tendre ont

l'air de chatouiller les goûts esthétiques de la truite.

Quant au saumon (mais ne dites pas que je vous l'ai dit) servez-vous de la cuiller, dorée d'un côté, argentée de l'autre. Elle est aussi infaillible que les objets analogues le sont pour du poisson d'un autre calibre.

Les indigènes paraissent faire usage d'un fil beaucoup trop grossier.

Ce fut en me mettant à la recherche d'un bambin qui connaissait la rivière, que me fut révélé un nouvel aspect de la vie, paresseux, dépenaillé, dépourvu de ressources, mais fort intéressant.

Une famille habitait une hutte en planches de vieilles caisses sur les confins de la ville.

Elle avait vu la ville à l'apogée de sa prospérité, alors qu'elle affichait la prétention d'être la capitale des Montagnes Rocheuses.

Le boom passé, elle resta.

Elle était affable, mais couverte d'une croûte de boue ; *lui* avait l'air terrible et la face barbouillée.

Quant aux petits enfants, ils étaient tout simplement cuirassés de guenilles variées.

Mais ils vivaient au milieu d'un certain genre d'abondance sordide ; ils étaient six ou huit dans deux chambres et fréquentaient la société locale.

Ce fut le bambin de huit ans que je voulus emmener avec moi, mais il avait pris de la truite toute sa vie, et il « supposait qu'il ne tenait pas beaucoup à venir », bien que je lui offrisse six shillings pour ce qui aurait dû être une journée d'amusement.

— Je resterai avec m'man, dit-il.

Et je ne pus le faire renoncer à cette attitude.

M'man n'essaya pas de discuter avec lui.

— S'il dit qu'il ne veut pas aller, il n'ira pas, dit-elle, comme s'il était une des forces élémentaires de la Nature, et non un moutard qui méritait une fessée.

Et p'pa, qui se vautrait près du poêle, refusa d'intervenir.

M'man m'apprit qu'elle avait été maîtresse d'école, au temps pas très éloigné de sa jeunesse, mais elle ne me dit pas ce que je mourrais d'envie de savoir comment et pourquoi elle en était arrivée à occuper cette étable à porcs de là-bas derrière.

Bien qu'elle eût gardé les grâces de son parler de la Nouvelle Angleterre, elle en était venue à considérer le lavage comme un luxe.

P'pa chiquait du tabac et crachait de temps à autre.

Cependant, quand il ouvrait la bouche pour autre chose, il s'exprimait en homme bien élevé.

Il y avait une histoire là-dessous, mais il me fut impossible de l'obtenir.

Le lendemain, l'Homme au Chagrin, moi et quelques autres nous commençâmes pour tout de bon l'ascension des Montagnes Rocheuses. Jusqu'à ce moment-là nos escalades ne comptaient pas.

Le train gravit vivement une côte escarpée et se divisa en deux :

Cinq voitures attelées à deux locomotives, deux voitures à une locomotive.

La combinaison avait un air bonhomme, un air réfléchi, mais je fus assez niais pour m'avancer et me rendre compte de la façon dont étaient réunis les deux dernières voitures destinées à transporter César et sa fortune.

Quelqu'un avait perdu ou mangé l'appareil réglémentaire d'attelage.

Un homme prit sur le plateau d'arrière de la machine un simple anneau de fer guère plus gros qu'un anneau de chaîne de montre et « supposa que cela ferait l'affaire ».

Faites-vous hisser au haut d'un escarpement de Simla avec le crochet d'un parapluie de dame, si vous tenez à vous rendre compte de mes sensations tandis que les voitures grimpaient la pente et que l'anneau se tendait.

Pendant des milles, et à deux mille pieds au-dessus de nous, s'élevait le flanc d'une montagne qui avait pour épaulette la longue ligne d'une galerie à neige.

La première section des voitures rampait à un quart de mille en avant de nous.

Le train faisait le serpent, se courbait en boucle derrière, et d'un des côtés, c'était un abîme noir.

On monta, monta, jusqu'à ce que l'air rare se raréfiât encore et que le *chunk-chunk-chunk* pénible de la locomotive eût pour réponse le battement oppressé du cœur épuisé.

A travers la lumière variable des galeries à neige, horribles cavernes en grossière charpente, nous nous frayâmes la route, nous arrêtant de temps à autre pour laisser passer un train descendant.

Un monstre de quarante wagons chargés de minerai dévala, retenu à grand'peine par quatre locomotives, dont les freins criaient et grinçaient en chœur, et à la fin, après un coup d'œil jeté sur la moitié de l'Amérique déployée comme une carte, et des lieues au-dessous de nous, nous fîmes halte à l'entrée de la plus longue de toutes les galeries à neige, sur la crête de la ligne de faîte, à une altitude de dix à onze mille pieds au-dessus du niveau de la mer.

La locomotive désirait reprendre haleine, et les passagers désiraient cueillir les fleurs qui se balançaient avec impertinence à travers les interstices des planches.

Une voyageuse se mit à saigner du nez.

D'autres dames se laissèrent tomber sur les sièges et respirèrent péniblement.

Le train en faisait autant, pendant qu'un vent aussi coupant qu'un couteau s'émancipait dans la sombre galerie.

On envoya une machine-pilote pour dégager la voie, et l'on commença la partie descendante du trajet, en serrant tous les freins disponibles, parmi de fréquents cris d'alarme.

Au bout de quelques heures, on atteignit la

grande plaine, puis la ville de Denver, où l'Homme au Chagrin alla à ses affaires, et me laissa continuer seul mon voyage jusqu'à Omaha, après un coup d'œil rapide sur Denver.

Le pouls de cette ville ressemblait beaucoup trop au vent furieux qui parcourait la galerie à neige des Montagnes Rocheuses.

Je fus un peu dégoûté de voir des gens absolument inconnus me proposer de faire je ne sais quoi à des mines situées dans les montagnes et d'acheter des lots de terrain à bâtir sur des escarpements inaccessibles.

Une fois, une femme insista pour que je lui fournisse des liqueurs fortes.

J'avais presque oublié que de pareilles invites sont possibles dans n'importe quel pays, car en Amérique les signes extérieurs et visibles de la moralité publique sont généralement gardés sous clef.

C'est pour cela que je respecte ce peuple.

Omaha (dans le Nebraska) n'était qu'une halte sur la route de Chicago, mais elle me révéla des horreurs que je n'aurais eu garde de manquer.

A un examen superficiel, la ville semblait peuplée entièrement d'Allemands, de Polonais, de Slaves, de Hongrois, de Civates, de Magyars, et de toute la lie des Etats européens de l'Occident, mais elle avait dû être alignée par des Américains.

Aucun autre peuple ne couperait la circulation de la principale rue par deux courants de lignes de chemin de fer, chacun à huit ou neuf voies, et ne hasarderait aussi joyeusement des tram-cars sur les rails.

De temps en temps il se produit à Omaha d'horribles accidents au passage sur ces voies, mais il semble que personne n'ait l'idée d'établir une passerelle.

Cela nuirait aux dividendes des pompes funèbres.

Soyez heureux d'apprendre les détails d'un fait de ce genre.

J'ai vu à Omaha un magasin dont je n'avais jamais vu l'analogue.

Les vitrines en étaient garnies de costumes pour hommes et de costumes pour dames. Mais les montants des chemises portaient des habits imprimés sur leurs devants et plus bas, il n'y avait, à la place des pantalons, que des plis de drap noir à bon marché, tombant comme un manteau d'abbé.

Sur le seui'   magasin un jeune homme assis, lisait *Le Cours au temps* de Pollock.

Cela m'apprit qu'il était entrepreneur d'enterrements.

Il se nommait Gring, — ce qui est un beau nom, — et je causai avec lui des mystères de sa profession.

C'était un enthousiaste et un artiste.

Je lui appris combien on brûlait de cadavres dans l'Inde.

Il répliqua :

— Nous sommes bien supérieurs : nous gardons — c'est-à-dire nous embaumons — nos morts, comme ça !

Et il me montra les horribles armes de sa profession, et me fit voir pratiquement de quelle façon on « garde » un mort contre la corruption à laquelle il a droit dès sa naissance.

— Ah ! je voudrais pouvoir vivre quelques générations rien que pour voir comment mes gens se conservent. Mais je suis certain que ça marche bien. Rien ne peut y mordre, quand je les ai embaumés, *moi*.

Alors il déploya un de ces fantastiques complets, et quand j'y portai une main frémissante, voici que tout se ratatina, se réduisit à rien, car le linge blanc était cousu sur le drap noir, et..., il n'y avait pas de dos.

C'était là l'horrible. Le vêtement était un cercueil.

— Nous en habillons un homme, dit Gring en étendant l'objet sur le comptoir, avec bon goût. Ainsi que vous le voyez, nos boîtes ont sur le dessus une petite fenêtre vitrée. (Oh ! ma foi, mais cette fenêtre du cercueil était encadrée de peluche comme la fenêtre d'un brougham), et vous ne voyez pas plus bas que la taille du gilet de l'homme. En conséquence...

Il déroula la terrible étoffe à bon marché qui retombait sur les gros pieds, et je fis un bond en arrière.

— Naturellement on peut habiller un homme de ses propres vêtements, mais ceci, c'est ce qu'on emploie d'ordinaire. Pour les dames, regardez cela.

15.

Il prit le corps d'une robe de grand dîner, à col allongé en lilas éteint, rembourré, gonflé à la diable, doublé de noir, mais comme pour le complet de soirée le dos manquait, et au-dessous de la taille, ce n'était plus qu'un linceul.

— Cela, c'est pour une vieille fille. Mais pour les jeunes personnes, nous avons du blanc avec fausses perles autour du cou. Cela fait beaucoup d'effet à travers la vitre du cercueil : vous voyez qu'il y a un coussin pour la tête, des fleurs pour remplir les vides.

Pouvez-vous concevoir quelque chose de plus horrible que de jouir de votre dernier repos à l'état de supercherie morte, comme quand vous étiez un mensonge vivant, de descendre dans la tombe avec la moitié de notre corps rasé, paré, habillé comme pour une soirée, pendant que l'autre moitié, la moitié que vos amis ne peuvent voir, est fagotée dans les plis d'une toile noire?

Je sais quelque chose des usages funéraires de différents pays du monde, et je fis d'énergiques efforts pour faire entrevoir vaguement à M. Gring le paganisme terrible dont il se rendait responsable, par cet art grotesque, par la grimaçante horreur de toutes ces choses.

Mais il ne put le voir.

Il ne le comprit pas même quand il me montra le costume pour un petit garçon.

Il continua à dire que c'était très bien d'embaumer, de truquer, de travestir hypocritement les pauvres innocents morts dans leurs coffres

pourvus de capiton et de coussins de première
qualité, avec la petite vitre sur le devant.

Qu'on me mette dans une gaine de toile comme
une canne à pêche, dans les profondeurs de la
mer, qu'on me brûle sur la plage de l'Hughli avec
du bois mouillé, et sans huile ; qu'on me cloue
sous un Pullman-car et qu'on laisse le poêle al-
lumé faire sa pire besogne, qu'on me consume
avec un fil électrique en court-circuit, ou qu'on
me plonge dans la vase d'une digue rompue du
fleuve ; mais qu'on ne m'envoie pas à l'abîme, ri-
canant derrière une petite ouverture vitrée, dans
un habit de soirée sans dos, et la moitié de devant
d'une robe en étoffe noire. Non, quand même je
devrais être gardé à jamais contre les ravages de
la tombe. Amen.

XIV

Je connais ta fourberie, ton acti-
vité, l'ardeur et la force de ta luxure,
et tes actes arbitraires, et tout ce
que ta gloire aime à raconter sur
tes brillantes qualités matérielles.

Me voici dans une ville — une véritable ville,
— ainsi qu'on nomme Chicago.

Les autres villes ne comptent pas.

San-Francisco était un rendez-vous de plaisirs
aussi bien qu'une cité et Lac Salé était un phénomène.

Cet endroit-ci est la première cité américaine
que j'aie rencontrée.

Elle contient plus d'un million d'âmes et de
corps et s'élève en un sol identique à celui de
Calcutta.

Maintenant que je l'ai vue, je désire vivement
de ne jamais la revoir.

Elle est habitée par des sauvages.

Son eau est l'eau de l'Hughli et son air est empesté.

En outre, elle se dit la cité directrice de l'Amérique.

Je ne crois pas qu'elle ait rien de commun avec ce pays.

On m'avait dit d'aller à Palmer House, qui est une lapinière pleine de dorures et de glaces et j'y trouvai un immense vestibule en marqueterie de marbre, bondé de gens qui parlaient argent et crachaient partout.

D'autres barbares faisaient des charges dans cet enfer et en sortaient des lettres et des télégrammes dans les mains, et d'autres encore s'interpellaient à tue-tête.

Un homme, qui avait absorbé plus que sa charge de boisson, m'apprit que c'était l' « hôtel le plus beau de la plus belle ville qui existât sur la terre du Dieu tout-puissant. »

Disons en passant que quand un Américain veut indiquer le comté ou l'Etat limitrophe, il dit : « La terre du Dieu tout-puissant. »

Cela évite des discussions et flatte sa vanité.

Alors j'allai me promener dans les rues, qui sont longues, plates, interminables.

Et en vérité, il ne fait pas bon habiter l'Est pendant un certain temps. Vos idées finissent par entrer en conflit avec celles que professe tout blanc bien pensant.

Je vis s'allonger des perspectives sans fin, bordées de maisons à neuf, dix, quinze étages, et bondées d'hommes et de femmes, et ce spectacle me fit une impression d'horreur.

Excepté à Londres, — et j'ai oublié quelle est la physionomie de Londres, — je n'avais jamais vu tant de blancs réunis, jamais vu une aussi misérable réunion.

Les rues étaient sans couleur, sans beauté ; j'avais au-dessus de ma tête un enchevêtrement de câbles en fil métallique, et sous les pieds un dallage de pierre sale.

Un cocher de cab me proposa de me montrer la gloire de la ville à tant par heure, et j'errai longtemps avec lui.

A l'en croire, toute cette confusion, toute cette bousculade était chose digne d'une respectueuse admiration.

Il était bon d'entasser des hommes sur quinze couches superposées et de creuser des trous dans le sol pour y établir des bureaux.

Il dit que Chicago était une ville animée et que toutes les créatures qui couraient autour de moi se livraient aux affaires.

Cela veut dire qu'elles s'évertuaient à gagner de l'argent, afin de ne pas mourir, faute de nourriture à se mettre dans le ventre.

Il me conduisit au bord de canaux noirs comme de l'encre et remplis d'abominations indescriptibles et m'invita à contempler le courant de circulation sur les ponts.

Ensuite il me mena dans un débit de boissons,

et pendant que je buvais, il me fit remarquer que le sol était couvert de pièces de monnaie incrustées dans du ciment.

Un Hottentot ne se serait pas rendu coupable de cette sorte de barbarie.

Les pièces de monnaie faisaient un effet assez joli, mais l'homme qui les avait mises n'avait pas songé à la beauté ; c'était donc un sauvage.

Puis, mon cocher me montra des îlots de maisons consacrés aux affaires, tout pavoisés d'enseignes et d'absurdes réclames commerciales.

Quand on suivait du regard la longue rue ainsi parée, il semblait que chaque vendeur se tînt sur sa porte en braillant: « Au nom de l'argent, employez-moi, ou achetez chez moi, rien que chez moi. »

Avez-vous jamais vu un rassemblement lors de nos distributions de secours en temps de famine ? Vous savez alors comment des gens sautent en l'air, allongent les bras au-dessus de la foule dans l'espoir d'être vus, pendant que les femmes tapotent d'un air souffrant les estomacs de leurs enfants et geignent.

J'aimerais mieux assister à une distribution en temps de famine que de contempler l'homme blanc quand il est absorbé par ce qu'il appelle la concurrence légitime.

Je comprends la première de ces choses ; la seconde m'écœure.

Le cocher dit que c'était là une preuve de progrès. Cela m'apprit qu'il lisait son journal, ainsi que doit le faire tout Américain intelligent.

Les journaux apprennent à leurs lecteurs, en un langage adapté à leur compréhension, que le progrès consiste à faire grincer un assemblage de fils électriques, à surélever des maisons, à gagner de l'argent.

Je passai dix heures dans cet immense désert.

Je parcourus des vingtaines de milles de ces terribles rues.

Je heurtai plusieurs centaines de mille de ces terribles gens qui causaient argent en parlant du nez.

Le cocher me quitta, mais au bout de quelques instants je recueillis un autre homme, qui était bourré de chiffres, et qui m'en versait dans l'oreille chaque fois que l'occasion le demandait ou que le suggéraient les immenses usines aux murs nus.

Ici on fabriquait pour tant de cent mille dollars de tel ou tel article ; là pour tant ou tant de millions de telle autre chose.

Cette maison valait tant de millions de dollars, cette autre quelques millions de dollars de plus.

On eût dit un enfant qui babille en comptant son trésor de coquilles de noix : on eût cru voir un fou jouant avec des boutons.

Mais on attendait de moi mieux que d'écouter ou de regarder. L'homme me demandait d'admirer, et tout ce que je trouvai de mieux fut de dire :

— Est-ce qu'il en est vraiment ainsi ? Alors je le regrette pour vous.

Cela le mit en colère, et il dit que la jalousie insulaire me rendait irresponsable.

Ainsi donc, vous le voyez, je ne réussis pas à me faire comprendre de lui.

Environ quatre heures et demie après qu'Adam eut été chassé de l'Eden, il eut faim. Donc après avoir averti Eve de ne pas se faire casser la tête par la chute des fruits, il grimpa sur un cocotier.

Cela lui écorcha les jambes, lui fit des coupures à la poitrine, l'essouffla péniblement, et Eve fut tourmentée par la crainte de voir son seigneur manquer pied, ce qui aurait mis fin à la tragédie de ce monde avant que le rideau eût fini de se lever.

Si, alors, j'avais rencontré Adam, j'aurais été fâché pour lui.

Aujourd'hui, je vois onze cent mille de ses fils, tout juste aussi avancés que leur père dans l'art de se procurer de la nourriture et démesurément inférieurs à lui, en ce qu'ils se figurent que leurs palmiers mènent tout droit vers le ciel.

En conséquence je le regrette de plusieurs millions de manières différentes.

Dans notre Orient, le plus pauvre peut avoir du pain rien qu'en grattant un peu, ou bien un ami un peu moins pauvre lui en donne.

Dans les pays moins favorisés, on est sujet à oublier.

Là-dessus j'allai me coucher. Et c'était un samedi soir.

Le dimanche me fit voir la chose la plus singu-

gulière de toute la barbarie dans toute son am-
pleur.

Je découvris un endroit qualifié officiellement
d'église.

C'était en réalité un cirque, mais les fidèles ne
le savaient pas.

Il y avait des fleurs partout dans l'édifice, qui
était orné de peluche, de panneaux de couleur
chêne, le tout d'un grand luxe, y compris deux
chandeliers tordus, de style gothique le plus austère.

Devant ces choses et devant une congrégation
de sauvages apparut un homme extraordinaire qui
était dans les termes les plus familiers avec leur
Dieu.

Il le traitait avec le laisser-aller de la conversation et l'exploitait absolument comme un reporter de journal tirerait parti d'un potentat étranger. Mais, à la différence du reporter de journal,
il ne permettait pas à son auditoire d'oublier que
le centre d'attraction c'était lui, et non pas *Lui*.

Avec une voix argentine et des figures de langage empruntées à la salle publique des ventes, il
bâtit pour ses auditeurs un paradis sur le plan
général de Palmer-House (mais où les dorures seraient en or véritable, où les vitres seraient en
vrai diamant) et il mit au centre un personnage
à grosse voix, porté à la discussion et très rou-
blard qu'il appela Dieu.

A cet endroit une phrase frappa mon oreille
charmée. C'était à propos de quelques détails du
jugement dernier, et voici ce qu'il disait :

— Non, je vous dis que Dieu ne fait pas les affaires de cette façon !

Il leur donnait une divinité à portée de leur intelligence, dans un ciel d'or et de joyaux auquel ils étaient naturellement capables de prendre goût.

Il entrelardait son sermon du jargon des rues, du comptoir de la Bourse, et il dit que la religion devrait entrer dans la vie journalière.

Je présume par conséquent qu'il la présentait sous l'aspect de la vie journalière, de la sienne et de la vie de ses amis.

Alors je m'esquivai, avant la bénédiction, car je ne désirais aucune bénédiction de cette sorte. Mais les personnes, qui écoutaient, avaient l'air d'y prendre grand plaisir, et je compris que j'avais rencontré un prédicateur en vogue.

Plus tard, après avoir lu les sermons d'un gentleman du nom de Talmage, et de quelques autres, je m'aperçus que j'avais entendu un spécimen très atténué.

Et pourtant cet homme, avec ses bestiales idoles d'or et d'argent, sa façon de traiter les vases sacrés, les mains dans les poches, le cigare à la bouche, le chapeau en arrière sur la tête, se serait regardé comme parfaitement capable, au point de vue spirituel, d'envoyer une mission convertir les Hindous.

Pendant tout ce dimanche-là, j'entendis des gens qui disaient que le simple fait de clouer des bandes de fer sur du bois et de faire courir dessus une chose à vapeur, en fer, constituait ce progrès, que le téléphone était du progrès, que le réseau aérien de fil de fer était du progrès.

Ils répétèrent indéfiniment leurs assertions.

L'un d'eux m'emmena à leur hôtel de ville et à leurs ateliers du bureau commercial et me les montra avec fierté.

C'était très laid, mais cela tenait beaucoup de place, et les rues en face étaient étroites et malpropres.

Quand je vis les têtes des gens qui faisaient des affaires dans cet édifice, je devinai qu'on s'était trompé dans la distribution des billets de logement.

Pour le dire en passant, c'est une consolation de sentir que je n'écris pas pour un public anglais.

J'aurais dû en ce cas feindre de tomber en extase sur le merveilleux progrès qu'a fait Chicago depuis l'époque du grand incendie, j'aurais dû faire allusion à ce qu'on avait élevé le niveau de la ville tout entière au-dessus du lac qui la borde, j'aurais dû en un mot ramper devant le veau d'or.

Mais vous, qui êtes d'une pauvreté sans remède, et qui, à en juger par ce criterium, ne comptez pas, vous savez des choses, et vous comprendrez quand j'aurai écrit qu'on a trouvé le moyen de réunir un million d'hommes sur un sol plat, et que la majorité de ces gens paraissent inférieurs aux *mahajans*, et d'une société moins agréable que celle d'un *jat* du Penjab après la moisson.

Mais, à ce qu'il me semble, ce qui me déplut, ce

fut moins la course aveugle de ces gens, leur argot, leur ignorance grandiose de tout ce qui ne touche pas immédiatement à leurs intérêts, que l'étude des journaux quotidiens de Chicago.

En premier lieu, il y avait je ne sais quelle rivalité entre New-York et Chicago pour savoir dans laquelle de ces villes aurait lieu une exposition de produits qui était décidée pour plus tard, et par l'intermédiaire de leurs journaux les plus respectables, les deux villes s'objurguaient, s'engueulaient comme des vendeurs des journaux de parti contraire.

On appelait cela de l'humour, mais cela vous faisait l'effet de quelque chose de tout différent.

C'était seulement le premier sujet de désaccord.

Le second consistait dans le ton des compositions.

Des articles de fond qui contiennent des perles comme ceci : « Par derrière de tel ou tel endroit » ou bien « nous avons fait observer, mardi, tel ou tel événement » ou bien « on fait pas » pour « on ne fait pas », sont des choses qu'il faut accueillir avec gratitude.

J'éprouvai comme un besoin de pleurer en retrouvant dans ces journaux tous les cris de guerre, tous les propos d'arrière-boutique du bar de Palmer-House, le slang des boutiques de coiffeur, l'élévation d'esprit et l'intégrité du commissionnaire d'un Pullman-car, la dignité du Museum à un penny, et la bonne foi de la poissarde.

Il m'est sévèrement interdit de croire que le

journal fait l'éducation du public; je suis donc forcé d'admettre que le public fait l'éducation du journal.

Au moment même où la sensation de l'irréel et de l'accablement pesait le plus sur moi et où j'avais le plus besoin d'aide, un homme s'assit à côté de moi et se mit à causer de ce qu'il appelait la politique.

Il m'était arrivé de payer environ six shillings une casquette de voyage qui valait dix-huit pence, et il prit ce fait pour texte d'un sermon.

Il dit que ce pays-ci était riche, et que les gens payaient volontiers deux cents pour cent de la valeur d'un objet : ils pouvaient s'offrir cela.

Il dit que le Gouvernement imposait un tarif protecteur variant de dix-sept à soixante-dix pour cent sur les articles fabriqués à l'étranger, et que dès lors le manufacturier américain pouvait vendre ses marchandises un prix avantageux.

Ainsi un chapeau importé coûterait deux guinées, y compris le droit.

Le manufacturier américain fabriquerait un chapeau pour dix-sept shillings et le vendrait une livre quinze shillings.

C'était en cela, disait-il, que consistait la grandeur de l'Amérique et le ramollissement de l'Angleterre.

La concurrence entre manufactures maintiendrait les prix à une limite décente de bon marché, mais je ne devrais jamais oublier que ce peuple était un peuple riche, et non pas un peuple de pauvres, comme ces continentaux, et qu'il prenait plaisir à payer des droits d'entrée.

Dans ma faible intelligence, il me semblait que c'était un peu comme si on manipulait des jetons.

Tout ce que j'ai acheté jusqu'à présent me coûte à peu près deux fois plus cher qu'en Angleterre, et quand ce sont des objets fabriqués dans le pays, ils sont d'une qualité inférieure.

En outre, depuis le jour où j'ai songé à écrire ces lignes, j'ai rendu visite à un gentleman qui possède une usine destinée jadis à la fabrication de certaines choses.

Il en était toujours possesseur.

Il ne s'y trouvait pas un ouvrier, mais il recevait une belle rente d'un syndicat de maisons de commerce pour tenir son usine fermée et pour ne rien produire.

Cet homme disait que, si l'on renonçait à la protection, un flot de main-d'œuvre inhabile inonderait le pays, et comme je contemplais son usine, je me dis qu'il était bien préférable de n'avoir aucune main-d'œuvre que d'avoir devant soi un avenir aussi horrible.

En attendant, souvenez-vous que ce pays tout particulier prend plaisir à payer de l'argent pour une valeur qu'il n'a point reçue.

Je suis un étranger, et quand il s'agirait de ma vie, je ne saurais comprendre pourquoi on paierait six shillings des casquettes de dix-huit pence, ou huit shillings un étui à cigarettes d'une demi-couronne.

Quand la population du pays aura atteint une densité convenable, quelques millions de gens qui ne sont point des étrangers seront frappés de la même sorte d'aveuglement.

Mais l'affirmation de mon homme était d'une certaine façon en parfaite harmonie avec la grotesque férocité de Chicago.

Maintenant voyez et jugez.

Dans le village d'Isser Jang, sur la route qui va à Montgomery, il y a quatre femmes *changar* qui vannent le blé, à peu près soixante-dix boisseaux par an.

Derrière leur hutte habite Puran Dass, le prêteur d'argent, qui prête environ cinq mille roupie par an, sur de bonnes cautions.

Jowala Singh, le *lohar*, répare les charrues du village, — une trentaine, — quand elles ont leur coutre brisé, dans les trois cent soixante-cinq jours.

Hukm Chund, l'homme qui écrit les lettres et préside le petit club sous l'arbre des voyageurs, tient le village au fait de tout ce que le barbier et l'accoucheuse n'ont pas mis dans le domaine public.

Chicago bat et vanne son blé par millions de boisseaux.

Une centaine de banques prêtent des centaines de millions de dollars dans l'année, et des vingtaines d'usines fabriquent des charrues et des machines par torrents.

Des vingtaines de journaux quotidiens font la besogne dont se charge Hukm Chund, le barbier et l'accoucheuse, en ayant les égards nécessaires pour l'opinion publique, dans le village d'Isser Jang.

En ce qui regarde les usines, la différence, entre Chicago, sur le lac et Isser Jang sur la route de Montgomery, est dans le degré et non dans l'espèce.

En se plaçant au point de vue de l'intel' ,ence des choses de la vie, Isser Jang aurait l'avantage sur Chicago, s'il n'avait pas sa saison de choléra.

Jowala Singh connaît les trois ou quatre champs hantés par les goules, aux confins du village, et il les évite, mais il n'a point à ses trousses des millions de diables pour l'obliger à courir en plein soleil et jurer que ses socs de charrue sont les meilleurs du Punjab.

Puran Dass ne monte en carriole pas plus d'une ou deux fois par an, et il sait, en cas de nécessité urgente, se servir du chemin de fer et du télégraphe aussi bien que pas un fils d'Israël à Chicago.

Mais cela est absurde.

L'Orient n'est pas l'Occident, et ces gens doivent continuer à faire de la vie un mécanisme et à appeler cela du progrès.

Leurs prédicateurs eux-mêmes ne leur font aucun reproche.

Ils embellissent la chasse à l'argent et l'amertume doublement aigrie de la malédiction qui pèse sur Adam, en disant que cela élargit l'horizon de

16

l'intelligence humaine et lui donne de plus hautes aspirations.

Ils ne disent pas « Délivrez-vous de votre servitude » mais plutôt : « Si par hasard vous pouvez vous en arranger, n'attachez pas autant de prix aux choses de ce monde ».

Et ils ne savent pas en quoi consistent les choses de ce monde.

Je sortis pour voir tuer des bestiaux, rien que pour m'éclaircir l'esprit, qui commençait à se troubler, comme vous allez le voir.

On dit que tous les Anglais vont voir les parcs à bestiaux de Chicago.

Vous les trouverez à environ six milles de la ville, et c'est un spectacle que vous n'oublierez jamais quand vous l'aurez vu.

Aussi loin que la vue porte, s'étend une ville de parcs, habilement divisée en îlots, de telle sorte que les animaux de chaque compartiment puissent être poussés rapidement vers un plan incliné en charpente, qui aboutit à une galerie couverte qui s'étend en zigzag à une grande hauteur au-dessus des parcs.

Ces viaducs sont à deux étages.

A l'étage de dessus marchent les bestiaux condamnés : la plupart ont l'air abruti.

A celui de dessous, on entend un tumulte de sabots piétinant, de hurlements innombrables : ce sont les porcs qui courent.

Les uns et les autres sont destinés à la même fin.

Puis, vous verrez les bandes de bestiaux attendant leur tour, et ils attendent parfois plusieurs
jours. Ils auraient tort de se désoler à la vue de
leurs camarades que la crainte de la mort fait courir de côté et d'autre.

Tout ce qu'ils savent, c'est qu'un homme à cheval met en marche leurs voisins de compartiment,
au moyen d'un fouet.

On lève certains barreaux, quelques grillages,
et voici que cette foule a disparu par l'entrée d'un
tunnel en pente et ne revient plus.

Il en est autrement avec les porcs : leurs cris
aigus donnent à leurs connaissances des nouvelles
de l'exode et trouvent de l'écho dans les centaines de compartiments.

Ce fut aux porcs que je m'intéressai d'abord.

Faisant choix d'un viaduc qui en était plein,
comme je pus l'entendre, sinon le voir, je remar-
quai un sombre édifice où il aboutissait.

Je m'y rendis, non sans être alarmé par les
bestiaux égarés qui avaient trouvé le moyen de
s'échapper du logement qui leur était assigné.

Une agréable odeur de saumure m'avertit de ce
qui allait se passer.

J'entrai dans l'usine et la trouvai pleine de porc
en barils.

A un autre étage, il y avait une quantité encore
plus grande de porc prêt à mettre en baril, et dans
une grande salle les moitiés de porcs pour la préparation desquels on jette par la fenêtre de gros
morceaux de glace.

Cette pièce était la chambre mortuaire où les porcs sont exposés quelques instants avant de commencer leur voyage à travers des corridors tels que les rois en suivent parfois.

Je tournai un angle, et n'ayant pas aperçu un appareil de barres graisseuses, de roues et de poulies qui se trouvait au-dessus de ma tête, je courus dans les bras de quatre cadavres vidés, tous d'un blanc pur, d'un aspect humain, que poussait un homme habillé en rouge criard.

Quand j'eus fait un bond de côté, le sol sous mes pas était glissant.

J'avais dans les narines une senteur de ferme, et aux oreilles les cris d'une grande foule. Mais il n'y avait point de joie dans ces cris.

Douze hommes étaient disposés sur deux lignes de six chacune.

Entre eux et au-dessus d'eux courait le chemin de fer de la mort qui avait déjà failli me lancer par la fenêtre.

Chaque homme tenait un couteau ; il avait les manches de sa chemise coupées aux coudes, et il était d'un rouge de sang des pieds à la tête.

L'atmosphère était étouffante comme dans une nuit de la Saison des Pluies, à cause de la vapeur et de l'encombrement.

Je grimpai jusqu'à l'origine des choses, et perché sur une étroite solive, j'eus sous les yeux presque tous les porcs du Wisconsin.

Ils venaient justement d'être lancés par l'orifice du viaduc et étaient entassés dans un grand carré.

De là ils furent amenés par la persuasion, un petit nombre à la fois, dans une chambre plus petite, où un homme fixa une corde à leurs pattes de derrière, en sorte qu'ils montèrent en l'air suspendus au chemin de fer de la mort.

Oh ! ce fut alors qu'ils crièrent, qu'ils appelèrent leur mère, qu'ils promirent d'être plus sages jusqu'au moment où l'homme à la corde leur donnait une poussée dans le dos, et ils glissèrent la tête la première dans un couloir au sol de briques, qui avait l'air d'un grand évier de cuisine, qui aurait été tout rouge.

Là les attendait un homme rouge armé d'une couteau, qu'il leur passa très gentiment dans la gorge.

Le cri à pleine gueule devint un gargouillement suivi d'une chute qui ressemblait à celle d'un averse tropicale.

L'homme rouge, adossé dans le couloir, se tint à distance des sabots aux violentes ruades, et passa la main sur ses yeux, non point par un sentiment de compassion, mais parce que du sang y avait jailli, et il eut tout juste le temps d'expédier la nouvelle fournée.

Alors le porc, qui avait été saigné le premier, fut jeté, remuant encore avec force, dans un grand bassin d'eau bouillante.

Il ne cria plus.

Il fit quelques mouvements réglés par un mécanisme invisible et finit par sortir à l'extrémité inférieure du bassin.

16.

Il fut porté sous les lames d'une grossière machine, comme une roue à aubes, qui faisait : « Hough! Hough ! Hough ! » et râclait tout le crin, excepté le peu que pouvait enlever une couple d'hommes avec des couteaux.

Puis, il fut de nouveau enlevé par les talons jusqu'à ce triste chemin de fer et passa entre la rangée des douze hommes, tous armés d'un couteau, et laissa à chacun une certaine partie de sa personne, qui fut emportée dans une brouette. Et quand il fut parvenu jusqu'au dernier d'entre eux, il était très beau à voir, mais énormément réduit et mutilé.

Le superflu de personnalité a toujours été un obstacle pour voyager à l'étranger. En aucun cas, ce porc là n'aurait pu aller vous rendre visite dans l'Inde s'il ne s'était défait de quelques-unes de ses idées de prédilection.

Le découpage ne m'impressionna pas autant que la saignée.

Ils étaient excessivement remuants, ces porcs. Ensuite ils étaient si excessivement morts ! Et l'homme qui se tenait dans le couloir ruisselant, visqueux, chaud, n'avait pas l'air de s'en préoccuper, et avant que le sang de celui-ci eut cessé d'écumer sur le sol, cet autre, et avec lui quatre de ses amis avaient crié et étaient morts.

Mais un porc, ce n'est que l'animal impur, interdit par le Prophète.

Quand je me rendis à l'abattoir du gros bétail, une singulière découverte m'y attendait.

Là toutes les constructions étaient sur une bien plus grande échelle, et l'on n'entendait aucun bruit de lutte, mais avant même de mettre le pied dans l'abattoir, je sentis l'odeur salée du sang fumant.

Les bêtes n'arrivaient pas directement par le viaduc, comme c'était le cas pour les porcs.

Elles débouchaient par centaines dans une cour.

C'étaient de gros animaux à pelage rouge bien chargés de chair.

Au centre de la cour se tenait un taureau rouge du Texas, avec un licol sur sa tête canaille.

Personne ne le menait.

Il se curait les dents, pour ainsi dire, et sifflotait dans un compartiment pour lui tout seul, quand arrivaient les bêtes.

Dès que la première sortait du viaduc, toute apeurée, ce diable rouge s'avançait d'un pas déhanché, les mains dans les poches, vers la cour, sans être guidé par personne.

Alors il mugissait quelque chose à l'effet de faire comprendre qu'il était le guide officiellement désigné de l'établissement et qu'il leur en ferait faire le tour.

C'étaient des paysans, mais ils savaient se conduire, aussi, en troupeau de quelques centaines de bêtes, suivaient-ils Judas, patiemment, avec une physionomie qui exprimait un doux étonnement.

Je vis son large dos se mouvoir lentement en tête de la troupe, à la montée dans un couloir en pente blanchi à la chaux, dont l'entrée me fut interdite.

Puis une porte se ferma, et au bout d'une minute Judas revint de l'air d'un vertueux tireur de charme reprendre sa place dans sa stalle.

Quelqu'un se mit à rire, de l'autre côté de la cour, mais je n'entendis aucun bruit de bétail dans la grande bâtisse de briques où avait disparu la foule.

Il ne restait plus que Judas, qui ruminait d'un air de maligne satisfaction ; cela m'apprit que le mal était fait.

Je fis le tour en courant pour me trouver devant la façade de l'usine et m'arrêtai stupéfait.

Qui pourrait dire les préjugés que nous absorbons par la peau, grâce à notre milieu ?

Ce qui m'impressionna, ce ne fut point ce que je vis.

La première idée qui s'exprima presque spontanément à haute voix, fut : « On tue du gros bétail » et cela me donna un coup.

Les porcs n'intéressaient personne, mais le gros bétail, — les frères de la vache, la vache sacrée, — c'était tout à fait différent.

La prochaine fois qu'un membre du Parlement me dira que l'Inde peut faire d'un homme un Sultan ou un Brahmane, je croirai la moitié de ce qu'il dit.

Il est déplaisant de voir abattre du gros bétail quand on a ri de cette idée-là pendant quelques années.

Je ne pus voir le commencement de l'opération parce que la rangée de stalles où se trouvaient les animaux m'était masqué par un rideau impénétrable de bouchers et de corps suspendus.

Tout ce que je savais, c'était que des hommes ouvraient la porte d'une stalle quand le moment était venu, et qu'aussitôt deux taureaux gisaient assommés, respirant péniblement.

On leur coupait les jarrets à tous deux, on les soulevait à demi au moyen de la corde, et on leur coupait la gorge.

Deux hommes écorchaient chaque tête, un autre leur tranchait la tête, et en moins d'une demi-minute le chemin de fer aérien transportait deux moitié de bœuf à l'endroit de destination.

On criait beaucoup dans la salle d'opérations, mais du bétail qui attendait, invisible de l'autre côté de la ligne des parcs, pas un bruit ne venait.

Ils allaient à la mort, confiants en Judas, sans mot dire.

On les tuait à raison de cinq par minutes et si les tueurs de porcs étaient éclaboussés de sang, les tueurs de bœufs en étaient inondés.

Le sang murmurait en roulant dans les rigoles.

On ne pouvait poser ni la main ni le pied en une place qui ne fût couverte de plusieurs couches de sang desséché, et la puanteur qui me montait aux narines était à faire peur.

Et alors la Providence miséricordieuse, qui avait prodigué les bonnes choses sur toute ma route, m'envoya une personnification de la ville de Chicago, afin que j'en eusse un éternel souvenir.

Parfois, des femmes viennent voir l'égorgement, comme si elles allaient voir égorger des hommes.

Alors entra dans cette salle vermillon une jeune femme de forte carrure, aux lèvres du plus vif incarnat, aux sourcils fournis, à la chevelure noire qui formait sur le front une coiffure de veuve.

Elle était belle, bien portante, pleine de vie, et elle était vêtue d'une flamboyante toilette rouge et noire ; et ses pieds (sachez que les Américaines ont des pieds de fée), ses pieds, dis-je, étaient sertis dans des bottines en cuir rouge.

Elle se tenait debout dans un rayon de soleil, du sang rouge sous ses chaussures, des quartiers pantelants accrochés tout autour d'elle, un bouvillon rendant sa vie avec son sang, à moins de six pieds d'elle, au centre de cette usine de la mort.

Elle regardait avec curiosité, avec des yeux durs, hardis, et elle ne rougissait pas.

Alors je dis :

— C'est un *envoi* qui m'est spécialement destiné. J'ai vu la Cité de Chicago.

Et je m'en allai à la recherche de la paix et du repos.

XV

Prince, poussés par bien des brises de l'ouest, nos vaisseaux vous
apportent leur salut et leur charge
de trésors. Nous vous les envoyons
tous, mais le plus précieux d'entre
eux, c'est une jeune fille Yankee,
libre et franche.

C'est se conduire bien mal, ce n'est guère beau, de « faire » un continent en bonds de cinq cents milles. Mais après ces porcs et ces bœufs de Chicago, je sentis qu'un complet changement d'air me ferait du bien.

Actuellement les Etats-Unis pivotent sur Chicago ou ses environs, comme un paravent à deux battants.

Assurément, les mignons Etats de la Nouvelle Angleterre appellent une excursion dans la Pensylvanie un tour dans l'Ouest, mais le citoyen, qui a l'esprit plus large, paraît compter sa longitude à partir de Chicago.

Dans vingt ans d'ici, le centre de la population —
ce carré marqué en noir sur la carte du recense-
ment, — se sera déplacé, à ce que l'on dit, bien
à l'ouest de Chicago.

Mettons vingt ans de plus, et il sera sur le versant du Pacifique ; vingt ans encore, et l'Amérique commencera à être surpeuplée, et il y aura
crise. On voudra des produits manufacturés pour
une installation domestique réduite au nécessaire,
on les voudra au meilleur marché possible. Et
ceux qui crient que le pays est assez riche pour
s'offrir un tarif protecteur, se tairont avec un ensemble surprenant.

Présentement, c'est le fermier qui paie le plus
cher le luxe des prix élevés.

Au temps jadis, quand le sol était tout neuf,
qu'il y en avait surabondamment et qu'il était
fertile comme le jardin de l'Eden, il payait sans se
faire prier.

Maintenant, il n'y a pas autant de terre vacante,
et les vieux champs ont besoin de stimulants, qui
coûtent de l'argent.

Le fermier, obligé de tout payer, commence à
devenir questionneur.

En outre, la grande Nation Américaine, qui, in-
dividuellement, ne ferme jamais une porte derrière sa noble personne, fait très rarement un
effort, pour rendre ce qu'elle a pris sur les étagè-
res de la Nature.

Elle empoigne tout ce qu'elle peut et ensuite
déménage.

Mais le déménagement tire à sa fin, et le système de tout empoigner doit avoir une fin, et alors le Gouvernement Fédéral sera obligé de créer un ministère des bois et forêts dont le monde n'aura jamais vu le pareil.

Et tous les gens qui ont pris l'habitude de tailler, couper à tort et à travers, de brûler des forêts quand il leur plaît, y trouveront à redire, jetteront les hauts cris, protesteront contre cette atteinte à leurs droits.

Le nègre se multipliera surabondamment, et il faudra compter avec *lui*, et le manufacturier devra se contenter de bénéfices moindres ; et il faudra compter avec *lui*, et les chemins de fer ne seront plus les maîtres des régions qu'ils traversent, et il faudra compter avec *eux*.

Et finalement, personne ne sera content.

Oui, ce sera un spectacle digne d'être contemplé par l'univers, que ce gros, cet ardent poulain de peuple, qui est parti au grand galop sur une piste couverte de litière fraîche, quand il sera ramené en arrière, à l'écurie, par ce jockey à la poigne dure, la Nécessité.

Il y aura de l'émotion en Amérique, quand quelques vingtaines de millions de « Souverains » s'apercevront que ce qu'ils regardent comme un résultat de leur gouvernement n'est qu'un présent fait par la Nature, et qui diminue constamment, et que s'ils veulent continuer à vivre confortablement, ils doivent s'attaquer à tous les problèmes, l'un après l'autre, humblement, depuis celui du

.17

travail jusqu'à celui des finances, sans gasconnade, et en commençant par le commencement.

Mais à l'heure présente, ils ont l'air de gens qui disent : « Demain ressemblera à aujourd'hui, » et si vous discutez avec eux, ils répondent que l'Idée Démocratique fera marcher les choses.

Ils croient en cette Idée, et les moins bien renseignés se fortifient dans cette croyance par de curieuses assertions sur le despotisme qui règne en Angleterre.

C'est tout simplement de l'esprit provincial, cela va sans dire, mais c'est fort plaisant à entendre, surtout quand vous comparez la théorie avec la pratique (surtout celle du pistolet) telle qu'on la trouve dans les journaux.

J'ai fait un effort pour découvrir où gîte l'autorité centrale du pays.

Elle n'est pas à Washington, car le Gouvernement Fédéral ne peut rien pour des Etats, si ce n'est faire fonctionner le service postal et percevoir un ou deux impôts fédéraux.

Elle n'est pas dans les Etats, car les municipalités peuvent faire ce qui leur plaît.

Elle n'est pas dans les municipalités, car celles-ci sont dominées par le vote des étrangers ou par des comités de citoyens patriotes d'origine américaine.

Et elle n'est certes pas dans les citoyens, parce qu'ils sont sous la direction et la férule du pouvoir despotique de l'opinion publique, telle qu'elle est représentée par leurs journaux, leurs prédicateurs ou leur société locale.

J'ai rencontré un homme qui m'a dit que si quelque chose marchait de travers dans cet énorme congrès de rois, — s'il y avait une fissure, un soulèvement, ou un craquement, — le peuple en détail deviendrait le sujet du peuple souverain en gros.

C'est une survivance de la Guerre Civile, alors que, vous vous le rappelez, le peuple en majorité employait le fusil et le sabre pour égorger et blesser le peuple en détail.

Tout de même, cette manière de voir ressemble beaucoup à celle du sauvage rendant un culte à la carabine déchargée qui est posée contre le mur.

Mais hommes et femmes *nous* donnent à nous un exemple en fait de patriotisme.

Ils croient en leur pays et en son avenir, et en son honneur, et ils ne rougissent pas de le dire.

Tous, du plus grand au plus petit, sont animés de cette fière, ardente conviction, devant laquelle j'ôte mon chapeau et pour laquelle je les aime.

La moyenne des bourgeois anglais paraît regarder son pays comme une abstraction chargée de lui fournir des policemen et des équipes de pompiers.

Le voyou de Londres est incapable de comprendre ce que ce mot signifie.

Ce qu'il connaît, ce sont les mirliflors, les tribunaux, et les soldats qui servent de spectacle dans les Parcs, mais il vous rirait au nez si vous lui parliez de n'importe quel devoir qui lui incombe envers son pays.

Prenez n'importe où, sur son siège de cocher, dans sa loge de portier, derrière sa charrue, oh ! surtout derrière sa charrue, — un Américain de la seconde génération, — et cet homme vous fera comprendre en cinq minutes qu'il sait ce que c'est que sa République.

Il narguera peut-être une loi qui n'est pas à sa convenance, il vous arrachera la dent de l'œil dans un marché, il applaudira à une roublardise qui confine à la filouterie, mais il faudrait l'entendre chanter :

> Mon pays, c'est toi,
> Douce terre de liberté,
> C'est toi que je chante.

J'ai entendu quelques milliers d'hommes ainsi occupés.

Je les respecte.

Il y a trop de balcons et trop peu de Roméo dans notre hymne national. Dans le chant américain, il n'y a que du balcon.

Il faut qu'il naisse un jour un poète pour donner aux Anglais le chant de leur propre pays, de leur pays à eux, c'est-à-dire de la moitié du monde.

Il ne restera plus alors qu'à composer le plus grand de tous les poèmes, — la Saga de l'Anglo-Saxon faisant le tour entier de la terre, — un *péan* qui réunira l'allure lente, terrible de l'*Hymne du Combat de la République* (si vous ne le connaissez pas, trouvez le moyen de le faire chanter) avec la *Grande-Bretagne n'a pas besoin de remparts*, l'élan des *Grenadiers anglais*, et cette marche au *pas redoublé* qui est parfaite : La *Marche à travers la Géorgie*, pour finir par la plaintive *Marche funèbre*. Car Nous, même Nous, qui nous partageons la Terre comme jamais Divinités ne le firent, nous sommes aussi mortels, en ce qui concerne nos personnes individuelles.

Quelqu'un tentera-t-il l'entreprise ?

Ce fut sous l'influence de ces idées désordonnées que je parvins à la Paix infinie de la toute petite municipalité de Musquash, sur la rivière Monongahela.

Le tapage et le tumulte de Chicago appartenaient à un autre monde.

Figurez-vous un paysage anglais, boisé, ondulé, sous le plus doux des ciels bleus, parsemé de trois en trois milles de petits villages prospères, tranquilles, ou de provocantes petites cités industrielles que les arbres et les plis du terrain empêchaient miséricordieusement de trahir leur présence.

La verge d'or flamboyait dans les prés à côté des vertes molènes. Les vaches regagnaient leur séjour par les sentiers tortueux entre les ronces à mûres.

Tout l'été était dans les vergers, et les pommes, — c'est à ces pommes-là que nous rêvons en mangeant les contrefaçons laineuses du Kashmir étaient mûres, appétissantes.

Il faisait bon s'étendre dans un hamac, les yeux à demi-clos, et entendre, au milieu du parfait silence, les pommes tomber des arbres et tinter les clochettes des vaches qui, d'un pas majestueux, descendaient la grande rue du village.

On eût dit que dans cet endroit reposant, tout le monde avait juste ce qui lui fallait : une maison avec tout l'ameublement nécessaire pour le confort, une grande ou une petite vérandah pour passer la journée, un jardin bien ratissé avec une luxuriante abondance de fleurs, quelques vaches et un verger.

Tous se connaissaient intimement les uns les autres, et ce qu'ils ne savaient pas, le journal quotidien de la localité, — un journal pour un village de douze cents habitants! — le leur fournissait.

Il y avait un tribunal où l'on rendait la justice, et une prison qui logeait des prisonniers au sort digne d'envie, et quatre ou cinq églises appartenant à quatre ou cinq sectes.

En outre, il était impossible de se procurer ouvertement aucune liqueur forte dans ce petit paradis.

Mais... il y avait un *mais* fort grave, — mais vous n'avez qu'à vous procurer un certificat de médecin pour avoir des liqueurs fortes chez le pharmacien.

C'est là le côté faible de la prohibition.

Un homme, qui tient à boire, prend des habitudes cachottières, sournoises, et cela n'a rien de bon pour l'âme humaine, et il en résulte bientôt, surtout pour un jeune homme, qu'il arrive à croire qu'il vaut tout autant être pendu pour le vol d'un mouton que pour celui d'un agneau, et ce jeune homme n'a pas une belle fin.

Une chute retentissante est seule capable de démontrer à un poulain ordinaire qu'une clôture n'est pas faite pour être franchie d'un bond, tandis que si on le lâche en plein champ, il apprend à se conduire avec discrétion.

On entendait dire bien des choses au sujet de cette même peur de la boisson, à Musquash, où les jeunes filles elles-mêmes avaient l'air d'en savoir trop long sur les effets que cela produit chez certains jeunes gens réprouvés, lesquels auraient peut-être vu la sottise de leur conduite, s'ils avaient été complètement, sérieusement, obstinément enivrés — avec un soda à l'eau-de-vie tiède mis sous leur nez d'oison dans le mal aux cheveux du terrible lendemain matin.

Selon la loi canonique du village, c'était un péché d'absorber de la bière de conserve, et cependant, — *experto crede*, il vous arrive de vous assoupir en buvant cette drogue, bien avant que vous puissiez vous enivrer.

« Mais quel homme connaît son intelligence ! »

Et d'ailleurs cela les regarde.

La petite commune avait l'air de se suffire à elle-même aussi bien qu'un village des Indes.

Si le reste du pays s'était abîmé sous la mer, Musquash aurait continué à envoyer ses enfants à l'école, pour faire d'eux de « bons citoyens » ce qui est la prière quotidienne du vrai père américain, à régler la construction de ses routes, de ses égouts locaux, les arbitrages au sujet de terrains, le gouvernement intérieur par l'élection et le vote, en respectant, comme il convenait, les meneurs, (ce qui sauve le système électif) jusqu'au jour où tous auraient été, chacun à son tour, prendre place dans le cimetière réservé à leur secte.

Ces gens-là étaient des Américains et non des étrangers, des gens qui se gouvernaient eux-mêmes pour eux-mêmes et leurs femmes et leurs enfants, dans la paix, l'ordre et la décence.

Mais ce qui leur tenait le plus au cœur, bien qu'ils n'en sussent rien, c'est qu'ils étaient, pour le plus grand nombre, des Méthodistes, et d'un Méthodisme comme on n'en a guère vu même sur une lande du Yorkshire, ou comme on n'en a guère rencontré se rendant en troupeau à une Chapelle de la Foi, dans les Vallées.

On retrouvait là le langage méthodiste d'autrefois, ainsi que la discipline, grâce à laquelle les âmes des justes sont, parfois, au prix de vexations intenses, rendues parfaites en ce monde, afin d'avoir « droit à leur congé et de vivre et mourir en bonne posture. »

Si vous ne connaissez pas cette langue-là, vous ne comprendrez pas ce que cela signifie.

La discipline, ou la *Dis-ci-pline*, n'est pas chose

qui comporte la plaisanterie, et l'effet qu'elle produit dans une congrégation dépend entièrement du tact, de l'humanité, de la bienveillance du chef qui la manie.

Celui-ci, sachant quels sont les désirs de la jeunesse, peut tourner l'âme avec douceur dans la direction du bien, au lieu de la tordre avec une cruauté sauvage du côté de la bonne voie, sans autre résultat que de la voir s'enfuir au loin, brisée, épouvantée.

La *Dis-ci-pline* a le bras long.

Une jeune personne me raconta, comme si c'était un fait nouveau, étrange, intéressant pour un étranger, qu'une amie à elle avait une fois été réprimandée par des Anciens, quelque part — ce n'était pas à Musquash, — pour avoir commis le crime affreux... de danser.

Elle, l'amie, ne trouvait pas du tout la chose à son goût. Oh! non, elle ne la trouvait pas à son goût.

Pouvez-vous vous imaginer les effets charmants que produit une semonce en règle, administrée par un Ancien jeune et austère, qui ne savait pas encore faire des concessions aux instincts naturels qui portent le jeune animal humain à danser?

Les fers rouges, qu'on brandit devant vous pour vous faire peur, peuvent aussi vous brûler. Ainsi que l'attesteront ceux qui ont dû subir une malheureuse interprétation de l'antique Croyance.

Mais ce qui était immensément intéressant, c'était le genre de vie absolument frais, sain et

17.

doux où tout en traitant avec un respect suffisant les choses de l'autre monde, on avait soin de ménager assez de loisir pour le tennis de la soirée; ou l'on s'adonnait avec un égal soin au train train journalier, à la besogne triviale (tâche qui n'a rien de trivial, quand vous êtes *aidé* par une *aide* américaine) et au salut de son âme.

J'eus l'honneur de rencontrer en personne, et télles que les a décrites Miss Louisa Alcott, Meg, et Joe, et Beth, et Amy, que vous devriez connaître.

Elles n'affectaient point de cacher quoi que ce fût dans leur vie où il n'y avait rien à cacher.

Musquash comptait un grand nombre de « filles à marier, » parce que les jeunes gens étaient partis pour tenter la fortune, ainsi que cela se voit même en Angleterre.

Quelques-uns d'entre eux travaillaient dans les villes aux grondements de tonnerre, au vaste fracas. D'autres avaient gagné l'Ouest sans bornes. D'autres avaient disparu dans le Sud langoureux et flâneur, et les jeunes personnes attendaient leur retour, ainsi que c'est l'usage des jeunes personnes dans le monde entier.

Un jour, les jeunes gens revenaient par un beau soleil, tirés à quatre épingles, leur langage débarrassé des gros mots et des paroles impolies.

Ils étaient venus faire une visite. Ah! comme ils étaient bien peignés! Et les jeunes filles en robes blanches, apparaissaient sur le seuil, pareilles à des fantômes, et les accueillaient suivant leurs mérites.

Maman n'avait point à se mêler de cela, papa non plus, car il était en ville, occupé à tâcher de faire entrer un peu de raison dans la tête d'un arpenteur.

Et tout le long de la rue pleine d'ombre, et de paresse et de confiance, vous entendiez les portes à claire-voix des jardins s'ouvrir, se refermer avec un bruit sec, selon l'état d'esprit de l'homme.

De joyeux rires partaient des endroits où trois ou quatre personnes, — soyez certains que dans le nombre, il y avait des robes de mousseline, — parlaient d'un déjeuner à la campagne tout récent ou d'une future promenade en buggy.

Puis on s'en allait par couples, chacun de son côté, en causant, et les jeunes gens étaient finalement obligés de partir à cause des trains.

Alors tout le monde gagnait en groupe la gare et personne n'y trouvait à redire.

Et d'ailleurs pourquoi trouver à redire ?

A partir de quinze ans, la jeune Américaine va et vient au milieu des jeunes gens, comme une sœur au milieu de ses frères.

Ils sont à son service pour l'emmener faire une promenade à cheval, — ce qui signifie, une promenade en voiture, — pour lui donner des fleurs et du sucre candi.

Ces deux derniers articles coûtent cher, et c'est utile au jeune homme, car cela lui apprend à apprécier une amitié qui lui coûte quelque argent comptant et peut exiger des économies de cigares.

Quant à la jeune fille, on lui enseigne qu'elle doit se respecter elle-même, que sa destinée est entre ses mains et qu'elle est d'autant plus tenue à la réserve qu'on lui laisse plus de liberté.

C'est pourquoi, ainsi qu'elle le dit elle-même, « elle a du bon temps » avec deux ou trois cents jeunes gens, qui ont des sœurs, et qui sentent avec la plus grande justesse que s'ils se rendaient indignes du dépôt qui leur est confié, un syndicat d'autres jeune gens les enverrait probablement dans un monde, où on ne prend ni mari ni femme.

Et il en va ainsi jusqu'au jour où la jeune personne apprend à connaître le revers de la médaille, apprend qu'un homme n'est pas un demi-dieu, ni un monstre voilé de mystère, mais, en moyenne, un être égoïste, vain, goinfre, un être avec lequel on peut toutefois vivre, qu'il faut dorloter, nourrir, et mener, autant de choses que sa sœur d'Angleterre n'apprend qu'au bout de quelques années de mariage.

Et alors elle fait son choix.

La Lumière Dorée éclaire des yeux qui sont pleins d'intelligence, mais la lumière n'en est pas moins dorée pour cela, et la jeune Américaine fait son choix avec autant d'aimable imprudence qu'une jeune Anglaise.

Mais elle a un avantage que voici : elle en sait un peu plus long, elle s'entend à distraire, elle comprend les affaires, les emplois, les dadas des hommes, que lui ont fait connaître d'innombrables causeries avec les jeunes gens.

Elle a causé avec les autres jeunes filles qui ont du loisir, en ces mystérieux conciliabules, ou elle a discuté sur la conduite de Tom, de Ted, de Stuke, de Jack.

Il en résulte qu'elle est, dans l'acception la plus étendue de ce mot, une compagne pour l'homme qu'elle épouse, qu'elle est pleine de zèle pour les intérêts de l'association, qu'il est bon de la consulter dans les moments difficiles, qu'il faut recourir à elle pour avoir de l'aide et de la sympathie en temps de danger.

Il est agréable qu'un cœur batte pour vous, mais ce n'en est que mieux quand, au-dessus de ce cœur il y a une tête qui réfléchit sérieusement à votre sujet et que des lèvres, qu'il est en même temps si agréables de baiser, donnent de sages conseils.

Une fois que la jeune Américaine, — maintenant je parle du simple soldat de cette noble armée, est mariée, eh bien, c'est fini.

Elle a eu son bon temps.

Cela a pu durer cinq, sept, dix ans suivant les circonstances.

Elle abdique sur-le-champ, avec une promptitude stupéfiante, et l'endroit qu'elle habite ne la connaît plus qu'en compagnie de son mari.

La Reine est morte, ou bien elle s'occupe de son intérieur.

C'est cette même tenue du ménage qui semble expliquer pourquoi l'épouse américaine vieillit vite.

Elle est *aidée* d'une façon infâme aussi bien par la souillon irlandaise que par la négresse.

Ce n'est pas juste pour elle, parce qu'elle est forcée de faire les trois quarts de la besogne domestique, et dans cet air sec, qui tient les nerfs tendus, les menues besognes sont éreintantes.

O mes pays, soyez reconnaissants envers Mauz Baksh, Kadir Baksh et l'*ayah*, tant que vous les aurez pour vous servir. Ils sont deux fois aussi adroits que la souillon mal peignée des appartements garnis auxquels vous reviendrez, tout commissaires que vous êtes, et cinq fois aussi intelligents que les Amelia, Araminta, Rebellia, Secessia, Jackson, servantes de couleur, dont la bêtise et l'insolence font gémir la jeune ménagère américaine.

Mais avec tout cela, nous voilà bien loin de ce pacifique, de ce tranquille Musquash, et de sa cordialité sans limites, de sa simple, sincère hospitalité, et de sa... n'y a-t-il pas un mot français qui exprime exactement cela... de sa *gracieuseté*, n'est-ce pas ?

Oh ! soyez bon pour l'Américain partout où vous le rencontrerez. Mettez-le à l'aise au club, et il vous tiendra jusqu'à trois heures du matin à l'écouter, donnez-lui la meilleure tente et du mouton nourri de *gram*.

Vraiment je me suis endetté d'une quantité de sel que je ne pourrai jamais payer, mais veuillez la rembourser en détail à tout homme de cette nation, et la dette sera inscrite à mon compte jusqu'au jour où nos routes à travers le monde se croiseront de nouveau.

Il boit de l'eau frappée tout comme nous, mais il n'aime pas beaucoup nos cigares.

Et comment achever ce récit?

Serait-il intéressant pour vous d'avoir des détails sur les repas champêtres dans les bois chauds, silencieux, qui dominent la Monongahela, sur ces absurdes carrioles américaines qui sont incapables de faire demi-tour; qui se prennent dans les broussailles, et qui manquent tout juste de verser, sur ces parties de bateau au grand soleil, sur cette rivière qui bien peu de temps auparavant avait rejeté sur ses bords, au pied du village épouvanté, les cadavres de la tragédie de Johnstown ?

J'ai vu un survivant, l'unique survivant de ce terrible naufrage.

Il avait été ministre.

Maison, église, congrégation, épouse, enfants, tout avait été emporté loin de lui en une nuit épouvantable.

Il n'avait pas d'emploi, on n'aurait pu l'employer à quoi que ce fût, mais Dieu avait été bon pour lui.

Il était assis au soleil et souriait d'un air simple.

C'était dans son pauvre cerveau tout brouillé qu'il était arrivé quelque chose, il ne savait plus au juste ce que c'était mais certainement quelque chose s'était passé.

Il n'y avait qu'à prier pour que la lumière ne se fit pas.

Mais bien d'autres tableaux sont présents à mon esprit : celui d'une énorme cité industrielle de trois cent mille âmes éclairée et chauffée par du gaz naturel, en sorte que la grande vallée pleine de hauts fourneaux ardents n'envoie au ciel clair aucun panache de fumée, celui de Musquash même, qui est éclairé par le même agent, où des jets de gaz de huit pieds de hauteur ronflent jour et nuit aux coins des rues couvertes d'herbe, parce que ce n'est pas la peine de les éteindre.

Ce sont des flottes de radeaux chargés de charbon, qu'on hale le long de la rivière pour l'interminable voyage à Saint-Louis.

Ce sont des usines tapies dans les forêts, où il semble que se fabriquent les manches de haches et de bêches du monde entier.

Et enfin c'est ce singulier village allemand dont on ne parle jamais, la Confrérie de la Séparation Perpétuelle.

Il s'est fondé au temps où l'Etat était jeune et la terre à bon marché, et maintenant il se meurt parce qu'on n'y prend pas femme, ni mari, et que les recrues sont en très petit nombre.

L'augmentation du prix des terres a presque étouffé ces pauvres gens sous une abondance d'or qu'ils n'ont jamais désirée.

Ils habitent un petit village de maisons bâties sur l'ancien modèle hollandais, dans les façades tournent le dos à la route, avec des sentiers couverts de gros sable.

La tranquillité monastique de Musquash fait l'effet d'un vacarme de capitale à côté du silence de ce village.

Et même, un roman d'amour s'est tapi parmi les fleurs.

Soixante-dix ans se sont passés à le conter, car le *frère* et la *sœur* s'aimaient, mais ils aimaient mieux encore leur devoirs envers la confrérie.

Ils ont donc vécu et vivent encore, se voyant l'un l'autre tous les jours, et éternellement séparés.

Toutes les souffrances qui auraient pu venir ont fini par s'effacer de leurs traits, qui sont aussi calmes que ceux des petits enfants.

Ceux qui ne sont pas au fait trouvent que ces gens constants ont l'air de personnes extrêmement vieilles et vêtues d'une façon grotesque, mais ils s'aiment l'un l'autre, et voilà une transition toute naturelle pour revenir aux jeunes filles et jeunes gens de Musquash.

Les jeunes gens étaient de charmants garçons — des étudiants de Yale, bien entendu, — ici il ne faut pas parler de Harvard, mais, qui, malgré cela, s'entendent fort bien en affaires : valeurs, actions, forage des puits à pétrole, vente de tout ce qu'un pêcheur peut vendre à un autre.

Ils sont également experts en base ball, ils ont de larges épaules, des yeux qui regardent droit, des mentons carrés, mais ils ne fuient pas devant une petite noce de temps à autres, et de bénignes orgies.

Ils feront de bons citoyens et posséderont la terre, et un jour épouseront une des charmantes toilettes de mousseline.

Il y a pis en ce monde que d'être « un des gars » de Musquash.

FIN

Imprimerie Générale de Châtillon-sur-Seine. — A. Pichat.